David Sedaris · Fuselfieber

DAVID SEDARIS

Fuselfieber

AUS DEM AMERIKANISCHEN
VON
HARRY ROWOHLT

HAFFMANS VERLAG

Für meine Mutter, Sharon

Die amerikanische Originalausgabe
»Barrel Fever«
erschien 1994 bei Little, Brown and Company, New York

Umschlaggestaltung
unter Verwendung der Fotoarbeit
»Le Rêve des Objets«
von Chema Madoz/Agence Vu

Satz: Fotosatz Michel, Gießen
Herstellung: Ebner Ulm
ISBN 3 251 00466 2

Inhalt

Die mit den Locken

Heute nachmittag brachte ich den Müll der Rosenblatts weg, als das Dienstmädchen von nebenan die Tür hinter sich zumachte, ihre weiße Uniform straffzurrte und auf den Knopf für den Aufzug drückte. Wir sind hier im elften Stock, vier Apartments pro Etage und nur ein Aufzug, deshalb dauert es meist ein bißchen. Ich sah zu, wie sich dem Dienstmädchen zwei kleine Kinder, von einem irischen Kindermädchen begleitet, anschlossen. Während sie warteten, griff die Bonne in ihre Leinentasche und gab dem Jungen eine Tüte Cheetos, die er öffnete und sofort auf den Fußboden entleerte, wobei er kreischte: »Ich wollte aber doch die mit den LOCKEN. Weißt du denn GAR NICHTS?«

Das Kindermädchen senkte den Kopf, während das Dienstmädchen und ich einen Blick wechselten und mit den Schultern zuckten, als wollten wir sagen: »Was soll man machen?« Der Aufzug kam, und sie stiegen ein, hinter sich eine orangefarbene Matte aus Cheetos ohne Locken, die von den Mietern der elften Etage zertreten werden, bis ein Hausmeister nach oben geschickt wird, um sie aufzufegen.

Ich habe dieses Dienstmädchen von nebenan schon drei- oder viermal gesehen. Sie ist eine kühlschrankgroße, dunkelhäutige Frau mit hinten abgeschnittenen Halbschuhen, damit sie bequemer gehen kann. Ich sehe sie und denke an Lena Payne.

Meine Mutter war nie eine große Hausfrau, und es trieb mich in den Wahnsinn, wie chaotisch es bei uns zu Hause war. Als wir schon fünf Jahre lang in Raleigh wohnten, standen immer noch Umzugskartons im Wohnzimmer. Ich kam von der Schule, versorgte Mantel und Bücher säuberlich in meinem Zimmer, warf den Staubsauger an und machte mich an die Arbeit, wobei ich die Klamotten meiner Schwestern, ihre halbleeren Gläser und die Schüsseln mit Kartoffelchipskrümeln einsammelte, die vor dem Fernseher stehengeblieben waren. Ich spülte Geschirr, polierte die Möbel und fand, *so ging es nicht.* Ich war bei der Geburt vertauscht und in den falschen Haushalt verschleppt worden. Irgendwo verbrachte meine leibliche Familie ihre Tage damit, sich unter strikt sterilen Laborbedingungen zu fragen, was wohl aus mir geworden sein mochte. Mein Zimmer war makellos, ein Schrein. Ich machte es jeden Tag sauber. Meinen Schwestern war es nicht gestattet, die Schwelle zu überschreiten. Sie standen in der Diele und betrachteten mich, als wäre ich ein exotisches Zootier, ausgestellt in seinem natürlichen Habitat.

Während meine Mutter mit ihrem sechsten Kind schwanger ging, gab mein Vater schließlich nach und erlaubte ihr einmal pro Woche eine Haushaltshilfe. Als Lena vorgestellt wurde, dachte ich, jetzt geht es endlich voran. Ich machte mich auf den Schulweg, während meine Mutter den tragbaren Fernseher anschaltete und ihr eine Tasse Kaffee überreichte. Ich kam sieben Stunden später aus der Schule zurück, fand in der Küche ein Bügelbrett, sowie Mom und Lena mehr oder weniger in derselben Position vor –, mit Kaffee vor dem Fernseher.

Es kam mir vor wie der vollkommene Zusammenschluß: Die beiden faulsten Menschen auf dem Antlitz der Erde haben sich gefunden, um gemeinsam *Mike Douglas* und *General Hospital* zu sehen. Ich lief zum Staubsauger, um ihn zu berühren. Er war kalt wie Erz. So ging es nicht.

Normalerweise fuhr Mom Lena zum Einkaufszentrum, wo sie von einer Freundin mit nach Hause genommen wurde, aber eines Tages hatte es im Fernsehen etwas Gutes gegeben, und Lena war länger geblieben. Meine Mutter bot an, sie nach Hause zu fahren, und ich fuhr mit. Wir verließen das Raleigh, das ich kannte, mit seinen asphaltierten Straßen, und fuhren auf unbefestigten Wegen, die mit Hütten gesäumt waren –, echten Hütten, die Art, die ich in *Life* gesehen hatte. Als unser Kombi hielt, leerte sich Lenas Hütte, und auf der Veranda versammelten sich sieben Kinder, die nach uns Ausschau hielten. Der Vorgarten war ein kahler, staubiger Hühnerhof. Ich hatte noch nie ein lebendiges Huhn gesehen und beschloß, eins als Haustier haben zu wollen. Lena sagte, ich könne eins haben, wenn ich es fangen könne. Ich identifizierte das Huhn meiner Wahl und malte mir sofort aus, wie es in meinem persönlichen grasbewachsenen Vorgarten wohnte und possierlich um Körnerfutter bat. Es würde Penny heißen und jeden Tag niederknien und Gott danken, daß es bei mir und nicht bei Lena lebte. Ich dachte, das Huhn kommt vielleicht zu mir, wenn ich mit beruhigender Stimme auf es einrede. Ich dachte, man könnte ein Huhn überzeugen, wenn man ihm ein besseres Leben verspricht. Als das nicht funktionierte, beschloß ich, ein Huhn zu überwältigen, und ich versuchte es, immer und immer wieder. Ich warf mich auf das Huhn und verdreckte meine Schulklamotten in Wolken von Schmutz und Staub. Schließlich gab ich auf. Als ich aufstand, um mir den Lehm aus dem Gesicht zu wischen, merkte ich, daß mich alle auslachten: Lena, ihre sieben Kinder, sogar meine eigene Mutter krümmte sich auf dem Vordersitz. Ich weiß noch, wie ich die Hütte anschrie: »Ich brauche eure dreckigen Hühner nicht. Wir kaufen uns unsere eigenen –, im Laden.«

Im Auto auf dem Nachhauseweg versuchte meine

Mutter vergeblich, mir die Schande zu vermitteln, die ich über sie gebracht hatte, aber ich hörte gar nicht zu. Ich verzichtete lediglich die nächsten paar Wochen lang auf Hühnchen. Sobald eins serviert wurde, stellte ich mir den dampfenden Kadaver vor, wie er zeichentrickfilmmäßig das Köpfchen hebt und mich auslacht. Es dauerte Jahre, bis sich meine Einstellung änderte.

Heute nachmittag bin ich in G.L.s Wohnung gegangen, um seine Jalousien sauberzumachen, die bei einem Brand dreckig geworden waren. Ich habe diesen Mann letzte Woche kennengelernt, als ich losgeschickt worden war, um seine Bücher auszupacken und alphabetisch in die Regale zu ordnen. Er hat eine ziemliche Bibliothek: ledergebundene Jane-Austen- und Emile-Zola-Ausgaben als linke und rechte Begrenzung mehrerer Kochbücher und zahlloser Handbücher, die sich dem Studium des Sex in seiner sadomasochistischen Spielart widmen. Als G.L. mir die Tür aufmachte, trug er einen Bademantel und trank Kaffee aus einer stiefelförmigen Tasse. Er ist kein angenehmer Mensch, scheint aber ganz gut zurechtzukommen, solang es nach seinem Willen geht. Er führte mich zum nächsten Fenster und schlug vor, ich sollte Sofix-Speziallöser und Küchenrolle nehmen, aber dann hätte ich Wochen gebraucht. Da ich Erfahrung mit Jalousien habe, dachte ich, es ist schneller und produktiver, wenn ich sie abnehme und in der Wanne wasche. Ich dachte, er streitet mit mir, aber er zog den Bademantel aus und sagte: »Klar, meinetwegen.« Er stand kurz in Unterhose herum, dann ging er ins Badezimmer und ließ Wasser ins Waschbecken, um sich irgendwo zu rasieren. G.L.s Badezimmer ist winzig, und ich dachte, er braucht vielleicht ein bißchen Privatsphäre, deshalb stand ich nur so dumm im Wohnzimmer herum, bis er rief: »He, wollen Sie jetzt diese Jalousien saubermachen oder nicht? Ich bin ja schließlich kein Krösus.«

Ich nahm eine der Jalousien ab, langsam und vorsichtig, als würde ich einen Tumor aus dem besonders empfindlichen Teil des Hirns herausoperieren. Ich hielt die Jalousie in Händen und zählte bis zwanzig. Dann bis dreißig. Wieder rief er, und ich mußte mich an ihm vorbeidrücken, als ich das Badezimmer betrat. Ich schaffte es an ihm und dem Waschbecken vorbei bis zur Wanne, vor der ich niederkniete, um die Jalousie in Wasser mit Ammoniak zu baden. Neben dem Waschbecken hatte G.L. einen Fernseher aufgestellt, einen tragbaren Fernseher von der Größe einer Autobatterie, den er beständig beschimpfte und umschaltete. Ich konnte den Bildschirm nicht sehen, hörte aber zu, wie er sich von einem Samstagsnachmittagsprogramm zum nächsten meckerte, bis er bei einem Infomercial hängenblieb, in dem es um etwas ging, was DER SAUERSTOFFCOCKTAIL genannt wurde. Aus dem, was ich hören konnte, reimte ich mir zusammen, daß DER SAUERSTOFFCOCKTAIL eine kleine Stärkung aus gereinigter Luft ist. Die Werbesendung deutete an, der frühe Höhlenmensch habe einen zutiefst befriedigenden Sauerstoffanteil genossen, aus welchem er die Kraft schöpfte, großartige Höhlenmalereien hervorzubringen und immer noch genug Energie auf die Jagd von Mastodons verwenden zu können. Teilnehmer der gerade stattgehabten Olympiade bezeugten die Tugenden DES SAUERSTOFFCOCKTAILS, und ich lauschte, über den Wannenrand gebeugt, wobei ich eine Sadistenjalousie mit Ammoniak schrubbte. Ich hätte gern den Duschvorhang gelupft, weil ich neugierig auf DIESEN SAUERSTOFFCOCKTAIL war. Gibt es ihn in Dosen, Flaschen, als Nasenspray? Trugen die Olympioniken Badeanzüge oder Straßenkleidung?

Die Jalousien wurden nicht in dem Maße sauber, wie ich das gehofft hatte, weshalb ich der Mischung noch etwas Clorix beifügte, was dumm war. Wenn man Ammoniak mit Chlorid kombiniert, kann das tödlich sein, ich habe aber entdeckt, daß die Kombination wahre Wunder vollbringen kann, solange man sich sagt: »Ich will leben, ich will leben …« Ich versuchte mich daran zu erinnern. Ich malte mir aus, wie ich den Auftrag erledige und dann zu EINEM ERFRISCHENDEN SAUERSTOFFCOCKTAIL nach Hause eile. Mein Hals begann zu brennen, und ich hörte, wie G.L. anfing zu würgen und zu husten. Als er den Vorhang teilte, um mich zu fragen: »Versuchen Sie, mich umzubringen?« mußte ich schwer überlegen, um auf die richtige Antwort zu kommen.

Bart und ich haben schon wieder die Wohnung von jemandem saubergemacht, der für die *Sesamstraße* schreibt; das ist in diesem Monat der dritte. Kennengelernt habe ich noch keinen davon, aber jeder hat einen kleinen Schrein, in dem Plüschmodelle von Grobi und Bibo sowie acht Emmy-Trophäen für Verdienste um das Kinderfernsehen ausgestellt sind. Acht Stück. Ich hatte noch nie persönlich eine Emmy gesehen und stellte fest, wie der Stil sich mit den Jahren geändert hat. Die Drehbuchautorin von heute nachmittag hatte ihre Trophäen säuberlich im Gänsemarsch auf dem Fensterbrett aufgestellt. Ich fand es traurig, wie einige der früheren Modelle von Korrosion befallen waren. Ich hatte mir immer vorgestellt, daß sie aus purem Golde wären, sie sind aber nur beschichtet. Immerhin haben sie ein zufriedenstellendes Gewicht, eine Schwere, die Leistung suggeriert. Ich hob jede Trophäe an, um das Fensterbrett sauberzumachen, und solange ich sie in Händen hielt, posierte ich vor dem mannshohen Spiegel und sah demütig aus.

»Das kommt für mich völlig überraschend«, sagte ich und hoffte, das Publikum glaubt es. Ich habe den größeren Teil meines Lebens damit verbracht, meine Dankreden zu planen, und fange immer mit diesem Spruch an. Es ist ermüdend, Gewinnern dabei zuzuhören, wie sie Leuten danken, von denen die meisten von uns noch nie etwas gehört haben, aber in meinen Preisphantasien erwähne ich gern alle, von meinem Englischlehrer in der zwölften Klasse bis hin zu dem koreanischen Laden, wo ich Zigaretten und Katzenfutter kaufe. Und das ist das Schöne an acht Emmys. Ich hielt jede einzelne hoch und sagte zum Spiegel: »Aber am allerherzlichsten möchte ich Amy, Lisa, Gretchen, Paul, Sharon, Lou und Tiffany für ihre Unterstützung danken.« Dann schnappte ich mir die nächste und fuhr mit Hugh, Evelyne, Ira, Susan, Jim, Ronnie, Marge und Steve fort. Bei meiner achten Emmy suchte ich bereits nach Namen. Ich stand da und versuchte darauf zu kommen, wie die Vertrauensperson im Ferienlager geheißen haben mochte, als Bart den Raum betrat und mir schamhaft bewußt wurde, daß ich vergessen hatte, ihm zu danken.

Don's Story

Vielen, vielen, vielen Dank. Ich kann einfach nicht glauben, daß dies wirklich geschieht. Ich meine, das ist jetzt das wievielte? – das dritte Mal, daß ich heute abend hier oben bin: Bester Schauspieler, Bester Regisseur und jetzt auch noch Bester Film. Wie soll ich all die Preise nach Hause kriegen? Mit einem Lastwagen? Ha ha.

Ich möchte hier einen Augenblick lang innehalten, denn, wie ich schon sagte, ich hätte wirklich nicht gedacht, daß dies passieren wird. Ich habe viel, viel Zeit damit verbracht, mir zu *wünschen,* daß es passiert, aber daß es tatsächlich stattfindet, das ist schon, ha ha, ein ganz klein wenig überwältigend.

Wie ich bereits früher am Abend erwähnte, als ich meinen Oscar als Bester Schauspieler entgegennehmen konnte, bin ich vor fast einem Jahr hier in Los

Angeles, Kalifornien, ohne die geringste Erfahrung angekommen. Ich hatte vorher noch nie im Leben als Schauspieler oder Regisseur oder Produzent gearbeitet. Ich war nur ein Typ aus Cumberland, North Carolina –, ein Mann mit einem Traum.

»Was ist denn hier los?« fragen Sie sich jetzt wahrscheinlich. »Dieser Don hier, dieser Träumer, hat noch keinen Tag in seinem Leben geschauspielert, und trotzdem räumt er hier die Oscars ab. Wie hat er das geschafft? Was ist denn so besonders an ihm?«

Nun, genau darum geht es in meinem Film, *Don's Story*. Es ist alles drin: von dem Tag, an dem ich mit siebzehn die High School abbrach, bis zu dem Tag, an dem ich mit sechsunddreißig meine Sachen packte, um nach Hollywood abzuhauen. Ich stelle mir vor, daß Sie jetzt gerade das interessiert, was *nicht* im Film vorkommt.

»Wie hat er es geschafft? Dieser Niemand, dieser Träumer.«

Nun, wie ich schon sagte, vor fast einem Jahr verließ ich Cumberland in einem Greyhound-Bus mit einem kleinen Beutel Kartoffelchips, acht Dollar und einem Traum. Ich machte mich lang und dehnte mich bis kurz hinter Gatlinburg auf zwei Plätze aus, wo ich dann gezwungen wurde, einen der beiden Plätze an eine Frau abzutreten, die Mrs. Patricia Toni hieß. Mrs. Toni wollte nach Encino, Kalifornien.

»Was ist denn in Encino?« fragte ich, weil ich versuchte, ein guter Nachbar zu sein.

Es stellte sich heraus, daß Mrs. Tonis Tochter in Encino war, in einem Krankenhaus, weil sie an Erschöpfung litt. Ich weiß nicht viel über Erschöpfung, aber ich stelle mir vor, daß sie einen ganz schön mitnimmt, also sagte ich: »Das ist ja furchtbar.« Und sie faltete ihre Zeitung auseinander und sagte: »Da haben Sie verdammt recht, das ist furchtbar.«

Bei jedem Halt kaufte Mrs. Toni die Lokalzeitung und erörterte die Geschichten über Verbrechen und Mord.

»Hören Sie mal hier, da steht, da ist dieser Mann in eine Tankstelle gegangen und hat vier Menschen erschossen. Das ist meiner Meinung nach gemein. Sowas finde ich wirklich furchtbar. Wenn ich eine der Geschworenen wäre, würde ich ihn so schnell schuldig sprechen, daß ihm der Kopf schwirrt. Ich würde keine Zeit verschwenden und dem Steuerzahler sein Geld wegfressen. Einfach die Gaskammer durchstarten und weiter im Text zum nächsten Fall. Der Mistkerl. Hier steht, wo er einem fünf Jahre alten Jungen durch den Hals geschossen hat. Die Kugel ist hier rein- und da wieder rausgegangen. Ich finde sowas furchtbar, Sie nicht?«

Nun, ich kannte den Todesschützen nicht. Vielleicht hatte er ja, wer weiß, einen ganz guten Grund für das, was er tat, aber um des lieben Friedens willen stimmte ich ihr zu und sagte, ich fände das auch furchtbar.

»Da haben Sie verdammt recht, das ist furchtbar.

Genau durch den Hals. Der Hals ist ein sehr empfindlicher Bereich. Das weiß jeder. Ganz furchtbar ist sowas. Ich fand das neulich schon furchtbar, als dieser Spinner in Little Rock den Collie seiner Mutter erstochen hat. Siebzehnmal, einen bildhübschen Collie namens Moxie. Die Mutter hat nur noch geweint. Siebzehnmal hat er bei diesem Hund zugestochen. Ein- oder zweimal hätten doch gereicht, aber er hat es siebzehnmal gemacht, und sowas finde ich furchtbar. Sie nicht?«

Verbrechen passieren im ganzen Land, und Mrs. Toni nahm bei Tag und Nacht bis Reno von ihnen Notiz, wo sie einen Halt verschlief und die Gelegenheit verpaßte, eine frische Zeitung zu kaufen. An diesem Punkt, nachdem wir fast drei Tage miteinander verbracht hatten, fragte sie mich endlich, wie ich hieß und wohin ich fuhr und warum, und ich sagte ihr, daß ich Don heiße und daß ich ins Gebiet von Los Angeles fahre, um mir einen Namen in der Filmindustrie zu machen, und sie sah mich an und sagte: »Das *kann* doch wohl nicht Ihr Ernst sein –, *Sie?*« Dann wandte sie sich an den Mann auf der anderen Seite des Mittelgangs, zeigte auf mich und sagte: »Der hier glaubt, er wird so 'ne Art Filmstar.« Und sie legte sich die Hände auf den Bauch und krümmte sich vor Lachen vornüber, und da habe ich sie... naja, gehauen, sowas Ähnliches jedenfalls. Ich habe sie ganz schnell mit dem Kloschlüssel, den ich bei der letzten Haltestelle gekriegt hatte, gestochen. Ich habe sie einfach ... mit dem Ding richtig schnell … gepiekt, und da hat sie, ha ha, einen Riesenaufstand gemacht. Der Busfahrer mußte anhalten, und sie hat ihren Pullover hochgezogen und allen die kleine Stelle auf der Seite gezeigt –, nur eine ganz kleine Kerbe, und sie zeigte auf mich und sagte: »Ich finde sowas furchtbar. Ganz ernsthaft jetzt. Da steigt man in den Bus, um seine Tochter zu besuchen, die klinisch erschöpft ist, und wird am hellichten Tage praktisch erstochen. Und sowas kommt dann in die Zeitung, finde ich jedenfalls. ›Frau in Bus erstochen.‹ Sowas ist furchtbar.«

Also warf mich der Busfahrer hinaus, auf die staubige Fernstraße hinaus. Ohne Fahrgelderstattung oder so, einfach rausgeschmissen. Inzwischen hatte ich nur noch zwei Dollar, also habe ich den Daumen in die Luft gehalten und wurde von einem Mann namens Enrique Maldonado mitgenommen, und heute abend stehe ich hier zur Oscar-Verleihung auf der Bühne und möchte ihm öffentlich danken. Das Glück wollte es, daß er die ganze Strecke bis Los Angeles fuhr und mich bei der Münzwäscherei gleich da, wo er wohnte, abgesetzt hat. Glücklicherweise gab es in der Münzwäscherei ein Telefonbuch, und ich hatte einen Vierteldollar dabei, also habe ich zwei und zwei zusammengezählt und bei Paramount Pictures angerufen. Als die Empfangsdame den Hörer abnahm, habe ich gesagt: »Geben Sie mir den Menschen, der bei Ihnen das Sagen hat.«

Sie sagte: »Augenblick, bitte.«

Dann, im Hintergrund, hörte ich sie sagen: »Mr. Tartikoff, da ist ein Anruf für Sie.«

Und ich hörte, wie er sagte: »Ach, gut.«

Er kam ans Telefon, und ich sagte: »Mr. Tartikoff, ich heiße Don Singleton, und ich würde gern einen Film machen.«

Er sagte: »Hmmmm. Einen Film worüber?«

Und ich blickte hinüber und sah, wie jemand das Flusensieb ausleerte, und ich sagte: »Einen Film über mein Leben.«

»Ich bin ganz Ohr, Don«, sagte Mr. Tartikoff.

In dem Augenblick schaltete sich das Fräulein vom Amt ein, sagte mir, ich solle weitere Münzen einwerfen, und Mr. Tartikoff sagte: »Don, rufen Sie von einem Münzfernsprecher aus an?«

Ich gestand, daß dies der Fall war, und er fragte mich, ob wir uns irgendwie mal persönlich unterhalten könnten, also gab ich ihm die Adresse, und kurz darauf fuhr eine riesige Langlimousine vor, und Mr. Tartikoff kam in den Waschsalon, formte die Hände zu einem Schalltrichter und schrie: »Befindet sich hier ein Don Singleton?« und ich sagte: »Ja, das bin ich.«

Wir gaben uns die Hand, und er sah sich um, und er sagte: »Sagen Sie, Don, hier ist es echt feucht. Was meinen Sie, gehen wir irgendwo anders hin?«

Er sagte, er sei auf eine große Promi-Party eingeladen, und fragte, ob ich Lust hätte mitzukommen, und ich habe etwa, ha ha, zwei Sekunden darüber nachgedacht und sagte, klar. Dann öffnete sein Fahrer die Tür, und wir stiegen in die Limousine, und auf dem Weg zur Party stellte mir Mr. Tartikoff, Brandon, Fragen über mein Leben.

Er schenkte uns jedem ein Glas Scotch von der Bar ein und studierte mich und sagte: »Wie alt sind Sie, Don –, etwa fünfunddreißig?«

»Sechsunddreißig.«

»Haben Sie je gearbeitet?«

Ich sagte ihm, ich hätte fast vier Jahre lang als Geschirrwäscher in der K&W-Cafeteria gearbeitet. Da habe ich mit siebzehn angefangen und bin mit einundzwanzig gefeuert worden, weil ich ins Essen gespuckt hatte.

»*Dafür* haben die Sie gefeuert?« sagte Brandon. »Die spinnen doch. Jeder, den ich kenne, spuckt ständig in irgendwas.« Er spuckte in sein Glas und trank daraus. »Wegen sowas kann man doch um Gottes willen *nie*manden feuern.«

Dann spuckte ich mir auf die Finger, beugte mich vor und rieb die Spucke dem Fahrer in den Nacken.

Da sah Brandon mich an und sagte: »Ich habe bei dir so ein Gefühl, Don –, und zwar ein gutes«, und wir tranken einander klimpernd zu.

Etwa um diese Zeit bog die Limousine ab, und wir fuhren über eine lange baumbestandene Allee bis zu einem großen Herrenhaus mit weißen Säulen und Fenstern mit Hinterglasmalerei und einem seichten Burggraben voller Schwäne und Schildkröten, und jemand kam und öffnete den Wagenschlag, und ich blickte auf und sah Barbra Streisand, und sie trug … nun, genau das, was sie heute abend auch anhat. Sie und Brandon umarmten sich, und dann wandte sie sich mir zu und hob die Augenbrauen, als wollte sie sagen: »Wer zum Kuckuck ist denn das?« Brandon sagte Barbra, daß ich Don heiße und früher in der K&W-Cafeteria Geschirrspüler war, und ha ha, ich kann Ihnen sagen, Barbra Streisand kam aus dem Fragen gar nicht mehr heraus.

»Geschirrspüler? Erzählen Sie doch mal, war das ein durchlaufendes ›Waste King‹-Düsenstrahlsystem mit Fließband oder eine Doppelheißbecken-Anlage? Welche Spülmittel habt ihr verwendet? Bei welcher Temperatur wird ein Trinkglas in Anführungsstrichen ›sauber‹?« Sie nahm mich am Arm und führte mich ins Haus, wo es vor lauter Berühmtheiten nur so wimmelte: Joey Bishop, Faye Dunaway, Shari Lewis, Kevin Costner, Gene Rayburn, Tatum O'Neal, Tom Cruise, Cathy Lee Crosby, Carol Channing, Buddy Ebsen – ich könnte noch ewig so weitermachen. Barbra Streisand gab mir einen Champagner-Cocktail und stellte mich überall vor, und ich fühlte mich, ha ha, als gäbe ich eine Pressekonferenz, so viele Menschen haben mir Fragen zu meinem Leben gestellt.

»Was haben Sie gemacht, nachdem Sie den Job in der Cafeteria verloren hatten?« fragte Chastity Bono.

Und ich habe gesagt: »Nichts, hab nur so zu Hause herumgehangen.«

Michael Douglas hat gefragt, was meine Eltern *da*zu zu sagen hatten, und ich habe gesagt: »Naja, Sie kennen ja meine Eltern.« Und dann wurde mir klar, nein, diese Berühmtheiten *kannten* meine Eltern ja gar nicht. In meinem Film, *Don's Story,* werden meine Eltern von Charles Bronson und Don Rickles gespielt. Ich finde, sie haben ganz phantastische Arbeit geleistet –, besonders Don Rickles, der meine Mutter gespielt hat. Eine ganze Reihe von Schauspielerinnen war scharf auf die Rolle, aber als Regisseur habe ich mich für Don Rickles entschieden, und zwar nicht, weil meine Mutter komisch wäre – ganz und gar nicht –, und auch nicht, um Mr. Rickles' Karriere einen kleinen Auftrieb zu verschaffen, sondern weil man einfach, ha ha, dem Mann eine Perücke aufsetzt, und schon sieht er genauso aus wie sie. Ha ha. Und Charles Bronson –, was soll ich sagen? Er ist einer der Besten in der Branche. Und das ist das Merkwürdige im Showbusiness, daß es ein stetiger Lernprozeß ist … Für jeden. Letztes Jahr, als diese Berühmtheiten mich fragten, wie meine Eltern denn so wären, ist es mir schwergefallen, die richtigen Worte zu finden.

Meinen Job bei K&W habe ich im Alter von einundzwanzig verloren, und die nächsten vierzehn Jahre lang haben mich meine Eltern nie, auch nicht ganz kurz, in Frieden gelassen. Ständig versuchten sie mir ein schlechtes Gewissen einzuimpfen, weil ich nicht gearbeitet habe. Wenn ich für jedesmal, das sie an meine Schlafzimmertür gedonnert und »WAS

TREIBST DU EIGENTLICH DA DRIN?« gekreischt haben, fünf Cent gekriegt hätte, hätte ich mehrere Millionen Dollar verdient. Naja, ha ha, inzwischen *habe* ich, glaube ich, mehrere Millionen Dollar verdient, aber *so* wäre es schon viel früher passiert.

»WAS TREIBST DU EIGENTLICH DA DRIN?«

Und dann habe ich gesagt, ich plante, Hollywood im Sturm zu nehmen, und dann haben sie gebrüllt: »DU HAST SIE DOCH NICHT MEHR ALLE. DU BIST WAHNSINNIG. VERSTEHST DU? WAHNSINNIG. KOMM AUS DIESEM ZIMMER RAUS UND BESORG DIR EINEN JOB. DEIN BRUDER HAT AUCH EINEN JOB, UND DER HAT NICHT MAL EINE LINKE HAND –; WENN DEIN BRUDER ARBEITEN KANN, KANNST DU DAS AUCH. HÖRST DU MICH ÜBERHAUPT? KOMM AUS DIESEM SCHLAFZIMMER RAUS.«

»Das muß sehr schwer für Sie gewesen sein«, sagte Dr. Joyce Brothers. Und das mußte ich zugeben, ja, es war schwer. Dann hat mich jemand gefragt, was für ein Schloß ich an meiner Schlafzimmertür hatte, und Brandon Tartikoff fing meinen Blick auf und machte so eine schneidende Geste am Hals, und ich, ha ha, habe sie, obwohl ich noch keine zwei Stunden in Hollywood verbracht hatte, sofort verstanden, was wahrscheinlich auch viel damit zu tun hat, daß ich heute abend mit dem Oscar für die beste Regie abhauen werde. »Und Schnitt!« Danke, Brandon.

Es war gräßlich, mich von all meinen wunderbaren neuen Freunden aus dem Showbusiness verabschieden zu müssen, aber es wurde allmählich Zeit, und Brandon geleitete mich zur Tür hinaus zu unserer wartenden Limousine. Und gerade als ich mich auf dem Rücksitz niederließ, sah ich, wie Barbra Streisand sich an Vincent Price wandte und zu ihm sagte: »Ich mag den Jungen. Er weiß, wie man überlebt.«

Du auch, Barbra. Du auch.

Wir verließen die Party und fuhren zu einem Restaurant namens Spago, wo Brandon und ich mehrere Stunden lang redeten und Spaghetti aßen. Er schien so interessiert an jedem Aspekt meines Lebens und hatte eine Unmenge Fragen.

»Erzählen Sie doch mal, Don, nachdem Sie die Cafeteria verlassen hatten, haben Sie die nächsten vierzehn Jahre lang absolut *nichts* gemacht. Gott, das ist faszinierend.«

Ich merkte, wie Leute an den Tischen ringsum die Ohren spitzten und versuchten, unser Gespräch mit anzuhören, also meinte Brandon, wir sollten in ein Séparée umziehen.

»Wie war Ihr Tag? Wann sind Sie aufgewacht?«

Ich erzählte ihm, daß ich die Augen für gewöhnlich um halb zwei, zwei geöffnet habe, aber erst gegen Viertel vor drei aus dem Bett gestiegen bin, wenn meine Mutter ihre Leuchtfarben-Weste anzog und das Haus verließ, um vor der Brooks-Grundschule freiwillig als Schülerlotsin tätig zu sein. Dann bin ich runtergegangen und habe die Küche durchstöbert und bis etwa vier ferngesehen, wenn ihr Auto in die Einfahrt einbog. Das war der Punkt, an dem ich in mein Zimmer zurückging und die Tür abschloß und bis etwa halb sechs meine Hände anstarrte.

»Ihre Hände sind mir gleich aufgefallen«, sagte Brandon. »Sie sind wirklich ganz was Besonderes. Wann haben Sie sich zum letzten Mal die Fingernägel geschnitten?«

»Neunzehnhundertdreiundachtzig, vierundachtzig.«

»*Waschen* Sie sich je die Hände?« fragte er.

»Vielleicht«, sagte ich. »Vielleicht auch nicht.« Ich war nicht schwierig –, nur geheimnisvoll.

In dem Moment brachte uns der Kellner unsere Rechnung, und er sagte: »Ihre Hände sind mir gleich aufgefallen, als Sie reinkamen. Sie sind faszinierend. Hände sagen ja so viel über einen Menschen aus. Ich glaube, Sie sollten bei uns anfangen.«

»Nun mal langsam«, sagte Brandon. »Ich glaube, Don hat bis an sein Lebensende genug von der Arbeit in Restaurants.«

Als wir wieder in der Limousine saßen, fragte Brandon, ob ich schon eine Bleibe habe, und als ich gestand, ich hätte keine, rief er über Autotelefon beim Beverly Wilshire an und nahm eine Reservierung vor. Dann sagte er: »So, na gut, Don, jetzt ist es, sagen wir, halb sechs, und Sie haben den späten Nachmittag damit verbracht, sich Ihre Hände anzusehen. Was dann?«

Ich habe ihm erzählt, daß mein Vater von der Arbeit

nach Hause kam, und, ha ha, lieber Gott, ich konnte ihn bis oben hören: »WO IST ER? WAS HAT ER HEUTE GEMACHT? WAS MEINST DU DAMIT, DU HAST IHN NICHT GESEHEN?« Dann kuckte er in den Kühlschrank und fing an zu brüllen: »ZUR HÖLLE MIT IHM. WO IST DER REST VON DER FÜLLUNG? DER WAR DOCH GESTERN ABEND NOCH DA! VERDAMMTNOCHMAL. HE, DU DA OBEN –, ICH REDE MIT DIR.«

»Das ist sehr lustig nachgemacht«, sagte Brandon. »Ich meine, ich kenne den Mann ja gar nicht, aber ich kann ihn mir total vorstellen. Bitte mehr davon.«

»WAS ZUM TEUFEL IST DENN DEIN PROBLEM? DA HABE ICH HIER EINEN VOLL AUSGEWACHSENEN SOHN, DER UMS VERREKKEN KEINEN JOB FINDET –, DER NICHT MAL DAS VERDAMMTE HAUS VERLÄSST UND SOBALD ICH DEN RÜCKEN KEHRE, RUNTERKOMMT UND MIR MEINE FÜLLUNG WEGFRISST. ICH HABE FÜR DIESE FÜLLUNG SCHLIESSLICH SCHWER GEARBEITET. HÖRST DU MICH DA OBEN ÜBERHAUPT? VON JETZT AN GILT FÜR DIESE KÜCHE BEI DIR ›BETRETEN VERBOTEN!‹, MISTER! FÜR DICH GIBT'S NICHTS MEHR ZU SPACHTELN. WENN ICH MIT DIR FERTIG BIN, WIRST DU DAS ISOLIERMATERIAL AUS DEN WÄNDEN FRESSEN, DU VERDAMMTER NICHTSNUTZ!«

Dann kam er und donnerte gegen meine Tür, und

ich setzte mir meine Kopfhörer auf und hörte mir Platten an, um ihn zu übertönen.

»Hatten Sie eine große Plattensammlung?« fragte Brandon.

Ich habe ihm gesagt, daß ich zwei Schallplatten hatte, *Look at Yourself* von Uriah Heep und *Don't Look Down* von den Ozark Mountain Daredevils –, beides Platten, die ich mir gekauft hatte, als ich in der Cafeteria Arbeit hatte.

»Das sind echt tolle Platten«, sagte Brandon. Wir kamen beim Hotel an und haben in das Zimmer eingecheckt, und das war echt, ha ha, groß, mit Wohnzimmer und Schlafzimmer und Vorhängen und einem Beistelltisch. Ich konnte gar nicht drüber wegkommen. Brandon ging an die Hausbar und schenkte uns einen Schlummertrunk ein und sagte: »Also gut, Don, Sie hören sich Ihre Platten an –, und was dann?«

Ich habe ihm erklärt, daß ich mir die Platten angehört habe, bis meine Eltern eingeschlafen waren, meist gegen halb zwölf oder zwölf, und dann bin ich nach unten gegangen und habe nachgesehen, was ich zum Abendessen finden konnte. Nach etwa 1986 haben meine Eltern nur noch genug für sich selbst gekocht, aber ein bißchen was konnte ich immer finden. Manchmal waren es nur ein paar Handvoll rohe Makkaroni oder ein halbes Stückchen Butter, aber irgendwas war es immer. Dann habe ich im Portemonnaie meiner Mutter oder unter den Sofakissen nach Kleingeld gesucht.

»Jede Nacht?«

»Jede Nacht, und über die Jahre kam da, ha ha, ganz schön was zusammen. Dann habe ich ferngesehen, bis das normale Programm aus war und nur noch Testbilder gesendet wurden. Da habe ich mir dann vielleicht noch ein paar Stunden lang Testbild angesehen, um einen klaren Kopf zu bekommen, und bin ins Bett gegangen und habe am nächsten Tag wieder ganz von vorne angefangen.«

Brandon bot mir eine bereits angezündete Zigarette an, sah auf seinen Schlummertrunk hinunter und fragte: »Warum sind Sie abgehauen, Don? Warum?«

Ich sagte ihm, ich wäre einen Tag, nachdem mein Vater den Kühlschrank und alle Küchenschränke mit Vorhängeschlössern versehen hätte, von zu Hause abgehauen. An diesem Punkt zählte ich mein Kleingeld, zerkratzte und zerfetzte jedes Möbelstück im Hause und schritt zur Tür hinaus, um mich meinem Schicksal zu stellen.

Brandon schüttelte den Kopf und sagte: »Don, diese Geschichte hat *alles.*«

Und noch in derselben Nacht unterschrieb ich einen Vertrag. So einfach war das –, genauso, wie ich es mir immer vorgestellt hatte.

Und ich möchte Brandon dafür danken, daß er meine Fähigkeiten erkannt und mir die komplette künstlerische Kontrolle übertragen hat, von der Besetzung bis hin zu allem anderen. Ich möchte Uriah Heep und den Ozark Mountain Daredevils dafür danken, daß sie die Filmmusik beigesteuert haben. Ich möchte allen Akademiemitgliedern dafür danken, daß sie mir ihre Stimme gegeben haben, aber am allermeisten möchte ich mich bei den Bürgern dieses Landes dafür bedanken, daß sie *Don's Story* zum Kassenschlager Nummer eins gemacht haben, denn, das kann ich euch sagen, Akademie hin, Akademie her, wegen eurer beständigen Unterstützung ist der Oscar zu dem geworden, was er ist. Gewisse Menschen mögen diese Übertragung jetzt mit Wut und Eifersucht ansehen –; gewisse Menschen, die mich falsch behandelt und unterschätzt haben, wünschen sich wahrscheinlich jetzt, alles rückgängig machen zu können, nochmal ganz von vorn mit mir anzufangen, aber ich fürchte, dazu ist es nun zu spät. Darüber würde ich gern auch noch sprechen, aber unser Moderator steht neben der Bühne und zeigt auf seine Uhr, ich werde diesen kleinen Hinweis verstehen und sage gute Nacht, vielen Dank, ich liebe euch alle.

Tagebuch eines Rauchers

Ich fuhr mit meinem Fahrrad bis zum Bootsteich im Central Park, kaufte mir dort einen Becher Kaffee und setzte mich auf eine Bank, um zu lesen. Ich zündete mir eine Zigarette an und freute mich des Lebens, als die Frau, die vier Meter von mir entfernt am anderen Ende der Bank saß, plötzlich mit den Händen vor ihrem Gesicht herumzufuchteln begann. Ich dachte, sie will eine Biene verscheuchen.

Sie fuhrwerkte in der Luft herum und rief: »Entschuldigen Sie, macht es Ihnen was aus, wenn wir diese Bank zur Nichtraucherbank machen?«

Bei so einer Aussage weiß ich gar nicht, wo ich anfangen soll. »Macht es Ihnen was aus, wenn *wir* diese Bank zur Nichtraucherbank machen?« Es gibt kein »wir«. Bei dieser Abstimmung erklären beide die Stimme des jeweils anderen für ungültig. Was sie meinte, war: »Macht es Ihnen was aus, wenn *ich* diese Bank zur Nichtraucherbank mache?« Ich könnte es verstehen, wenn wir zusammen in einem Aufzug oder im Kofferraum eines Autos zusammengesperrt wären, aber hier waren wir unter freiem Himmel. Wer dachte sie denn, wer sie ist? Diese Frau trug Sandalen, was immer ein sicheres Zeichen für Ärger ist. Sie sahen aus wie die Art Schuhwerk, welches Moses getragen haben mochte, als er Vorschriften in Steintafeln meißelte. Ich sah ihre Sandalen und ihre wildbewegten Arme an und drückte meine Zigarette aus. Ich tat, als gäbe es da gar kein Problem und starrte dann die Seiten meines Buchs an. Ich haßte sie und Moses – alle beide.

Der Ärger mit aggressiven Nichtrauchern ist, daß sie meinen, sie täten einem einen Gefallen, wenn sie einem das Rauchen verbieten. Sie scheinen zu glauben, daß man eines Tages zurückblicken und ihnen für jene kostbaren fünfzehn Sekunden danken wird, um die sie unser Leben gerade verlängert haben. Sie verstehen nicht, daß es nur weitere fünfzehn Sekunden sind, die man damit verbringen kann, sie inbrünstig zu hassen und auf Rache zu sinnen.

Meine Schulversicherung läuft in ein paar Wochen aus, und ich machte einen Termin für eine ärztliche Routineuntersuchung. Die zahlen sie noch; alle anderen Beschwerden wurden als »kosmetisch« abgetan.

Wenn man eine Nierentransplantation will, zahlen sie die, aber wenn man verzweifelt eine Haarbalgverpflanzung braucht, ist das »kosmetisch«. Sagen *Sie* mir, was das soll.

Ich stand zwanzig Minuten lang im Untersuchungszimmer herum und hatte Angst, mich ein bißchen umzusehen, weil ständig eine Krankenschwester oder ein verwirrter Patient die Tür aufmachte und reinkam. Und es ist schon schlimm genug, in der Unterhose ertappt zu werden, aber noch schlimmer, in der Unterhose ertappt zu werden, wenn man sich auf einem wildfremden Rezeptblock Valium verschreibt.

Als der Arzt endlich kam, überflog er meine Unterlagen und sagte: »He, wir haben fast am selben Tag Geburtstag. Ich bin einen Tag jünger als Sie!«

Das wirkte wahre Wunder und stärkte meine Moral. Das ist mir ja noch nie passiert, daß mein Arzt jünger ist als ich. An sowas war gar nicht zu denken.

Er fing mit ein paar einleitenden Fragen an und sagte dann: »Rauchen Sie?«

»Nur Zigaretten und Gras«, antwortete ich.

Er sah mich an: »*Nur* Zigaretten und Gras? Nur?«

»Kein Crack«, sagte ich. »Das Zeug rühre ich nicht an. Zigarren auch nicht. Schreckliche Angewohnheit, ganz scheußlich.«

Ich war auf Montage und taute bei jemandem die Tiefkühltruhe ab, als ich den Bericht der Verbraucherschutzorganisation über das Passivrauchen hörte. Er kam im Radio, und sie berichteten es immer und immer wieder. Der Bericht hatte auf mich die gleiche

Wirkung wie die früheren Berichte der Verbraucherschutzorganisation auf Autohersteller und Betreiber chemischer Fabriken: Ich fand ihn reaktionär und unfair. Der Bericht beschuldigt Raucher, besonders rauchende Eltern, der kriminellen Fahrlässigkeit, als wären das Menschen, die geladene Pistolen auf dem Beistelltisch herumliegen lassen, neben Rasiermessern und Krügen voll Benzol.

Über Weihnachten sahen wir Kartons mit Familienfotos durch und spielten das Spiel »Mom finden, Moms Zigaretten finden«. Auf jedem Foto ist eine. Wir haben Fotos von ihr, wie sie schwanger ist und sich über ein brennendes Streichholz beugt, und andere, auf denen sie mit ihren neugeborenen Babys posiert, mit einem Heiligenschein aus Zigarettenrauch über unseren Köpfen. Diese Fotos wärmten unser Herz.

Sie rauchte in der Badewanne, wo wir ihre ersoffenen Kippen säuberlich neben der Shampooflasche aufgereiht fanden. Sie rauchte während der Mahlzeiten und benutzte ihren halbleeren Teller oft als Aschenbecher. Moms Theorie lautete, wenn man das Essen kochte und den Abwasch machte, durfte man seinen Teller verwenden, wie man wollte. Wir fanden, das hatte Sinn.

Selbst nachdem bei ihr Lungenkrebs festgestellt worden war, rauchte sie weiter, allerdings nicht mehr so oft. Auf ihrer letzten Fahrt ins Krankenhaus, mit schwerer Lungenentzündung, sagte sie meinem Vater, sie habe zu Hause etwas liegengelassen, und er mußte noch einmal wenden. Und dann stand sie am Küchentresen und genoß ihre, wie sie wußte, letzte Zigarette. Ich hoffe, sie hat sie sehr genossen.

Keiner von uns kam je auf die Idee, Mom könnte mit dem Rauchen aufhören. Sie sich ohne Zigarette vorzustellen, war, als versuchte man, sie sich auf Wasserskiern vorzustellen. Jeder von uns soll sich seine eigene Lebensqualität aussuchen und Spaß haben, wo er ihn findet, nur soll er sich dabei klar sein, daß, wie Mom zu sagen pflegte, »es dich früher oder später erwischt«.

Mich hat es erwischt, sobald ich von der Arbeit nach Hause kam und Hugh seine Interpretation des Berichts der Verbraucherschutzorganisation vortrug. Er sagte mir, ich dürfe in keinem Zimmer mehr rauchen, in dem er sich gerade aufhalte. Unsere Wohnung ist klein –, vier winzige Räume.

Ich sagte ihm, da ich die halbe Miete zahlte, müßte ich während der halben Zeit, in der wir uns im selben Zimmer aufhielten, rauchen dürfen. Er stimmte zu, unter der Bedingung, daß, sobald ich mir eine Zigarette anzünde, sämtliche Fenster aufgerissen werden müssen.

Es ist kalt draußen.

Der Michelin-Mann hat das Wort

Um meinem Pastor einen Gefallen zu tun, hat mir Carlton Manning Arbeit in seiner Tankstelle gegeben, obwohl ich nicht Auto fahren kann. Sie könnten sagen, das wäre, als beugte sich ein kahler Friseur oder ein zahnloser Zahnarzt mit guten Ratschlägen über einen. Sie könnten sagen: »Was weiß der denn schon?« Ich möchte wetten, daß er mehr weiß, als Sie denken. Ich wette, daß er den Zähnen, die für Sie das Selbstverständlichste von der Welt sind, große Hochachtung und Bewunderung entgegenbringt. Hören Sie auf ihn. Der Mann verfügt über Insider-Informationen.

Manchmal gehe ich zu Fuß zur Arbeit, aber für gewöhnlich nehme ich den Bus. Viele fahren mit dem Bus, weil ihre eigenen Autos kaputt oder unzuverlässig sind. Diese Menschen sehen mich in meiner Uniform und denken weißgott was, aber sie benehmen sich, als befände sich ein Arzt im Haus. Carlton sagt, sie wollen gute Ratschläge abstauben. Da ich keinerlei Kenntnisse vom Automobil besitze, sei es nun ausländisch oder eingeheimst, formuliere ich ihre Fragen so um, daß sie mir Kameradschaft gestatten –, daß Fremdlinge zu Freunden werden.

Im Bus habe ich einige schöne Freundschaften geschlossen. Freunde in der Not: Alle befinden sich in der einen oder anderen Notlage; mal brauchen sie einen bis zwei Dollar, dann wieder einen Kamm oder mein Transistorradio. Letzte Woche habe ich einer Frau meine Turnschuhe geschenkt, nachdem ich erfahren hatte, daß Vandalen den Sattel des Motorrads ihres Sohnes aufgeschlitzt und zerfetzt hatten. Da er nichts mehr hat, worauf er sitzen kann, ist ihr Sohn gezwungen, zwischen seiner Wohnung und der Kirche, in der er seine Mahlzeiten einnimmt, hin- und herzulaufen.

»Wie kann ich nur helfen?« fragte ich mich. »Ich besitze keine schneiderischen Fertigkeiten, die es mir gestatten würden, einen zerrissenen Motorradsattel zu reparieren. Was kann ich tun?«

»Was du tun kannst? Schenk ihr deine Schuhe«, kam die Erwiderung von irgendwoher tief in meinem Herzen.

Ich tat es. Ich schenkte ihr meine Schuhe.

»Was soll ich denn mit denen?« fragte die Frau.

»Das wird sich zu gegebener Zeit offenbaren«, erwiderte ich.

Jetzt frage ich die Frau jedesmal, wenn ich sie sehe: »Hat es sich schon offenbart?« Sie sagt, bisher noch nicht, aber ich werde der erste sein, der es erfährt.

Freunde! Jeden Tag bietet mir der Busfahrer das Steuerrad an, und jeden Tag bin ich gezwungen, sein Angebot abzulehnen. Zwar würde mir nichts mehr Genuß bereiten, als diese Passagiere an ihren Bestimmungsort zu geleiten, aber Staats- wie Bundesgesetz gebieten, seine freundliche Einladung nicht wahrzunehmen.

Ich kann wegen meiner Augen nicht fahren, die von Tag zu Tag schwächer werden. Die Hand des Schicksals wird mich in Zukunft mit Blindheit schlagen. Meine geringe Sehkraft ist genital bedingt, d. h. von der Mutter her vererbt. Ich habe mich gegen jede Anzahl von »Operationen« entschieden, denn ich kann nicht so vermessen sein, daß ich die Hand Gottes in eine andere Richtung zwinge. Willig will ich den Pfad beschreiten, den Er mir vorgezeichnet hat. Ob ich denn wandle oder strauchle oder krieche, ist an Ihm, nicht an mir. Carlton hat Schwierigkeiten, meine Einstellung zu verstehen. Er sagt, in ein bis zwei Jahren wird er an einer neuen Leber interessiert sein. Er fragt immer hübsche Mädchen, ob sie eine haben, die sie entbehren können. Carlton sagt, er bittet sie um ihre Leber und stiehlt ihnen dabei das Herz.

Im Radio höre ich von Menschen, deren Zeit gekommen ist, sie verschließen sich jedoch der Wahrheit und versuchen, mit einem Plastikherzen, im aufgeschnittenen Brustkorb angebracht, zu leben. Aber was für ein Leben ist das, wenn man eine Herzbatterie über das zerklüftete irdische Terrain schiebt? Gott sieht auf jene herab, so versuchen, Ihm Seinen Plan abzuschmeicheln, und ich glaube, Er lacht in Sich hinein. Er gönnt ihnen ihre Minute in der Sonne, und dann ruft Er sie zur Beratung zu Sich. Der HErr gibt diesen Menschen gerade genug Strick, um sich zu erhängen, aber auf sanfte und schlaue Weise, wie sie niemand imitieren oder ignorieren kann.

Da ich eine sehr rasche Auffassungsgabe habe, brauchte ich nur wenige Wochen, bis ich meine Stellung als Tankwart meisterte. Die erste Schwierigkeit bestand darin, die Benzintanks zu finden, die von Spitzenkräften so entworfen wurden, daß sie mit der Oberfläche des Automobils verschmelzen.

Warum?

Ich kann diese Frage nicht beantworten. Ich kann nur spekulieren. Vielleicht würden diese Spitzenkräfte Sie gern davon überzeugen, daß ein Automobil von selbst und aus freien Stücken läuft, wie ein Tier, das von Ort zu Ort hetzt. Sie sehen vielleicht, sagen wir, einen Hund, der neben der Straße einherläuft, und fragen sich, warum er läuft. Sie denken nie an den Benzintank des Hundes, einen Freßnapf und ein Schälchen Wasser neben seinem Körbchen. Diese Spitzenkräfte würden gern natürliche und mechanische Welt gegeneinander eintauschen.

Können sie die Öffentlichkeit täuschen?

Vielleicht.

Können sie mich täuschen?

Nein.

Sobald ich die Tanks gefunden hatte, fand ich es schwierig, die Zahlen an der Zapfsäule zu lesen und gleichzeitig Benzin zu verabreichen.

»Zu sieben Dollar bleifrei«, sagt vielleicht ein Kunde.

»Wie fühlt sich das an?« frage ich mich dann vielleicht. Bleifreies Benzin zu sieben Dollar geht schnell vorbei. Es ist eine kurze Zeitspanne, verglichen mit dem Gegenwert von sieben Dollar, den man von einem Film bekommt, oder von der Zeit, die man vielleicht braucht, um eine Mahlzeit in einem Lieblingsrestaurant zu genießen. Denken Sie mal drüber nach!

Obwohl ich so schlecht sehe, konnte ich ganz deutlich sehen, daß viele Tankstellenbesucher mehr als nur Benzin brauchten. Es war schwer, von meiner Position am Heck des Wagens aus zu konversieren, aber wo ein Wille ist, ist ein Weg. Während der frischen Wochen des April fand ich mich bereits gegen Mittag heiser und mußte die Stimme über das Lärmen des Verkehrs und des Lebens als solchem erheben. Ich war all meinen Kunden gleichermaßen behilflich, fand aber die größte Herausforderung in Gestalt gewisser junger Menschen, die zu glauben schienen, daß die Hölle nicht schlimmer ist als ein heißer Tag am Strand. Ich wäre glücklicher als glücklich gewesen, diese jungen

Menschen zu beraten, einzeln und von Mensch zu Mensch. Wenn ich bis an mein Lebensende damit zu tun hätte, würde ich freudig die Herausforderung annehmen. Traurigerweise wies die Mehrheit mein Angebot, sie zu führen, zurück.

»F – – – k dich doch ins Knie«, sagten sie gern. »Zur Hölle mit deinen Marotten, Maulwurf.«

Ohne zu zahlen, scherten sie aus der Tankstelle aus und fädelten sich mit quietschenden Reifen in den fließenden Verkehr ein, wobei sie ihr Radio so laut spielen ließen, daß ich sie noch viele Straßen weiter hören konnte. Ich rief ihnen Bedenkenswertes nach. Zufällig weiß ich, daß die Hölle ganz und gar nicht so ist wie der Strand. In der Hölle gibt es keinen Sand und auch kein Wasser. In der Hölle ist es so heiß, daß der Sand geschmolzen ist. Denkt mal drüber nach!

Viele Menschen sprachen mit mir über den Ärger, den sie mit ihren Autos hatten. Sie fühlten, wie etwas am Steuerrad zog, oder hörten ein Geräusch, als poche jemand, den es unter die Motorhaube verschlagen hatte, geduldig, um freigelassen zu werden. Carlton befahl mir, ihnen zu sagen, es höre sich an wie ein Getriebeproblem, und sie sollten einen Termin vereinbaren, damit sich einer unserer Männer das mal ansieht. Ich verstand, daß dies Carltons Plan war, Menschen zu fangen, indem er sich ihre Ängste zunutze machte. Nach der dritten Woche sagte ich ihm, an so etwas könne ich nicht mehr teilhaben. Er schien nicht ärgerlich noch überrascht, sondern er meinte, ein Job, der mir mehr Einsamkeit biete, sage mir vielleicht mehr zu.

Ich begann mit einer kürzeren, aber späteren Schicht, einem Job, der vollen Einsatz verlangte, so recht dazu angetan, mich mit der Demut anzufreunden. Ich säuberte die Toiletten und fand dort unaussprechliche Dinge. Männer priesen sich mit Filzschreibern und scharfen Messern an den Wänden an. Carlton hatte die Tür der Kabine auf dem Männerklo entfernen lassen, als er entdeckte, daß sie von verwirrten und einsamen Männern als abartiges Vereinsheim genutzt wurde. Täglich wischte ich den Fußboden und reinigte Waschbecken und Kloschüssel.

»Menschlicher Abfall ist, zuoberst, menschlich«, sagte ich mir. »Ich bin ein Mensch, sie sind Menschen.« Zusammen sind wir eine Menschheit, die sich durchaus die ein, zwei Augenblicke Zeit nehmen könnte, die es braucht, um hinter uns sauberzumachen.

Die Frauen waren genauso schlimm wie die Männer, manchmal schlimmer. Aus Angst vor Bazillen benutzten viele Frauen Handtücher und Klopapier, um sich ein Nest zu bauen, auf dem sie sitzen konnten. Der Toilettenfußboden war feuergefährlich. Ich fand nicht wenige Kleidungsstücke auf der Damentoilette. Mir oblag die Organisation einer Kiste für Fundsachen in unserer Tankstelle. Bisher hat sich niemand gemeldet, um etwas einzufordern, und ich erwäge, diese Bekleidungsartikel den Bedürftigen zu spenden. Letztes Jahr wurde ein neugeborenes Baby in einer

Sunoco-Tankstelle in der Glenwood Avenue gefunden. Es war ein Mädchen, immer noch am Leben. Es wurde ins Krankenhaus gebracht und nach einem Buchstaben des Alphabets benannt. Nach einem Monat meldete sich die Mutter und machte Ansprüche auf ihr Kind geltend.

Die Mutter sagte, es sei ein Mißverständnis gewesen. Sie sagte, nie wieder würde sie ihren Freund darum bitten, aufs Baby aufzupassen. Wie also hat ihr Freund heimlich ein Baby auf die Damentoilette geschafft? Das möchte die Öffentlichkeit doch erfahren. Ich habe den Fall genau verfolgt, was eine Fügung ist, dachte ich doch, ich hätte erst letzte Woche im Damenklo unserer Tankstelle ein winziges Baby entdeckt. Ich folgte meinen Instinkten und rief die Polizei, einen Krankenwagen und Pastor Holden an. Die Augenblicke vergingen wie Stunden, und in meiner Ungeduld griff ich in die Toilette, zog das Objekt in Babygestalt heraus, dachte, es könne noch am Leben sein, und betete, daß es mir gelänge, es zu retten. Dank sei Gott, ich hatte mich geirrt. Es war dann doch kein Baby. (Aber groß genug war es bestimmt!)

Nach dieser Episode entschied Carlton, daß Taylor die Toiletten saubermachen sollte, da er eine Familie zu ernähren habe und das Überstundengeld gut gebrauchen könne. Außerdem beauftragte er Taylor damit, die Wasserbälle und 1,2-Liter-Flaschen Pepsi anzuschleppen, die wir Kunden, die mindestens zwanzig Dollar ausgeben, als Prämie anbieten. Wenn ich ganz ehrlich sein soll, so war ich ein ganz kleines bißchen neidisch. Hier war nun Taylor und kriegte all die guten Jobs (fand ich). Es stimmt zwar, daß er ein Kind zu unterstützen hatte, es stimmt aber auch, daß das Kind siebenundzwanzig Jahre alt ist und gegenwärtig in der JVA Feeny residiert, allwo es eine fünfjährige Haftstrafe wegen bewaffneten Raubüberfalls abbüßt. Es stellte sich überdies heraus, daß es eine Tankstelle überfallen hat. Carlton weiß nichts davon. Ihm hat man gesagt, Taylors Sohn sei fünf Jahre alt und brauche dringend eine kostspielige rhinoplastische Operation, welche hoffentlich die Atembeschwerden des Kindes korrigiere.

»Wie geht's dem Jungen?« fragt Carlton gern.

»Nicht gut, gar nicht gut«, antwortet Taylor dann. »Hab seit drei Tagen keine Nacht ein Auge zugemacht. Hört sich an, wie wenn jemand mit einer Schaufel übers Pflaster schabt. Genauso hört sich das an, wenn man diesem Baby zuhört, wie es versucht, Atem zu holen. Es ist ein Ton, der einem Mann das Herz brechen kann.«

Taylor sagte mir später, eine Schaufel auf Pflaster ist das Geräusch, das seine Schwester beim Schnarchen macht, wenn sie neben ihm im Bett schläft. Es ist falsch, Carlton anzulügen, und ich habe viele lange Stunden damit verbracht, mir das durch den Kopf gehen zu lassen. Wenn Carlton auf mich zukommen und mich fragen sollte: »Ist Taylors Sohn ein Kleinkind oder ein Sträfling?« würde es mir die Ehre gebieten, die Wahrheit zu sagen. Bisher hat er nicht gefragt, sollte er aber fragen, so bin ich bereit, mit der Wahrheit herauszurücken und zu beten, daß Taylor dafür Verständnis aufbringt.

Mein nächster Job bestand darin, den Bereich um den Schuttabladeplatz zu säubern und vor Dienstschluß die Schläuche und Reifen hereinzutragen. Auf diese Weise kam mein Bild in die Zeitung. Ich trug ein ganzes Bündel Schläuche um den Körper gewickelt, als jemand davon einen Schnappschuß anfertigte. Ich hatte den Pfad von der Zapfsäulenplattform bis zur Garage auswendig gelernt und war es gewohnt, im Dunkeln zu gehen, insofern war es kein Problem für mich. Ich war direkt in der Abendzeitung, aber mein Gesicht war nicht zu sehen, nur meine Beine.

Jetzt will Carlton, daß ich das jeden Tag mache. Ich komme um sechzehn Uhr dreißig und stehe, mit Schläuchen behängt, bis achtzehn Uhr oder noch länger vor der Tankstelle. Carlton sagt, das ist ein Blickfang während der Stoßzeit und gut für das Verhältnis zur Kundschaft. Während ich hin- und herrenne, kann ich oft Carltons laute Stimme hören, wie er mit den Kunden scherzt. Er sagt: »Ich hoffe, es *schlaucht* ihn nicht zu sehr«, und: »Leute, an diesem Job kann er nur *reifen.*« Ich wünschte, ich könnte die Gesichter der Menschen sehen, wenn sie mich voll Verwunderung betrachten, einen Mann aus Schläuchen, der sie vor dem Ertrinken retten kann.

Giantess

Schriftsteller gesucht! Spaß haben und gleichzeitig ein paar Dollar dazuverdienen – mit dem Schreiben von Erotika! Das Magazin *Giantess* braucht Storys über Mädels, die zu gigantischen Proportionen heranwachsen! Arbeitsproben an: D. L. Publications.«

Ich malte einen Kringel um diese Anzeige in der Morgenzeitung, ließ sie auf dem Schreibtisch liegen und ging zur Arbeit, die darin bestand, die Bücherregale eines Art Directors abzubeizen. Dieser Mann hatte, neben anderen Kunstgegenständen, zwei empfindliche Porzellanteller, auf denen je einmal die tollkühne Reise eines Spermatozoons in Richtung Ei dargestellt war. Als der Nachmittag zur Hälfte verstrichen war, besaß dieser Mann nur noch einen solchen Teller. Es war nicht unbedingt unsere Schuld; es ist nur so passiert. Die Frau, mit der ich zusammenarbeitete, meinte, wir sollten ein Bekennerschreiben hinterlassen, aber ich fand, es wäre vielleicht eine bessere Idee, ihm zu sagen, ein Eichhörnchen wäre zum Fenster hereingekommen, auf die Anrichte gesprungen, hätte den Teller zerschmettert und wäre so plötzlich wieder verschwunden, wie es gekommen sei. Ich fand, wir sollten die Oberfläche der Anrichte zerkratzen, um zerstörerische Pfotenspuren zu suggerieren. Lili entschied, es sei besser, mir die ganze Schuld zuzuschieben, da der Kunde ein Freund ihres Bruders war. So machten wir es dann auch.

Ich kam nach Hause, schrieb einen Brief an *Giantess* und legte eine Geschichte bei, die ich vor einigen Jahren geschrieben hatte. Ich habe nicht zufällig irgendwelche Riesinnengeschichten im Hause herumliegen und habe ihnen etwas über einen kleinen Mann geschickt. Ich hoffte, sie merken, daß Körpergröße das Thema ist.

Heute habe ich für Marylin Notkin gearbeitet. Ich habe ihre Schlafzimmerfenster mit einer Lötlampe von alten Farbschichten befreit. Ich war etwa eine halbe Stunde tätig gewesen, als mir eine Sicherung rausflog, weshalb ich meine Lötlampe absetzte und in den Keller zum Sicherungskasten eilte. Auf dem Rückweg in Marylins Wohnung platzte ich in das Apartment im Parterre und sah mir mit Kim zusammen ein paar Minuten von der Talkshow mit Oprah Winfrey an. Heute morgen waren Oprahs Gäste Menschen, die das Unverzeihliche verziehen hatten. Eine Frau hatte zugunsten des Mannes ausgesagt, der ihr zwanzig Messerstiche verpaßt hatte. Eine andere hat den Mann umarmt, der im Suff ihren einzigen Sohn überfahren hatte. Jetzt lädt sie ihn über die Feiertage und zum Sonntagsschmaus zu sich nach Hause ein.

»Er ist jetzt wie ein zweiter Sohn für mich«, sagte sie und griff nach seiner Hand. »Ich würde Craig für nichts eintauschen.« Der Schwerverbrecher starrte seine Füße an und zuckte mit den Schultern. Ich fand, eine längere Haftstrafe wäre viel angenehmer gewesen, als wenn man die Stelle des Menschen einnehmen muß, den man umgebracht hat. Ich fand das komisch und lachte, als ich in der Ferne ein hohes Heulen hörte, wie von einem Auto-Alarm, aber nein, es war kein Auto-Alarm. Es war schrill und hörte nicht wieder auf, und ich versuchte, es zu identifizieren, als mir die Lötlampe wieder einfiel, und ich rannte die Treppe hoch in Marylins Schlafzimmer, wo die flammende Fensterbank gerade die blütenweißen Vorhänge in Brand gesetzt hatte. Der Rauchmelder kreischte, ich erstarrte kurz und beobachtete, wie die Vorhänge die Farbe wechselten. Und dann drückte ich sie an meine Brust und patschte mit den Händen auf die Flammen. Ich hatte aufgehört zu denken, so verängstigt war ich. Das Feuer erstarb in meinen Händen, und danach, als ich verzweifelt versuchte, meine Spuren zu verwischen, fragte ich mich, was man zu jemandem sagt, dessen Wohnung man gerade abgefackelt hat.

»Nein, ernsthaft, es tut mir wirklich, wirklich leid, und um das zu beweisen, will ich mal für heute nichts in Rechnung stellen. Geht alles auf mich.«

Der Redakteur von *Giantess* rief mich an, er habe meinen Brief erhalten und fände mich vielleicht ausbaufähig. Er stellte sich als Hank vor und sagte: »Deine Story hat mir gefallen, Dave, aber für *Giantess* mußt du die Albernheiten weglassen und gleich an die erregenden Sachen ran, falls du verstehst, was ich meine. Verstehst du, was ich meine, Dave?« Er sagte mir, seine Leser interessierten sich für Frauen, die irgendwo zwischen drei und neunzehn Metern angesiedelt seien, und zögen den allerhöchsten Genuß aus der physischen Beschreibung einer Riesin, die aus ihren Klamotten herauswächst. »Weißt du, wovon ich spreche, Dave? Ich muß *hören* können, wie diese Klamotten nachgeben, bis sie reißen. Meinst du, du kannst das für mich machen?«

Es schien etwas zu sein, wozu ich vielleicht imstande war. Hank bot an, mir ein paar frühere Ausgaben zu schicken, und ich sagte, klingt gut. Später am Nachmittag ging ich einkaufen und fragte mich, wodurch eine Frau wohl zu solchen Proportionen heranwachsen mag. Es muß doch schrecklich einsam sein, neunzehn Meter groß zu sein. Man hätte überhaupt kein Privatleben mehr, und bei jedem Stuhlgang würden ganze Städte evakuiert. Was würde man denn essen? Ein Brathuhn wäre so groß wie eine Erdnuß.

Man würde fünf Dutzend verputzen und hätte das Gefühl, nur einen kleinen Imbiß zu sich genommen zu haben.

Diese Woche arbeite ich auf der Upper East Side und assistiere einem Anstreicher namens Jeffrey Lee. Die Kunden renovieren ihre Fünfzehn-Zimmer-Wohnung in der Fifth Avenue und lassen gerade eins ihrer Schlafzimmer zum Badezimmer für ihre Hunde umbauen. So einen Wohlstand hatte ich noch nie gesehen –, bis heute nachmittag, als Jeffrey und ich zum Mittagessen in der Wohnung des zuständigen Innenarchitekten waren. Ich staunte über die Pracht: ein Gemälde von Sargent im Arbeitszimmer, ein kleiner Bosch in der Küche an die Wand gelehnt –, Zimmer für Zimmer mit Schätzen gefüllt. Der Innenarchitekt war nicht zu Hause, deshalb aßen Jeffrey und ich mit einem Taxator und drei stämmigen Männern, welche die Eßzimmerfenster auswechseln sollten. Ich nahm an, wir würden beisammensitzen und die Erhabenheit bewundern, aber Jeffrey Lee telefonierte, und die Männer fachsimpelten –, und die ödeste Fachsimpelei auf Erden ist die Fenstersimpelei.

»Was haltet ihr von diesen eindreiviertelzölligen nahtlosen Scheibenleisten?« fragte einer der Männer. »In der Ost-Vierundachtzigsten habe ich mit denen gearbeitet, und ich kann euch sagen: Das Hochziehen ist echt Scheiße, aber beim Verglasen kann man nur noch staunen.«

»Verdammt«, sagte ein anderer Mann und zerrte an seinem T-Shirt. »Für den Achter von Champion würde ich keine zwei Cent raustun. Da nehme ich lieber doppelt verglaste Dreiviertel-Stets, aber jederzeit. Allein schon bei der Montage sind die so gut wie zwei Dutzend Champions. Diese Stets im Doppelverbund mit kupferlegiertem Toby-Stahlkopf –: Da habt ihr ein Fenster.«

Ein Fensterputzer erschien an der Tür, der Obermontierer zeigte auf einen seiner Männer und sagte: »Byron, nimm doch mal Meister Proper mit ins Eßzimmer und zeig ihm, worauf es bei den neuen Moldonatos ankommt.«

Der Fensterputzer sagte, er putze seit nunmehr zweiunddreißig Jahren Fenster und wisse wahrscheinlich bereits, worauf es ankomme. Er wollte noch nicht so richtig anfangen zu arbeiten, weshalb er sich eine Zigarette anzündete und über die Tragödie zu sprechen begann, die sich jüngst mit Eric Claptons kleinem Sohn zugetragen hatte, der etwa fünfzig Stockwerke tief aus dem Wohnzimmerfenster gefallen war.

»Das war in Nummer Sieben-Siebenundfünfzig, stimmt's?« fragte der Vorarbeiter.

Die Fenstermänner nickten.

»In Sieben-Siebenundfünfzig haben sie diese Magnum-Doppelhänger, die fangen fünfundvierzig Zentimeter über dem Fußboden an. Das ist ganz schön niedrig. Dieser Clapton-Heini hätte einen gottverdammten Kinderrost anbringen lassen sollen und fertig!«

Die Fenstermänner stimmten ihm zu.

Dann erzählte der Fensterputzer eine Geschichte über einen jungen Typ, der an seinem ersten Tag als Fensterputzer fünf Stockwerke tief runtergefallen ist, weil er Fenster geputzt hat, die auch von innen hätten geputzt werden können. »Dieses Kind hatte keinen Schimmer von den neuen *Acorn*-Kipp-&-Kehrs. Da macht er doch tatsächlich seine Haken an den – muß man sich mal vorstellen! – Markisenringen fest! Scheiß-Markisenringe halten nicht mal das Gewicht einer Hauskatze, aber er voll rein und fällt WUMMSTI – fünf Etagen tief.«

Die Fenstermänner fuhren eine Schweigeminute.

Ich fragte, ob der junge Mann gestorben sei, und alle stöhnten, von meiner Blödheit zermürbt.

»Natürlich ist er gestorben«, sagte der Fensterputzer. »Mehr als drei Stockwerke überlebt niemand, jedenfalls nicht in dieser Stadt.«

Dann kam Jeffrey Lee vom Telefonieren zurück und sagte, wenn er die Wahl hätte, würde er lieber von einem höheren Stockwerk runterfallen, weil dann das Leben mehr Zeit habe, vor seinem geistigen Auge vorüberzuziehen.

Die Fenstermänner sagten, das käme alles auf das Leben an, welches man vorher geführt habe. Und dann wechselten sie das Thema und begannen, sich über Weiber auszutauschen.

Heute kamen mit der Post zwei Nummern von *Giantess*, beiliegend ein Brief von Hank, und Hank schreibt: »Bitte immer dran denken, daß Geschichten, in denen kontinuierliches, spektakuläres Wachstum vorkommt, bei unseren Lesern am beliebtesten sind.« In den Magazinen stehen Geschichten mit Titeln wie »Die Heranwachsende«, »Das Lustschiff« und »Die große Unbekannte«. Es gibt Illustrationen und Anzeigen für Videos, eins mit dem Titel *Niedertrampeln und Zerquetschen*. Dies ist eine Publikation für Männer, die sich danach sehnen, eine Vagina so zu erkunden, wie andere vielleicht die Höhlen von Luray besichtigen möchten. Bei der Lektüre stellte ich fest, daß die Frauen, sobald sie anfangen zu wachsen, sehr launisch und aggressiv werden, und die kniehohen Männer scheinen es zu lieben.

Meine Schwester gab mir mal ein Magazin namens *Angebufft und schießwütig,* welches nackte, schwangere Frauen vorstellte, die mit Feuerwaffen hantierten –, Pistolen, Jagdflinten, Uzis, alle Sorten. Ich kann mir nicht vorstellen, daß *Angebufft und schießwütig* weite Verbreitung findet, aber ich bin sicher, daß seine Abonnenten auf ihre Weise beschäftigt und zufrieden sind. Trotzdem habe ich – wie bei *Giantess* – so meine Schwierigkeiten, ihnen bei ihrem Fetisch zu folgen. Mir schaudert beim Gedanken an Brustwarzen, so groß wie Gullydeckel. Unter der Oberfläche scheint der *Giantess*-Leser ein Mann zu sein, der sich in seine frühe Kindheit zurücksehnt. Gern blickt er auf die

Zeit zurück, da er von seiner Mutter zum Zwerg gemacht wurde, und sie ihn schalt, wenn er sich befleckt hatte. Und das ist nun wirklich die allerletzte Erfahrung, die ich erneut durchleben möchte. Klar habe ich ein paarmal den Arsch versohlt bekommen, aber ich sehe diese Züchtigungen nicht als Höhepunkte. Ich habe mich weiterentwickelt und bin im Leben vorangekommen. Etwa nicht?

Parade

Vor einiger Zeit war ich bei Oprah in ihrer Talkshow und sprach darüber, wie ich zu sehr geliebt habe. Haben Sie's gesehen? Die anderen Gäste waren Männer, die immer noch zu sehr lieben. Diese Männer machten durch, was ich selbst einst durchgemacht hatte, und sie taten mir leid. Ich war der Gast, der es vom Zu-sehr-Lieben zum Zu-sehr-geliebt-*Werden* geschafft hatte. Jeder liebt mich. Ich bin der wichtigste Mensch im Leben von fast allen, die ich kenne, und außerdem noch von einer ganzen Reihe von Leutchen, die ich mein Lebtag nicht gesehen habe. Ich sage das nicht so lässig dahin; ich will nur andeuten, daß ich weiß, wovon ich spreche.

Weil ich das Problem von beiden Seiten kenne, werde ich ständig um Rat gebeten. Die Leute wollen wissen, wie ich es geschafft habe. Sie wollen wissen, ob ich einen Therapeuten empfehlen kann. Wieviel es kosten wird, wie lang es dauern wird, bis die Therapie anschlägt. Denen sage ich dann, genau wie jetzt Ihnen, daß ich noch nie in meinem Leben bei einem Therapeuten gewesen bin. Ich bin mit allem selbst zurechtgekommen. Ich sehe das nicht als große Leistung an. Ich habe lediglich mein Lebensmuster betrachtet, entschieden, daß es mir nicht gefiel, und dann habe ich mich geändert. Ich war ja auch nur bereit, bei Oprah aufzutreten, weil ich fand, ihre Show könnte ein bißchen Glanz vertragen. Oprah ist eine echte Süßmaus, aber darauf würde man nie kommen, wenn man nur ihre Show sieht, diese Parade von Trunkenbolden und einarmigen Sozialschmarotzern. Außerdem habe ich das natürlich gemacht, um den Menschen zu helfen. Man tut halt, was man kann.

Als ich heranwuchs, waren meine Eltern so mit sich selbst beschäftigt, daß ich wenig Liebe und Zuwendung bekam. Deshalb habe ich jeden, mit dem ich in Berührung kam, schier totgequetscht. Wenn ich eine Verabredung hatte, habe ich den Betreffenden schon am ersten Abend in die Flucht geschlagen, indem ich sagte, dies sei es nun tatsächlich, das Liebeserlebnis, auf das ich immer schon gewartet hätte. Ich habe sofort Zukunftspläne geschmiedet. Alles, was wir zusammen unternahmen, hatte für mich eine Bedeutung und blieb mir strahlend im Gedächtnis haften. Bei der zweiten Verabredung erschien ich mit einem Koffer und mehreren kleinen Möbelstücken in der Wohnung des Freundes, damit ich, wenn ich endgültig bei ihm einzog, keine komplette Möbelpackerriege brauchte. Wenn diese Freunde es mit der Angst bekamen und sich von mir zurückzogen, mietete ich Detektive, die ihnen überallhin folgten. Ich mußte einfach wissen, daß sie mich nicht betrogen. Ich liebte meine Bekanntschaften bis zur Besessenheit. Ich zog mich an wie sie, dachte wie sie, hörte die Platten, die ihnen gefielen. Ich vergaß mich völlig!

Kurz und gut, ich sprach schließlich meine Eltern direkt darauf an, und sie sagten mir, sie seien nur deshalb ausschließlich mit sich selbst beschäftigt gewesen, weil sie Angst hatten, ich könnte sie zurückweisen, wenn sie mich so intensiv geliebt hätten, wie sie vorgaben, sich selbst zu lieben. Auch sie waren verletzt, und sie waren bemerkenswert verletzlich. Sie wußten immer, daß ich was Besonderes war, daß ich was ganz Spezielles an mir hatte, daß ich irgendwann eine große Berühmtheit werden würde, die der ganzen Welt gehören sollte und nicht nur ihnen. Und sie hatten recht. Ich kann sie nicht dafür hassen, daß sie recht hatten. Ich krempelte mein Leben um und legte mich ins Zeug.

Haben Sie die Sendung gesehen? Chuck Connors und Cyrus Vance sind da meiner Ansicht nach nur aufgetreten, um wieder etwas Schwung in ihre absackende Karriere zu bringen. Aber Patrick Buchanan nicht. Mann, ich dachte, ich wäre schlimm dran! Patrick Buchanan hat jeden Freund vertrieben, den er jemals hatte, und er macht es immer noch. Patrick ist eine große Heulsuse. Irgendwie hat er sich in mich verkrallt, und seit der Show ruft er ständig an und weint. Das ist sein Markenzeichen, weinen und mit Selbstmord drohen, wenn ich nicht zuhöre. Dieser Typ ist ein totaler emotionaler Krüppel, aber die anderen Talkshow-Gäste schienen überhaupt nichts zu dem Thema beitragen zu können. E. G. Marshall zum Beispiel sprach darüber, wie er am Haus seines Ex-Freunds vorbeigefahren ist und ihn mitten in der Nacht angerufen hat, nur um seine Stimme zu hören. Chuck Connors sagte, er habe seine Freunde mit kostspieligen Geschenken überschüttet. Er versuchte, sich ihre Liebe zu erkaufen. Chuck Connors würde Liebe nicht erkennen, wenn sie seine eigene Hand wäre, und E. G. Marshall würde sie nicht erkennen, wenn sie beide Hände wäre, eine da unten und die andere sanft an seiner Kehle.

Diese Woche bin ich in *People,* aber nicht auf dem Umschlag. Bruce Springsteen ist auf dem Umschlag, mit Wieheißtsienoch, seiner plattgesichtigen neuen Ehegattin, Patty Scholastica oder Scoliosis – irgend so ähnlich. In dem Artikel spricht sie von Bruce immer als vom »Boss« und läßt sich darüber aus, wie er »privat« sei.

Wenn sie Bruce den »Boss« nennt, kann ich Ihnen sagen, daß sie absolut keinen Schimmer hat, wie er »privat« ist.

Ich war der Boss, als Bruce und ich zusammenwaren. Vielleicht sollte ich diese Person, diese Patty, mal anrufen und ihr sagen, wie man es Bruce besorgen muß, ihr ein paar Tips geben und diese »Boss«-Kiste ein für allemal klären. Ihr sagen, wie Bruce angekrochen kam und um eine kleine Aufgabe bat und wie er sich benommen hat, als ich ihn abweisen mußte. Ich hatte gesagt: »Was hast du davon, daß du Multimillionär bist, wenn du herumläufst wie ein Schweißer von der zweiten Schicht bei der U.S. Röhren- & Kesselbau?« Bruce will mit seinen »Leuten« in Berührung bleiben, mit seinem »Volk«, was theoretisch natürlich bewundernswert ist, aber grotesk, wenn man bedenkt, daß sein »Volk« zu gleichen Teilen Benzin, einheimisches Bier und Aknesalbe konsumiert.

Bruce war sehr getroffen und riß, um sich darüber hinwegzutrösten, diese ganzen Frauen auf. Ich weiß noch, wie ich mal seiner letzten Frau, dem Model, auf einer Party über den Weg lief. Da waren sie, ich, Morley Safer und Waylon Jennings. Wir warteten auf den Aufzug, und sie sagte zu Waylon, Bruce habe gerade eine siebenstellige Summe für wohltätige Zwecke gespendet, und ich habe gesagt: »Egal, wie großzügig er ist –, sobald er die Spendierhosen ausgezogen hat, wird es ganz schön eng.« Das war ihr natürlich zu hoch, aber Morley wußte, was ich gemeint hatte, und wir lächelten uns eins.

In dieser Woche stehe ich in *People* und feiere Charlton Heston und unsere Liebe. Da sind Bilder, wie ich ihm ein Kissen an den Kopf werfe, und wir tun so, als wären wir bei einem kleinen spielerischen Knatsch erwischt worden. Man merkt aber auch, daß wir unsere Beziehung ernst nehmen, denn auf der nächsten Seite sieht man, wie ich auf den Zehen stehe und ihm einen dicken Kuß auf den Hals gebe, während Burgess Meredith, Bobby Packwood und noch ein paar alte Tucken im Hintergrund stehen und applaudieren. Dann bin ich in der Küche und jongliere mit Pfannkuchen, damit man sieht, daß ich auch belastbar bin. Dann gehe ich mit Charlton Heston die Straße entlang, und dann starre ich aufs Meer hinaus, die nackten Zehen tief im Sand vergraben, alles diese Woche in *People*.

Die Nachricht von meiner Beziehung zu Mike Tyson ist für die Presse ein gefundenes Fressen. Wir haben es versucht geheimzuhalten, aber für Mike und mich kann es kein Privatleben geben. Erstens sind wir immer für einen schönen Text gut, und zweitens sehen wir einfach so verdammt gut miteinander aus, so perfekt, daß jeder Bilder will.

Mit Charlton Heston und mir ist es vorbei, und er ist verletzt. Das kann ich verstehen, aber, wenn ich ehrlich sein soll, leid tun kann er mir nicht. Er hatte schon lange angefangen, mir auf den Wecker zu gehen, schon vor der Geschichte in *People,* vor unserem Fernseh-Special, sogar schon vor dem »Marsch der Zehncentstücke«-Telefon-Marathon. Charlton versucht, einen zu bevormunden, und er kann sehr besitzergreifend sein. Offenbar habe ich lange gebraucht, bis mir bewußt wurde, daß ich die ganze Zeit in den *alten* Charlton Heston verliebt gewesen war, den, der in *Planet der Affen* vor den Schranken des Primatengerichts steht. Den, dem Dr. Zaus den Lendenschurz heruntergefetzt hat, und der nackt dastand, nackt, aber furchtlos. Was hatte Charlton Heston doch für einen Wahnsinns-Arsch, aber damit ist es wie mit allem anderen bei ihm: Nichts ist mehr, was es mal war.

In den Zeitungen winselt Charlton über unsere Beziehung und darüber, wie sehr ich ihn verletzt habe. Ich fürchte, wenn Charlton nicht allmählich lernt, wie man den Mund hält, wird er erfahren, was das Wort *verletzt* tatsächlich bedeutet. Mike ist im Augenblick sehr böse auf Charlton –, sehr, sehr böse.

Der Ordnung halber möchte ich betonen, daß Mike Tyson, obwohl er mich mit Geschenken überschüttet, mich *nicht* für meine Gesellschaft bezahlt. Die entgegengesetzten Gerüchte finde ich genauso widerlich. Mike und ich sind beide wohlhabend und beliebt. Die Öffentlichkeit liebt uns, und wir lieben uns. Ich brauche Mike Tysons Geld genausowenig wie er meins. So ein Lebenskonzept ist für viele schwer nachzuvollziehen, viele, die vielleicht neidisch sind auf das, was da zwischen Mike und mir gewachsen ist. Das war bei Charlton Heston der Fall, der den größten Teil seines Geldes mit einer Reihe unüberlegter Investitionen eingebüßt hat. Traurig, sowas. Eben ist der Mann noch ein großer Star, der ein Vermögen damit macht, daß er die Zehn Gebote liefert, und gleich danach verliert er alles als stiller Teilhaber bei der *Sambo's*-Restaurantkette.

Liebend gern würden Mike und ich alles, was wir haben, gegen ein kleines bißchen Privatleben eintauschen. Wir könnten locker in einem Zelt leben und Frankfurter Würstchen über einem offenen Feuer auf dem Stück Land kochen, das wir uns ganz in der Nähe von Reno gekauft haben. So verliebt sind Mike Tyson und ich. Zu schade, daß es uns unser Promi-Status verbietet, diese unsere Liebe öffentlich zu feiern. Seitdem wir händchenhaltend bei einem Spiel der Lakers gesehen wurden, ist der Teufel los, und der Spruch mit »nur gute Freunde« funktioniert nicht mehr. All das ist nicht sehr hilfreich, weder für Mike bei seiner Scheidung, noch für mich bei meiner Trennung von Charlton, der, wie ich vielleicht noch hinzufügen möchte, irgendeine Art Regelung fordert. Zur Zeit sind Mike Tyson und ich erst mal untergetaucht. Es bringt uns um, aber wir mußten unsere Beziehung auf Sparflamme stellen.

Ich habe aus Versehen Mike Tysons Gebiß verschluckt. Ich kann es gar nicht glauben! Die Zähne waren aus Gold, aber Geld ist nicht das Entscheidende. Unter uns: Wir könnten jedem Mann, jeder Frau und jedem Kind Goldzähne kaufen, plus das passende Zahnfleisch. Um Geld geht es wirklich nicht.

Es war spät geworden, und Mike hatte für den

Abend die Zähne herausgenommen. Er hatte sie in ein Wasserglas getan, das immer am Bett steht. Mike konnte auch mit Gebiß schlafen, aber Sie können mir glauben, ohne war es noch besser. Wir hatten es gerade sehr anstrengend, sehr komplett miteinander getrieben, und ich griff nach diesem Glas Wasser und trank es auf einen Zug aus, einschließlich der Zähne. Es brachte alles durcheinander. Das Problem war, daß Mike diese Zähne zu einem Freundschafts-Medaillon für mich umarbeiten lassen wollte. Er nahm es sehr gelassen und versöhnlich und sagte, gar kein Problem, da läßt er eben ein paar andere anfertigen. Aber diese Zähne waren was Besonderes, seine ersten echten Goldzähne. Es waren die Zähne, die sich in all die exotischen Speisen gegraben hatten, mit denen ich ihn vertraut gemacht hatte. Es waren die Zähne, die ich bei unseren ersten Verabredungen mit meiner Zunge poliert hatte, die Zähne, die mich über einem von Kerzen erleuchteten Tisch hypnotisiert hatten, die Zähne, welche die Liebe reflektierten, die in meinen Augen schimmerte. Ich habe Mike Tysons Zähne verschluckt und ihn enttäuscht.

Ich warte nun schon seit Tagen, aber sie sind immer noch nicht wieder aufgetaucht. Früher oder später müssen sie doch rauskommen, oder? Selbst wenn ich sie finde, kann ich nicht erwarten, daß Mike sie sich wieder in den Mund steckt. Das hätte nämlich ein wichtiger Teil unserer Loyalitätszeremonie werden sollen. Ich sollte mir in den Mund fassen und eine ziemlich teure diamantbezogene Kennkarte mit Kettchen herausziehen, die ich hatte anfertigen lassen, und Mike sollte sich in den Mund fassen und das Medaillon herausziehen. Mike sagte, was soll's, ist doch nicht so, daß er seine Zähne noch nie in meinem Arsch gehabt hätte, gern auch ein bißchen tiefer drin, es war das Prinzip der Sache, was mich so fertiggemacht hat.

Mike Tyson und ich haben uns gestritten, wie wir das Kätzchen nennen wollen, das wir gekauft hatten. Ich hätte jederzeit eins der vielen Gratis-Kätzchen genommen, die uns ständig angeboten werden. Alle wollten Mike und mir Kätzchen schenken. Ich dachte, wir nehmen einfach eins von denen, aber Mike sagte nein. Er wollte das Kätzchen, das eine Woche zuvor im Schaufenster einer Tierhandlung sein Herz gewonnen hatte, eine weiße Perser/Himalaja-Katze, weiblich. Ich mache mir sowieso nichts aus Flauschkatzen, und diese, mit ihrem platten Gesicht, hat mich an Wieheißtsienoch erinnert, Bruces neue Freundin, Patty. Aber ich hab gesagt: »In Ordnung, Mike.« Ich hab gesagt: »Wenn du diesen Perser/Himalaja-Mix willst, dann nehmen wir ihn auch.« Ich kann so gut wie alles lieben, was vier Beine hat, also hab ich gesagt: »Gut, meinetwegen.« Ich meine, eine langhaarige Katze ist das eine, aber eine weiße Perser/Himalaja-Mischung namens Pitty Ting ist wieder ganz was anderes.

Ich hatte das Kätzchen Sabrina 2 nennen wollen. Ich hatte mal jahrelang eine andere Katze gehabt, meine Sabrina, bis sie gestorben ist. Ich hatte mich an den Namen gewöhnt und an die Assoziationen, die er in meinem Kopf hervorrief. Mike war aber unnachgiebig und bestand auf dem Namen Pitty Ting, was unfair war, weil ich ja sowieso keine Flauschkatze gewollt hatte, noch dazu eine weiße, die man nicht sauberhalten konnte. Außerdem sollte es in unserer Beziehung immer Kompromisse geben. Ich habe ein bißchen nachgegeben, warum konnte er das nicht?

Auf der Heimfahrt von der Tierhandlung fing der Streit an. Mike sagte ein paar sehr grobe Dinge, und ich zahlte ihm in gleicher Münze heim. Er fuhr wie ein dressierter Seehund und benutzte die gesamte Fahrbahn. Von diesen ewigen Schlangenlinien wurde mir richtig schlecht. Hinten saß das Kätzchen, jaulte und benahm sich, daß es gar nicht zu glauben war. Ich drehte mich um, sagte der Katze, sie soll den Mund halten, und sah plötzlich, aus dem Augenwinkel, wie Mike die Faust hob. Ich dachte, er bedroht einen anderen Autofahrer oder will das Fenster schließen. Es passierte alles so schnell. Ich sah seine erhobene Faust und dann vielleicht auch doch wieder nicht.

Nachdem er mich geschlagen hatte, stieg ich aus und ging zu Fuß. Ich habe mich durchaus auch schon physisch mit Freunden gestritten, mit Norman Mailer und Peter Jennings, um nur zwei zu nennen, ein aufbrausendes Temperament ist für mich also nichts Neues. Aber diesmal bin ich einfach weggegangen. Mike folgte mir. Er fuhr auf den Bürgersteig, aber ich bin einfach weitergegangen, hab so getan, als bemerkte ich ihn gar nicht. Dann stieg Mike aus und fing an zu betteln, hat auf den Knien gebettelt und gewinselt. Ich legte mir die Hand aufs Auge, tat, als wischte ich mir etwas von dem Blut ab, und dann, Junge, hab ich ihm eine gescheuert!

Solange er bewußtlos war, habe ich das Kätzchen aus dem Auto gelassen und ihm einen kleinen Tritt verpaßt, kein Problem. So eine Flauschkatze findet doch sofort jemanden, der sie liebt. Als er zu sich kam, hatte Mike den gesamten Vorfall vergessen. Das passiert ständig –, er vergißt was. Er hat nicht mal gefragt, warum wir so blutüberströmt waren. Er hat gefragt: »Was war denn los?« und ich hab geantwortet: »Weißt du das nicht mehr? Du hast gesagt, du willst mir ein Pony kaufen.« Da haben wir dann ein wunderschönes weißes Shetland-Pony namens Sabrina 2 erstanden. Wir ließen einfach Namen Namen sein; konnte man alles vergessen; alles, bis auf unsere Beziehung. Wir sind immer und immer und immer wieder auf unserem Pony um den Block geritten, welches unter dem kollektiven Gewicht unserer umfassenden und übewältigenden Fähigkeit, Liebe zu schenken und Verständnis aufzubringen, stöhnte.

Mike Tyson fing an sich aufzuspielen, und das ging mir auf die Nerven. Einen kleinen Vorfall hier und da kann ich übersehen, aber Mike schien es regelrecht drauf anzulegen. Als wir zum Beispiel mal bei Bill und

Pat Buckley abends zum Dinner waren. Ich kenne Bill und Pat ja schon seit Jahren. Wir haben zusammen Urlaub gemacht (wir sind leidenschaftliche Segler), und ich glaube, wir verstehen uns ganz gut. Bill und Pat führen eine dieser zweckmäßigen Ehen, ein Arrangement, welches ihnen gestattet, nebenbei sexuelle Beziehungen einzugehen, ohne daß böses Blut aufkommt. Bill Buckley habe ich kennengelernt, als er noch mit Redd Foxx ging, und das ist Jahre her.

Pat hatte sich gerade von Elizabeth Dole getrennt und unglücklicherweise beschlossen, sich mit den trübseligen Einzelheiten der Trennung als Hauptthema des Tischgesprächs zu befassen. Das ist bei ihr eine alte Angewohnheit. Man schütte ein paar Drinks in Pat Buckley hinein, und sie erzählt einem alles, ob man es hören will oder nicht. Wenn sie mich zwingt, in der Angelegenheit Partei zu ergreifen, werde ich, fürchte ich, Liz Dole die Stange halten müssen, aber Mike sah das ganz anders. Wir waren immerhin beim Essen, als Pat anfing, uns von einigen von Liz' eher obskuren Sexualpraktiken zu erzählen. Als Bill vorschlug, sie möge vielleicht das Thema wechseln, holte Mike aus und schlug ihn, wobei er ihm übrigens die Kinnlade brach. Danach hat sich Pat Buckley bei Mike Tyson dafür bedankt, daß er ihrem Mann die Kinnlade gebrochen hat. Sie sagte, sie hätte die letzten vierzig Jahre damit verbracht, sich von Männern wie Bill Buckley gönnerhaft behandeln zu lassen. Also was macht Mike? Er lädt Pat ein, sie soll zu uns ziehen!

Na, ich weiß ja, wie Pat Buckley wirklich ist, und ich möchte nicht, daß sie in unserem Haus wohnt und ständig zu jeder Nachtzeit fremde Mädchen anschleppt und wieder rausschmeißt. Ich habe Pat Buckley in Aktion erlebt. Ich weiß über ihr Alkohol-, über ihr Drogenproblem, über alles Bescheid, und deshalb habe ich, mit zusammengebissenen Zähnen, »Mickiiiiii!« gesagt. Ich habe ihn unter dem Tisch getreten, und er hat zurückgetreten.

Mike Tyson schneidet diese Woche in der »Newsmakers«-Rubrik von *Newsweek* ein häßliches Gesicht; ein häßliches Gesicht, das mir gilt. Ich empfinde weniger Angst als Scham und Sorge. Auf dem Bild wirkt Mikes Haut teigig und fleckig. Er sieht aus, als hätte er sich in einem Aschenbecher gewälzt. Unsere Trennung war hart für ihn, aber wenn er sich bei der Presse ausheult, hilft ihm das auch nicht weiter.

Ich habe ihn verlassen, sobald Pat Buckley eingezogen war. Ich nehme an, Mike dachte, ich ändere meine Meinung und heiße sie in unserem Leben willkommen. Ich nehme an, Mike hat sich getäuscht.

Pat Buckley blieb nicht lange. Zu der Zeit traf sie sich mit Mackenzie Phillips und blieb nur drei Wochen, bevor sie nach Cannes oder Rio oder sonstwohin abhaute. Wenn ich auf all das zurückblicke, kann ich Pat nicht die alleinige Schuld geben. Mike und ich hatten bereits Probleme, bevor sie auftauchte, große Probleme, mit denen wir uns früher oder später hätten auseinandersetzen müssen. Ich möchte, was unsere Beziehung betrifft, nicht ins Detail gehen, aber der guten Ordnung halber muß ich sagen, daß an den Gerüchten über mich und Morley Safer nichts, aber auch nichts Wahres dran ist. Ich finde Mikes Vorwurf, Morley und ich seien mehr als nur gute Freunde, schlichtweg widerlich.

Ich finde Mike Tysons vor Selbstmitleid triefende Tricks, mit denen es ihm immer wieder gelingt, sich Aufmerksamkeit zu verschaffen, widerlich. Ich finde seine Andeutung, ich hätte mit ihm ein falsches Spiel getrieben, widerlich. Im Gegensatz zu ihm liegt mir nichts daran, mich über die unangenehmen Aspekte unserer Beziehung auszulassen. Ich denke viel lieber an eine Zeit zurück, als Mike und ich, nach einer simplen Partie Karten, nebeneinander auf bequemen Sesseln mit verstellbarer Rückenlehne saßen. Mike nahm meine Hand in seine und begann, ganz sanft, meine Finger zu liebkosen, indem er jeden einzeln abküßte und mit ihm sprach, als wäre er ein Mensch, ein unverwechselbarer.

Mein Manuskript

Ach, Chad«, rief Mrs. Holt heiter mit ihrer lästigen heiteren Stimme. »Hier ist Besuch für dich!«

Chad stöhnte und stieg aus der Dusche, wobei er besondere Mühe darauf wandte, seinen ~~zehn Zentimeter seinen achtzehn Komma fünf seinen~~ enormen, dreiunddreißig Komma sieben fünf Zentimeter langen ~~Penis~~ Pimmel abzutrocknen. Er war ein Hengst –, *und er wußte es.* Sein Arsch war von den Marathonbohrungen mit den Jungs von der Autofabrik immer noch ein bißchen wund, aber sonst hatte er keine Beschwerden. Nur mit einem knappen Handtuch verhüllt, betrat er die Küche und bekam einen gigantischen Schock, als er sah, daß seine gesamte ~~grauenhafte neugierige unausstehliche~~ Familie von einem Dutzend nackter, aber schwerbewaffneter ~~Jungs~~ Hengste umringt war.

»ÜBERRASCHUNG!« schrien sie alle. Und überrascht war er!!! Chad hatte seinen Geburtstag komplett vergessen. Sein Vater trat vor und reichte ihm einen alkoholhaltigen Cocktail. »Wir haben uns gedacht, vielleicht schenken wir dir doch mal genau das, was du dir gewünscht hattest«, sagte Holt d. Ä., und alle lachten in gutherziger Weise.

Chad stürzte seinen potenten Highball mit einem Schluck herunter, drehte das Glas um und gab damit das geheime Signal, welches bedeutete, daß die Hengste das Feuer eröffnen und alle in der Familie außer ihm umbringen sollten.

Als sie fertig waren, sagte Chad: »Danke, Männer. Ihr habt mir genau das geschenkt, was ich mir immer gewünscht hatte«, und indem er über die Leichen stieg, gingen Chad und die Hengste in Richtung großes Schlafzimmer, um mit einer ~~tollen lustvollen sexy~~ sexsationellen Orgie zu beginnen, die keiner von ihnen so bald vergessen sollte!!!!

Letzte Weihnachten bekam ich eine Garnitur Golfschläger, die, wie mein Vater mich gern erinnert, ein gottverdammtes Vermögen gekostet haben. Er sagt, er würde seinen rechten Arm für so eine schöne Garnitur Golfschläger geben. Da drängt sich doch die Lösung auf, daß er seine Scheiß-Golfschläger behält und mir einfach das schenkt, was ich mir gewünscht habe. Ich hatte mir eine Schreibmaschine gewünscht – und gedacht, das wäre doch wirklich nicht zuviel verlangt. Terry Glassman hat letztes Jahr eine gekriegt, und der ist genauso alt wie ich. Terry benutzte seine Schreibmaschine, um langweilige und phantasielose Briefe in lausiger Rechtschreibung zu verfassen, die er seinem Vater in Arizona schickte. Ich kann es Dr. Glassman nicht verdenken, daß er sie nie beantwortet hat. Als sie ihn anfing zu langweilen, hat Terry die Schreibmaschine vom Dach seines Elternhauses geschmissen.

In meinem Manuskript spielt Terry Glassman eine Nebenrolle als undankbarer und verwöhnter Pfadfinder, der die Bedeutung des Ausdrucks *harte Zeiten* erfährt, als er nackt und verletzlich von einer Gruppe geiler Förster aufgegriffen wird, die ihn für eine Verdienstmedaille im Bereich *Persönliches Entgegenkommen* fit machen! Terry sollte dafür dankbar sein, daß er in meinem Buch vorkommt, aber wie ich ihn kenne, wird er wahrscheinlich mit einer Klage drohen. Aber so ist Terry Glassman. Da gibt man ihm gute zwanzig Zentimeter und die Möglichkeit, unsterblich zu werden, und er wendet sich genauso gegen mich wie letztes Jahr, als ich ihn gebeten hatte, mir für ein paar Aktskizzen Modell zu stehen. Undank.

Letztes Jahr habe ich mir zu meinem vierzehnten Geburtstag ein tragbares Tonbandgerät mit einem diskreten Mikrofon von der Größe eines Hämorrhoidalzäpfchens gewünscht, aber habe ich etwa eins gekriegt? Natürlich nicht! Das wäre ja auch zu plump, jemandem zu schenken, was er sich wünscht. Mein Vater hat mir gesagt, wenn ich Musik hören will, soll ich lernen, wie man selbst welche macht. Wer hat denn was von Musik erwähnt? Dad hat gesagt, der Typ, der Gitarre spielen kann, bringt Leben in jede Party. Er verwechselt Leben mit Tod. Das echte Leben der Party liegt flach unter dem Bett und nimmt tatsächlich stattfindende geschlechtliche Vereinigungen auf, anstatt im Schneidersitz mit einer Gitarre auf dem Fußboden zu sitzen und sich und andere in Verlegenheit zu bringen.

Ich habe zwei Monate lang Gitarrenunterricht bei Mr. Chatam gehabt, einem echten Zwerg, der bei *Instrument City* in der Northgate Plaza arbeitet. Mr. Chatam saß geduckt auf dem Rand eines Schemelchens und trug Klamotten wie ein Kind: Anzüge mit Schachbrettmuster und Ansteckfliege sowie Schnallenschuhe. Die Gitarre lastete riesig auf seinem Schoß, und er fing beinahe an, mir leid zu tun, als er seinen winzigen Mund öffnete, um so etwas Dummes zu sagen wie: »Hier ist eine kleine Nummer, die deine Freundinnen vielleicht ganz gern hören würden!« und zwang mich, in den Kehrreim einzufallen, wenn er eine weitere leidige Ballade aus etwas spielte, was *Zeitgenössisches Liederbuch für den jungen Menschen* hieß.

In meinem Manuskript wird Mr. Chatam in einem Waisenhaus gehalten, komplett nackt, Kopf und Körper kahlgeschoren, bis ihn eine Gruppe lastwagenfahrender Hengste adoptiert, um ihn als Sex-Baby zu verwenden. Im Gegensatz zu den meisten Babys liebt es Mr. Chatam, wenn man ihm den Hintern versohlt, und sobald er anfängt zu plärren, gibt es nur eine Methode, um ihn ruhigzustellen!

Außer während des Unterrichts habe ich diese verdammte Gitarre nie angefaßt, weshalb mein Vater mir letzte Woche sagte, jetzt sei aber Schluß mit den Gitarrenstunden. Buuhuu. Ich dachte, als nächstes droht er, meine Gitarre an jemanden weiterzugeben, der sie verdient und so ein teures Geschenk nicht von oben herab betrachtet, aber das wäre zu schön gewesen. Statt dessen hat er mir einen Fernlehrgang mit fünf Schallplatten gekauft und will, daß ich es mir im Selbstunterricht beibringe. Auf Platte spielt der Typ »If I Had a Hammer« und »Kumbaya« und sagt Sachen wie »Los, und jetzt alle zusammen!« Leben in die Party.

Als er aufwuchs, lebte mein Vater in, wie er sie gern beschreibt, »denkbar beengten Verhältnissen« in einer kleinen, häßlichen Wohnung. Mit denkbar beengten Verhältnissen meint mein Vater, daß sie einen Vorhang statt einer Badezimmertür hatten. Er hatte nie ein eigenes Zimmer, er mußte auf einem marternden Ausklappsofa schlafen und vor und nach der Schule zur Arbeit, Schuhe putzen und Zeitungen verkaufen. Da hat er recht, das ist denkbar beengt. Unglücklicherweise haben sie ihm dafür nie einen Orden gegeben, und das Ergebnis ist, daß er immer wieder damit ankommt.

Auf dem Heimweg von meiner finalen Gitarrenstunde legte mein Vater noch einmal los und sagte mir, was für ein Glück ich doch habe. Ich dachte, er soll mal eine Stunde lang »Up, Up, and Away« spielen, mit einem Zwerg in einen fensterlosen Raum gesperrt, bevor er mir gegenüber mit Glück anfängt. Was weiß er denn? Während der Depression hatten meine beiden Elternteile Verwandte, die irgendwo hervorgekrabbelt kamen, um bei meinen Großeltern zu wohnen. Sie waren zwar nur Schmarotzer, aber auf ihre eigene Weise gelang es ihnen, Eindruck zu machen. Als er mich von meiner letzten Gitarrenlektion abholte, erzählte mein Vater mir eine Geschichte über den längsten Schmarotzer, einen Typ, der auf griechisch-orthodoxer Pope studierte. Er war kein Blutsverwandter, aber flüstern Sie in Gegenwart meiner Großmutter das Wort *Pope,* und sie fällt auf die Knie und bekreuzigt sich mit einer Geschwindigkeit, die man ihr in dem Alter gar nicht mehr zugetraut hätte. Also zog der Popenstudent ein und schlief zusammen mit meinem Vater auf dem marternden Ausklappsofa. Da stecken ja meiner Meinung nach jede Menge Möglichkeiten drin. Ein Schmarotzer kann genauso heiße Ware sein wie jeder andere. Ich fragte meinen Vater, wie der Popenstudent aussah, und er sagte, das sei unwichtig.

Eines Tages, sagte mein Dad, kam er früher als sonst von der Schule nach Hause. Beide Eltern waren auf Arbeit, und er überraschte den Popen, wie er ohne irgendeine Hose auf dem Bett meiner Großeltern lag. Der Student schien weder schockiert noch verlegen zu sein. Er sagte meinem Vater, er mache nur gerade ein kleines Experiment. Dann zog er die Beine an, hielt sich ein brennendes Streichholz nah an den Arsch und furzte, so daß das Streichholz aufloderte. Er sagte meinem Vater, er solle sich neben ihn legen und es auch mal versuchen, aber, ich kenne doch meinen Dad, der hat sich geweigert. Mein Vater sagte, seinen Eltern habe er es nicht sagen können, aber in diesem Augenblick wußte er, daß dieser Priestertyp ein warmer Bruder war, eine Schwuchtel. Ich glaube zwar nicht, daß man durch das Anzünden von Fürzen zwangsläufig zur Schwuchtel wird, aber ich spielte mit und hielt den Rand. Der Flammenwerfer blieb noch drei Monate, und mein Vater schlief solange auf dem harten, kalten Fußboden. Als er von echten Blutsverwandten mit mehr Geld und einem Gästezimmer erfuhr, zog der Pope weiter, und man hörte nie wieder von ihm. Dies alles erzählte mir mein Vater, während wir im Auto saßen. Normalerweise spricht er überhaupt nicht, aber diesmal war das Timing perfekt. Oben in der Einfahrt hielt er inne, drehte sich zu mir um und fragte: »Hast du schon mal so einen kennengelernt?«

Und ich sagte: »Was, einen Popen?«

Gottverdammte Mrs. Peacock! Mrs. Peacock hat gesprochen, und meine Eltern haben beschlossen zuzuhören. Das wirft meine Mutter und meinen Vater noch ein paar Kerben weiter zurück, und das ist nicht gut, da sie ohnehin schon seit einiger Zeit tief in den roten Zahlen stehen. Wenn man Mrs. Peacock zuhört, ist das, als versuchte man zu entziffern, was ein Waldmurmeltier meint, wenn es dreimal mit der Zunge schnalzt und mit einer Hinterpfote an der Erde scharrt. Mrs. Peacocks Gedanken und Handlungen mögen für Verhaltensforscher auf der Suche nach dem fehlenden Glied von Interesse sein, aber davon abgesehen ist diese Frau wertlos, und ich verwünsche den Tag, an dem sie gewaltsam in mein Leben trat.

Als mein Bruder geboren wurde, habe ich meinen Eltern gesagt, daß ich, so sehr ich mich für sie freue, mein Zimmer nie, unter keinen Umständen, mit jemandem teilen werde. Ich hatte immer mein eigenes Zimmer, und das soll auch so bleiben. Meine Mutter platzt immer herein, um zu sagen: »Warum heiterst du hier drin nicht alles ein bißchen auf, hängst ein paar Poster auf und bringst ein bißchen Leben in die Bude?« Meine Mutter würde keins der Poster sehr mögen, die mir vielleicht gefallen, und es tobt eine ständige Schlacht, in der es darum geht, daß ich mein Zimmer von allem reinhalte, was sie als »ein bißchen Leben« bezeichnen könnte. Ich habe ein kleines Bett, eine Lampe, eine Kommode und einen Schreibtisch. Das einzige, was ich nicht habe, ist eine Schreibmaschine. Ich halte mein Zimmer sehr sauber und habe es schon immer sehr saubergehalten. Ich mache mein Bett, seitdem ich gehen kann, und bin bestens dazu in der Lage, meine eigene Kleidung zu waschen und zu bügeln. Ich kann für mich selbst sorgen und würde die Möglichkeit begrüßen, dies in einem Apartment oder einem kleinen Haus oder sogar in einem Wohnwagen tun zu können. Zwar meinen sie es gut, ich habe aber keinerlei Verwendung für meine Eltern oder Mrs. Peacock, das Dienstmädchen, das sie kurz nach der Geburt meines Bruders einstellten. Sie sagt, sie ist Haushälterin und kein Dienstmädchen, wobei der Unterschied darin besteht, daß eine Haushälterin weiß, ein Dienstmädchen dagegen farbig ist. Sie reitet kleinlich auf Wörtern herum. Wenn, wie sie sagt, eine Haushälterin mehr Geld verdient als ein Dienstmädchen, verdient dann eine Hure mehr Geld als eine Nutte?

Seit Mrs. Peacock unser Haus betreten hat, habe ich ihr weder Sympathie noch Vertrauen entgegengebracht. Sie sieht aus, als wäre sie gerade aus einer Höhle gekrochen –, absolut wild. Sie ist ein Tier, und keine weiße Uniform kann das verhüllen. Hin und wieder spielt sie mit meinem Bruder herum, was Zeitverschwendung ist, und dann kommt sie ganz nah an sein Gesicht ran und sagt: »Ich werde dich fressen! Ja, ich werde dich, werde dich fressen«, was ihn zu Tode erschreckt, weil es durchaus möglich scheint.

An ihrem zweiten Arbeitstag platzte Mrs. Peacock ungebeten in mein Zimmer und riß die Bettdecke vom Bett, welches ich gerade froh belegte. Glücklicherweise trug ich eine Pyjamahose, aber woher sollte sie das wissen? Das macht sie bei meinen Schwestern auch, aber denen scheint das nichts auszumachen, da sie bereitwillig jede Erniedrigung ertragen, solang ihnen jemand das Bett macht.

Ich klebte mir ein ordentlich beschriftetes Schild an

die Tür: »Wer dies lesen kann, ist bereits zu nah dran. Gehen Sie weg. Bügeln Sie, fegen Sie die Einfahrt, ledern Sie das Auto ab oder räumen Sie die Geschirrspülmaschine aus, aber lassen Sie dieses Zimmer in Ruhe.« Mein Schild half nichts, wahrscheinlich weil sie nicht mal lesen kann. Ich hätte stählerne Fußangeln auslegen oder einen Eimer mit Batteriesäure über der Tür anbringen sollen, da nichts als rohe Gewalt diesen jagenden und sammelnden Primaten aus meiner Privatsphäre fernhalten kann. Als Mrs. Peacock zum ersten Mal in mein Privatleben eindrang, durchwühlte sie meine Kommodenschubladen und erbeutete ein altes T-Shirt aus dem Sommerlager, welches ich benutze, um... Ideen für mein Manuskript zu testen. In gedruckter Form bezeichne ich es als meinen Phantasiefetzen. Ich kam von der Schule nach Hause, und sie hatte den Nerv, mich damit zu konfrontieren. Sie hielt es in ihren eingedellten Händen soweit von ihrem aufgedunsenen Körper weg wie möglich.

»Was ist das?« sagt sie zu mir und wedelt mir mit dem steifen T-Shirt vor den Augen herum. In Beantwortung ihrer Frage sagte ich ihr, sie wisse verdammt genau, was es sei, jeder, der fünf Kinder habe, sollte Samen erkennen, wenn er ihn sehe. Sie sagt: »Ich habe noch nie...«, als wären ihre Kinder nicht durch zwischenmenschlichen Kontakt entstanden, sondern unter einem der Autoreifen gefunden worden, die bei ihr im Vorgarten liegen. Ich nahm ihr mein Eigentum ab und sagte ihr, wenn ich sie jemals wieder in meinem Zimmer anträfe, würde ich sie wegen Hausfriedensbruchs verklagen und sie anschließend, nur so aus Spaß, hetzen und ihren leeren Schädel zerquetschen. Da hat sie mir eine gescheuert. Ich konnte es gar nicht glauben. Sie hat mich erwischt, als ich meine Deckung vernachlässigt hatte, und es tut immer noch weh, wenn ich auf der linken Seite meines Gesichts schlafe. »So hat noch niemand mit mir gesprochen«, sagte sie.

Niemand? In meinem Buch sind alle vernünftigen Frauen ausgewandert, um in Europa zu leben, und Mrs. Peacock ist das einzige weibliche Wesen, das in den Vereinigten Staaten von Amerika geblieben ist. Zunächst erregt sie das, weil sie eine nymphomanische Schlampe ist, die sich darauf freut, sich von Maine bis Kalifornien durchzuficken und zu -lutschen. Unglücklicherweise, für sie unglücklicherweise werden ihre Träume jedoch nicht in Erfüllung gehen. Mit ihr als einziger Alternative wird jeder einzelne Mann in Amerika zum unersättlichen Homosexuellen, der nur auf mein Kommando hört. Sie sind Sklaven, nur ihrer Wollust, sowie mir, untertan. Ich befehle zwei Dutzend meiner nackten und muskulösen Arbeiter, sie sollen Mrs. Peacock ins Chad Holt (so heiße ich in dem Buch) Naturgeschichtliche Museum tragen, wo sie als permanente Leihgabe in ihrer Eigenschaft als ungewöhnliches und besonders häßliches Exemplar eine brutale, untergegangene Welt repräsentiert, die es nicht mehr gibt.

Ich hatte überlegt, ob ich meine Mutter ebenfalls ausstellen soll, beschloß dann aber, sie mitsamt der übrigen Sippe nach Europa zu schicken. Sie bemüht sich ja, auf ihre Weise, aber immer wieder kommt ihr ihr loses Mundwerk dazwischen.

Vor ein paar Tagen bekam ich in der Schule den Notfallzettel, ein gelbes Stück Papier. Gelb bedeutet gewöhnlich entweder Tod oder Zerstörung. Ich fühle mich keinem in meiner Familie übermäßig verbunden, und meine Eltern sind schwerstversichert, also versuchte ich auf dem Weg ins Büro, die Sache von der heiteren Seite zu nehmen. Meine Mutter war am Telefon, um mir zu sagen, daß Mrs. Peacock Blut in meiner Unterhose bemerkt habe. Ich kann es nicht glauben. Diese Unterhose befand sich in einer Papiertüte ganz unten in der Mülltonne. Ich dachte, da harrt sie sicher ihrer Zerstörung entgegen, aber Mrs. Peacock muß den Abfall durchstöbert haben, bevor die Hengste von der Müllabfuhr kamen, um ihn abzuholen. Sie durchstöbert alles. »Sowas wollt ihr doch nicht wegwerfen, oder?« sagt sie, und dann spricht sie über die Reiskörner unten im Salzstreuer. »Nein, Mrs. Peacock, auf gar keinen Fall, nehmen Sie sie doch. Die können Sie ganz prima weiterverwenden, wenn Ihr Sohn aus dem Gefängnis entlassen wird und Ihre Nichte heiratet.« Sie will diese Sachen gar nicht, nicht wirklich. Ihr Trick ist, daß sie so tut, als wäre sie über jeden alten Fetzen glücklich. Das macht sie, damit wir schlecht aussehen, und damit sie meinen Eltern leid tut. Ich glaube es einfach nicht, was sie für ein Gewese wegen dieser Unterhose macht.

Am Telefon erzählte ich meiner Mutter, ein paar Typen in der Schule hätten Quatsch gemacht, den besten Schülern rohe Hühnerlebern auf den Stuhl gelegt, und ich hätte mich auf eine draufgesetzt. Diese Arschlöcher in der 8. Klasse sind zu allem fähig, wenn es nur blöde und kleinkariert genug ist. In meinem Manuskript jedoch sind sie zu allem fähig – Punkt! Ich könnte mir selbst in den Arsch treten, weil ich diese Unterhose nicht verbrannt habe. Ist es nicht eine Schande, wenn es bereits so weit gekommen ist, daß man Sachen verbrennen muß? Es hat da hinten vor ein paar Wochen angefangen zu bluten, aber ich habe das jetzt unter Kontrolle.

Zwar hat die Phantasie durchaus auch ihren Platz, aber ich finde, daß es für einen Schriftsteller wichtig ist, gewisse Kapitel mit einem bißchen eigener Erfahrung abzustützen, weshalb ich vor ein paar Monaten begann, mich auf dem Klo von JCPenney herumzudrücken, in der Hoffnung, genau das zu bekommen –, ein bißchen Erfahrung.

Ich stand fast zwei Stunden lang vor dem Pinkelbekken, bis endlich jemand nach dem Köder schnappte und mir ein Signal gab, aus dem hervorging, daß er ebenfalls zur Sache kommen wollte. Als sich unsere Blicke trafen, verstand ich, daß ich ihn als meinen Recherchen-Hengst benutzen konnte, als Manuskriptfutter –, eine kleine Fußnote, die meine zukünftigen

Biographen in den Wahnsinn treiben und meine Leser atemlos und gierig nach mehr hinterlassen würde. Recherchen-Hengst und ich übersprangen die gesamte Affenkacke, die jeder sonst so durchzumachen hat: die förmliche Vorstellung, die Telefonate, die Verabredungen –; wir kamen dort bereits in der Koje bis zum Ausrufungszeichen! Danach verdarb er irgendwie alles, indem er mir sagte, er habe an der North Carolina State University Politologie als Hauptfach belegt, und er heiße Julian. Ich hasse diesen Namen. In meinem Manuskript nenne ich ihn Dirk. Ich habe ihn etwa siebeneinhalb Zentimeter größer gemacht und ihm gute, dicke sechsundzwanzigzweidrittel Zentimeter zwischen die Beine geschrieben. Julian und ich haben uns noch ein paarmal auf dem Klo getroffen, bevor wir von einem Warenhausdetektiv unterbrochen wurden, der, da bin ich ganz sicher, an der Zusammenstellung eines flotten Dreiers interessiert war. Danach fingen wir an, es in Julians Auto zu treiben. Er fuhr uns aufs Land und parkte hinter einem leerstehenden Haus auf einer Schotterpiste.

Julian war in Ordnung, aber in keiner Weise der Teufelskerl und Top-Typ, zu dem ich ihn in meinem Manuskript gemacht habe. In Wirklichkeit war er sehr steif und verklemmt. Wenn wir es trieben und ich flüsterte: »Sprich mit mir, sprich mit mir«, fing er an, mir von seinem Sommerjob als Gerichtsdiener zu erzählen. Das war nicht die Art Ansprache, die mir vorgeschwebt hatte. Ich fragte ihn, ob er Freunde hat, die er vielleicht nächstes Mal mitbringen kann. Ich wollte für mein geistiges Auge ein deutliches Bild, wie es mit drei oder vier Hengsten gleichzeitig wäre, die drauflosrammeln und alles mitmachen. Als Julian einen Rückzieher machte, ging ich aufs Klo vom Continental-Trailways-Omnibusbahnhof und fand ein paar richtige Männer, die mir weiterhelfen konnten.

Recherchen-Hengste Nr. vier und fünf waren absolute Pferde. Bei denen werde ich gar nichts verändern. Meine Leser werden die zügellose Wahrheit erfahren, was diese Pimmelritter betrifft. Ich hatte nur nicht mit diesem Bluten da hinten gerechnet. Es blutet nicht eimerweise, aber langsam und stetig und dauerte etwa fünf Tage, in denen ich erwog, eine meiner Schwestern um ein Tampon zu bitten.

Als mein Vater auf den Popen zu sprechen kam, hatte ich so ein benommenes Gefühl, daß etwas im Busch war, daß er mehr wußte, als er zugeben wollte. Es ist verwirrend, wenn ein dummer Mensch sich dumm stellt.

Später heute nacht werde ich mit einer Taschenlampe hinausgehen und überprüfen, ob mein Manuskript immer noch da ist, hinter dem Schuppen, wo ich es vergraben habe.

Die Dichterlesung

19:45. Eine Stunde und fünfzehn Minuten vor Beginn seiner Lesung im Pavillon der Gedanken treffe ich in Malisons Hotel ein. Der Rezeptionist schießt einen Blick auf mich ab, welcher bedeutet, daß er genug Interesse aufbringen könnte, um sein Gewicht zu verlagern. Anstatt an ihm vorbeizugehen, setze ich mich lieber in die Empfangshalle und zünde mir eine Zigarette an. Er bedenkt mich mit einem weiteren Blick.

»Mein Mann haßt es, wenn ich auf dem Zimmer rauche«, sage ich.

Er sagt: »Was?«

Ich sage: »Mein Mann, er haßt den Rauch, deshalb setze ich mich nur rasch hierher, bevor ich auf unser Zimmer gehe.«

Der Empfangsmensch sagt: »Na toll, na und« und

wendet seine Aufmerksamkeit wieder einem kleinen Fernseher zu, einem dieser Watchmans.

Ich kann nicht glauben, daß Malison hier im Chesterton abgestiegen ist. Das ist doch Ironie, das paßt doch gar nicht zu Malison. Es ist absolut stimmig. Ich hatte bei jedem Hotel in der Stadt angerufen, ob bei ihnen ein Malison gemeldet ist, war aber natürlich nicht der Fall. Ich meine, wir sprechen hier nicht von Herrn Nachwuchsdichter Kleinverlag-Niemand. Malison ist MALISON, und er muß seine Privatsphäre schützen. Ich kann das verstehen. Ich habe wieder herumtelefoniert und gefragt, ob jemand einen Gast namens Smithy Smithy hat; so heißen sämtliche handelnden Personen in Malisons zweitem Roman. Alle Rezeptionisten sagten nein. Sie sagten: »Was zum Teufel soll das denn für ein Name sein?« Ich finde ja auch, Smithy Smithy wäre zu offensichtlich gewesen, also habe ich es immer wieder versucht und dachte, vielleicht hat er sich unter dem Namen einer Nebenfigur aus *Rotunda: Brandung* eingetragen. Schließlich habe ich ihn hier im Chesterton gefunden, eingetragen unter dem Namen A. Davenport, der Figur, die sich in *Magnetstecker* einer unnötigen Kolostomie unterzieht. Malison ist hier, auf Zimmer 822.

Typisch Malison, daß er einen Decknamen verwendet, besonders hier im Chesterton, wo er mit jedem seichten Mittelstandsklischee in Berührung kommt, dem man immer schon aus dem Wege gehen wollte, genau mit der Art Menschen, die er in seinen Romanen bloßstellt. Typisch Malison, typisch absolute Ironie.

20:04. Ich hatte wirklich gehofft, Malison zu erwischen, bevor er zu seiner Lesung aufbrach, aber da bei ihm niemand die Tür aufmacht, muß ich davon ausgehen, daß ihn die Fakultätshäuptlinge im *Crow's Nest* oder in *Andrea's Butcher Block,* einem der besseren Schlachthäuser, die in dieser Stadt als Restaurants durchgehen, an Händen und Füßen gefesselt haben und nicht wieder weglassen. Ich sehe es ganz klar vor mir: der Dekan und seine Spaniels schippen sich gabelweise das rote Fleisch rein, während der arme Malison dabeisitzt, ihre läppische Konversation ausblendet und angesichts des Gemetzels auf seinem Teller das Würgen kriegt. In dieser Stadt wird sogar das Gemüse in Blut gegart. Ich glaube, es ist ziemlich offensichtlich, daß die Englische Fakultät nichts über Malison weiß. Sie sehen ihn einfach als weitere Feder an ihrem Hut, einen Namen, den sie benutzen können, um neue Studenten zu ködern. Sowas macht mich krank. Sie fliegen ihn für ein paar Tage ein, hetzen ihn über den Campus wie ein Windspiel, und dann langweilen sie ihn mit ihrem Gerede über Etatkürzungen und das Uni-Who's-Who zu Tode. Ich stehe jetzt seit zwanzig Minuten vor dieser Tür, es ist also, glaube ich, ganz klar, daß sie Malison direkt vom Restaurant in den Pavillon der Gedanken treiben.

Zuerst war ich wegen der Lesung heute abend aufgeregt, aber jetzt finde ich, man kann sie vergessen –; wenn Malison den ganzen Tag von diesen Universitätsköpfen herumgescheucht wurde, wird er jetzt zu erschöpft sein, um sich auszudrücken. Ich hatte das bereits im Gefühl gehabt, deshalb habe ich organisiert, daß ein paar Leute die Lesung heute abend im Pavillon aufnehmen. Wenn man Bethany sich selbst überläßt, neigt sie dazu, einen Tick kunstgewerblicher zu werden, als gut für sie ist, deshalb habe ich Daryll zur Unterstützung eingeteilt. Tief in seinem Mittelstandsherzen wäre Daryll nur zu gern Kameramann in einem großen Fernsehstudio. Einen Overall anhaben und Leute herumkommandieren, das wäre es doch. So sehr ich ihn politisch hasse, so traue ich ihm rein fachlich doch mehr zu als Bethany. Letzten Monat hat sie die Vorlesung von John Cage aufgenommen und die Kamera die ganze Zeit auf seine Füße gerichtet, dabei hat er gar nicht getanzt oder so!

Ein weiterer Grund, die heutige Lesung zu boykottieren, ist, daß ich nicht glaube, ich kann mich einfach zurücklehnen und mit ansehen, wie Malison seine Zeit damit verschwendet, daß er einem Publikum vorliest, welches aus tausend Kindern besteht, die sein Werk nicht einmal ansatzweise kapieren. Die Studenten haben schon Stunden vorher angefangen, vor dem Pavillon Schlange zu stehen. In der einen Hand haben sie Malisons Buch und in der anderen irgendeinen BWL-Kack, BWL oder Politologie oder wofür sie sich sonst *tatsächlich* interessieren. Die meisten haben vor *Ro-*

tunda: Brandung noch nie von Malison gehört, aber sie tun, als hätten sie immer schon Malison gelesen. Ich würde ihnen gern mal eine unbequeme Frage stellen. Ich möchte sie fragen, wo sie waren, als Malison physisch attackiert wurde, nachdem *Magnetstecker* erschienen war. Wo waren *sie*, als Malison Unterstützung gebraucht hätte, nachdem *Smithy Smithy* von den Medien zerfetzt worden war? Diese Kinder tun alle, als verstünden sie Malison, und es macht mich krank, wenn ich ihre lahmarschigen Meinungsäußerungen zu seinem Werk höre. Heute nachmittag habe ich zufällig mit angehört, wie ein Mädchen seinem Freund erzählte, Malisons Arbeiten hielten der Oppression, wie sie der kapitalistischen Gesellschaft des Westens inhärent sei, einen Spiegel vor. Das hat sie vom Klappentext abgelesen. Nicht *soviel* versteht sie von Malison. Sie hatte Klamotten an, die Malison echt gehaßt hätte. Die Frau ist doch ein Witz. Hier an der Uni bin ich von Witzen wie ihr geradezu umzingelt.

Mir schwirrt immer noch der Kopf von der Lesung, die Malison heute nachmittag in meinem Magisterseminar für Kreatives Schreiben veranstaltet hat. Ich hatte mich auf einen Kontakt von Mensch zu Mensch gefreut, aber der Saal wimmelte von Leuten, die noch nicht einmal im Seminar eingeschrieben waren. Diese Kinder waren keine angehenden Schriftsteller, diese Kinder waren Schwindler. Aber hat der Prof sie gebeten, den Saal zu verlassen? Hat Professor Niemand ihnen gesagt, daß dies der Kurs für ernsthafte angehende Schriftsteller ist? Natürlich nicht. Er maskiert seine Feigheit mit dieser »Wir sind alle hier, um zu lernen«-Munterkeit, die mich echt krank macht. Es war absolut stimmig, wie Malison in den Hörsaal kam. Er sah die vielen Exemplare von O'Flannery auf unseren Tischen, und *mein* Exemplar hob er auf und sagte: »Wer läßt euch diese Scheiße lesen?« Es war absolut stimmig. Professor Niemand stand einfach da und tat, als hätte er Malisons Bemerkung nicht gehört. Er stand einfach da und steckte sich das Hemd in die Hose. Nicht mal dazu bekennen konnte er sich! Ich glaube, Malison haßt die O'Flannery aus den gleichen Gründen wie ich, denn sie ist Faschistin, typisch bourgeoise Rassistin, ein rechtslastiger, zu Vorverurteilungen stets bereiter christlicher Papagei, und als Schriftstellerin ist sie zaghaft und verläßt sich auf Grammatik, damit sie die nächste Seite übersteht. Ich hasse die O'Flannery, ach, wie ich sie hasse.

Malisons Lesung war wunderbar bestimmt. Er las ein paar Abschnitte aus *Rotunda: Brandung,* Teile, die ich praktisch auswendig kann, obwohl das Buch erst letzten Monat erschienen ist. Er numeriert ja seine Seiten nie, aber vom Anfang des zweiten Teils hat er mindestens sechs Millimeter dick Papier vorgelesen. Ich habe, während er las, stumm die Wörter mitgesprochen. Ich habe das nicht gemacht, um seine Aufmerksamkeit zu erregen; es ist nur eine Reflexhandlung, weil ich sein Werk, sein Gesamtwerk, so gut kenne. Nach der Lesung sagte Professor Niemand, jetzt könnten gern Fragen gestellt werden, was ein Fehler war, denn es sind immer die Dümmsten, die die meisten Fragen stellen. Zum Beispiel hob ein Typ, der nicht mal *im* Seminar ist, die Hand und sagte: »Ich habe versucht, Ihren dritten Roman zu lesen, aber ich hab's aufgegeben, als mir klarwurde, daß alle handelnden Personen Smithy Smithy heißen. Ich fand das verwirrend; ich hatte da ein echtes Problem mit.«

Ach ja, *er* hatte da ein Problem mit.

Malison war großartig. Er sah den Typ einfach an und sagte: »Tja, wenn *Ihnen* das Schwierigkeiten bereitet, werde ich es wohl ganz einfach in schlichteren Worten neu schreiben müssen. Ich dachte, ich könnte weiter an meinem neuen Projekt arbeiten, aber wenn *Smithy Smithy* Sie verwirrt, tja, dann muß ich wohl nochmal ran.«

Alle lachten, aber man merkte, daß sie ebenfalls mit *Smithy Smithy* Probleme hatten. Ich habe nicht gelacht, denn ich habe überhaupt keine Probleme damit. Ich habe keine Probleme mit Malison. Bethany hob die Hand und fragte Malison, ob er in New York City aufgewachsen sei, was er natürlich ist. Das geht klar und deutlich aus seinen Schriften hervor, und außerdem steht das auf all seinen Büchern hinten drauf. Malison hat ihr geantwortet; er hat einfach »Ja« gesagt, aber in einem so gelangweilten Ton, daß die Blödheit ihrer Frage sofort bestätigt wurde. Es war wirklich eine dumme Frage, und ich habe gelacht, als sie sie gestellt hat. Ich war die einzige, die gelacht hat, was einfach beweist, wie gut ich Malisons Leben kenne. Er hat mir einen kleinen Blick zugeworfen, ein kleines Lächeln, als ich gelacht habe. Ich habe viel Zeit in New York City verbracht, und mir wird auch oft genau diese Frage gestellt. Ich bin nicht dort aufgewachsen, aber ich hätte dort ganz leicht aufgewachsen sein können. Im Dschungel der Großstadt macht mir so leicht keiner was vor.

Es wurden weiter Fragen gestellt, die alle unglaublich dumm waren, bis ich Malison fragte, ob die große blonde weibliche Romanfigur in *Rotunda: Brandung* auf seiner früheren Freundin Cassandra Lane, dem Mannequin, beruhe. Ich wollte Malison nur die Gewißheit vermitteln, daß es ein paar von uns gibt, die sein Leben und Werk verstehen. Mein New Yorker Freund Russell Marks war mit Cassandra Lane auf die Foxmore Academy gegangen und hat mich immer mit reichlich Details versorgt, zum Beispiel was für eine Zicke sie in Wirklichkeit ist und wie sie die Leute ausnutzt. Cassandra Lane hat Malison in Zusammenhang mit diesem künstlich aufgebauschten Mißbrauch-Skandal richtig schlimm durch die Mangel gedreht. Um in die Medien zu kommen, würde sie alles tun. Dabei ist sie gar nicht mal so schön.

Ich stellte die Frage, und Malison sah mich schmerzerfüllt an, mit ganz viel Schmerz und Seelenpein in den Augen, und sagte, *Rotunda: Brandung* sei ein belletristisches Werk, und seine Inspirationen gingen niemanden was an. Ein paar Leute lachten, als er das sagte. Ich habe auch gelacht, denn ich weiß, daß meine Frage, oberflächlich betrachtet, neugierig klang, aber so hatte ich sie nicht gemeint. Mir ist klar, daß es für ihn unmöglich gewesen wäre, sich in dieser Atmosphäre, von so vielen Menschen umgeben, die ihn nicht so kennen, wie ich ihn kenne, zu öffnen und wirklich über seine Arbeit zu sprechen. Ich kann Malisons kreativen Prozeß und sein Leben verstehen, und deshalb muß ich mich wirklich mal hinsetzen und mit ihm reden. Ich habe diesen Schmerz in seinen Augen gesehen. Ich muß mich wirklich mit ihm hinsetzen und ihm zu verstehen geben, daß ich hundert Prozent hinter ihm stehe.

Nach ein paar weiteren Fragen fragte Professor Niemand Malison, in welche Richtung sich seiner Ansicht nach diese postmoderne metafiktionale Bewegung entwickle, und Malison nahm einfach seine Bücher und Papiere und sagte: »In jede außer diese« und verließ den Saal. Er meinte, in jede Richtung, außer in die der kleinen Welt des Schulbetriebs, aber das war allen eindeutig zu hoch. Nachdem er gegangen war, nahm ich meinen Krempel und ging ebenfalls, aber Malison hatte das Gebäude bereits verlassen. Seitdem konnte ich ihn nirgends finden.

21:19. Ich sitze in der Cocktail Lounge des Chesterton, einem grotesken Laden voller Messing, der ironischerweise *Reflections* heißt, was irrigerweise andeuten soll, daß ich mich in dieser Bar oder in irgendeinem ihrer Gäste widergespiegelt sehen werde. Ich sitze an einem Tisch, hole mein Tagebuch hervor, und bestelle, als die Kellnerin kommt, ein »Gedeck«. Die Kellnerin tut schockiert, weil eine Frau die Stirn hat, ein Bier und einen Schnaps zu bestellen und nicht irgendein gefrorenes Daiquiri-Erzeugnis, und ich bedenke sie mit einem Blick, und sie macht, daß sie wegkommt, hin zu einer Gruppe von Leuten, von denen sie glaubt, daß die sie vielleicht süß finden.

Genau in diesem Augenblick fängt Malisons Lesung an; das kann ich spüren. Ich finde es sehr passend, sehr aufschlußreich, daß er genau jetzt vor einem Publikum steht, das aus Menschen besteht, die ihn nicht kapieren, und zur selben Zeit sitze ich in dieser Bar, die voller Menschen ist, die, da bin ich ganz sicher, keinerlei Hoffnung haben dürfen, mich je zu kennen oder zu verstehen. Es ist ein einsames Gefühl, aber lieber bin ich allein, als daß ich mich für eine niedrigere Verständnisebene verbiege. Die Kellnerin bringt mir meinen Schnaps und mein Bier und sieht mich an, während ich den Schnaps in das Bier kippe. Sie tut, als hätte ich ihr den ganzen Spaß verdorben. Wenn das Spaß sein soll, den es ihr vielleicht macht, in so einem Laden zu arbeiten und ihr langweiliges, von keinem Zweifel getrübtes Leben zu führen, dann kann sie ihn haben. Viel Spaß! Die Gäste sehen mich genauso an. Mit jemandem, der nicht auf ihrer Ich-bin-ja-so-jovial-und-das-ist-meine-Frau-Schiene fährt, kommen sie nicht zurecht, mit jemandem, der einen genauen

Blick auf die bröckelnden Häuserblocks wirft, die das Fundament ihrer nutzlosen Vorstadt-Existenzen bilden. Mit jemandem wie mir.

Dieser Laden erinnert mich an die Bar, die Malison in *Magnetstecker* beschrieben hat, außer daß die Leute vollständig bekleidet sind und nicht aus Benzinkanistern trinken. Die Kellnerin kehrt zurück, und ich bestelle ein weiteres »Gedeck«.

22:20. Ich sitze im schicken Vestibül der Damentoilette hier im Chesterton. Ich hätte auf diese Gedecke nicht auch noch diesen Champagner trinken sollen, aber wenn ich sehr still sitze, kriege ich das bestimmt wieder auf die Reihe. Im Grunde ist es mir nicht einmal peinlich, daß ich mich in der Bar übergeben habe. Ich hatte Probleme, meine Gefühle in Worte zu fassen, also war Kotzen eigentlich eine sehr ironische, sehr angemessene Geste. Ich möchte mich von sowas nicht runterziehen lassen, aber trotzdem verfluche ich diesen verkrüppelten Menschen, weil er mich so abgelenkt hat. Malisons Lesung ist wahrscheinlich inzwischen vorbei, und jetzt dürfte er auf dem Weg zu seinem Hotelzimmer sein. Gottseidank hatte ich Klamotten zum Wechseln dabei. Mein Lieblings-Outfit ist es nicht, aber wenn man bedenkt, daß die erste Wahl mit Kotze bespritzt ist, muß es die zweite Wahl wohl auch tun.

Dieser alte Typ sitzt wahrscheinlich immer noch in der Bar, benutzt seine Serviette, um das Erbrochene aufzuwischen, und versucht die Kellnerin davon zu überzeugen, daß die Welt im Grunde gar nicht so schlecht ist. Er war an meinen Tisch gekommen und hatte gefragt, ob er sich dazusetzen darf, und ich sah von meiner Schreiberei auf und sagte: »Nur zu, setzen Sie sich«, nicht, weil ich Gesellschaft wollte, sondern weil er ganz offensichtlich irgendwo sitzen mußte und alle anderen Stühle schon besetzt waren. Dieser Mann ging an zwei Stöcken, und seine Beine waren verdreht. Jeder Fuß zeigte in eine andere Richtung, als wären sie seitwärts angebracht. Er setzte sich und bat die Kellnerin, sie möge uns die beste Flasche Champagner bringen. Die Kellnerin fragte: »Was feiern Sie denn?« und der Mann breitete einfach die Arme aus und sah sich im Raum um, einmal hin und zurück. Ich sagte: »Feiern Sie diese Bar?« und er sagte: »Nein, ich feiere das Leben!« Ich hätte aufstehen und gehen sollen, aber statt dessen sah ich diesen Mann als jemanden, den ich für einen Text verwenden kann, an dem ich gerade arbeite. Er ist jemand, den Malison als Selbsthypnotiseur beschreiben würde, einer dieser Menschen, der sich selbst davon überzeugt, daß das Leben eine Bedeutung hat, denn die Wahrheit würde ihn zugrunde richten. Es ist, als hätte ihn jemand hypnotisiert, indem er ein Stück Scheiße vor seinem Gesicht hin und her bewegt und sagt: »Sie werden schläfrig … Ganz schläfrig.«

Als der Champagner kam, grinste der Krüppel von einem Ohr zum anderen. Und das meine ich wörtlich.

Er hatte den breitesten Mund, den ich je an einem menschlichen Wesen gesehen habe. Ich glaube, er hätte sich da problemlos eine Untertasse reinstecken können. Er hatte diesen breiten Mund und sandfarbenes blondes Haar, das ihm seitlich in Büscheln aus dem Kopf wuchs. Obenrum hatte er eine Glatze mit Flecken und Sommersprossen. Er machte großen Wirbel mit dem Öffnen der Sektflasche, und die Leute an den anderen Tischen sahen alle herüber und feuerten ihn an. Alle benahmen sich, als wäre dies wichtig und unvergeßlich. Der Mann schenkte zwei Gläser ein, bemerkte dann mein Tagebuch und sagte: »Ah, wie ich sehe, sind Sie Schriftstellerin.« Das ist, als hätte man seine beiden Stöcke bemerkt, die er gegen den Tisch gelehnt hatte, und gesagt: »Ah, wie ich sehe, sind Sie Krüppel«, aber ich habe mir auf die Zunge gebissen und nur »Ja, ich bin Schriftstellerin« gesagt. Der Mann sagte, er hätte nie viel geschrieben, nur Briefe, aber Lesen sei sein größtes Vergnügen. Dann ratterte er eine Liste der Schriftsteller herunter, die er bewunderte – kleinteilige, mehrheitsfähige Zeitgenossen –, und ich sagte: »Sind die nicht alle längst tot?« und er griff sich ans Herz und sagte: »Ich hoffe nicht!« Es war ihm meterweit zu hoch. Er fragte, wen ich denn gerne lese, und als ich sagte: »Malison«, zuckte er zusammen. Als hätte ich ihm ins Glas gespuckt. Es hat mich angekotzt. Ich brauche die Zustimmung dieses Mannes nicht, um *irgend*was zu lesen. Ich bin nicht dazu da, seinen Erwartungen gerecht zu werden. Lieber sterbe ich, als daß ich seinen Erwartungen gerecht werde. Seine Einstellung ging mir auf die Nerven, und ich hätte einfach meinen Krempel zusammenpacken und abhauen sollen. Ich fragte ihn, ob er denn auch tatsächlich schon mal was von Malison gelesen hätte, und er sagte, ja, habe er zufällig. Er sagte, er habe neulich mit dem Greyhound-Bus nach St. Louis fahren müssen und plötzlich festgestellt, daß sein Aktenkoffer mit allen Büchern zusammen mit allem übrigen Gepäck unten im Bus verstaut worden war. Er sagte, er hätte acht Stunden damit verbracht, ein Exemplar von *Rotunda: Brandung* zu lesen, welches jemand auf dem Sitz nebenan verlassen hatte. Genau das Wort hat er gebraucht, *verlassen,* um anzudeuten, daß jemand absichtlich von einem gebundenen Malison weggeht.

Dieser Mann fuhr fort, indem er das in Frage stellte, was er Malisons »Abwehrhaltung« nannte, und sagte, er habe bei der Weisheit, wie sie im Prolog zu *Rotunda: Brandung* zum Ausdruck komme, so seine Zweifel. Das ist ja nun der Gipfel der Ironie, daß dieser Mann, dieser Spaßvogel mit den Krückstöcken und dem breiten Mund, Malison in Frage stellen zu dürfen glaubt. Wer glaubt er denn, wer er ist? Dieser Prolog ist eine meiner Lieblingsstellen im ganzen Buch. Da schreibt Malison: »Wenn Du, Leser, Deinen Kopf lang genug aus Deinem eigenen Arsch hochkriegst, daß Du das erste Kapitel bis zu Ende liest, mach nicht den Fehler, Dich selbst zu beglückwünschen. Du besitzt nichts als flüchtigen, momentanen Mut. Die Scheiße auf Deinem Gesicht ist immer noch naß. Sie ist Deine Maske.« Es ist so wahr, aber ich merkte, daß dieser verkrüppelte Typ überhaupt nicht damit klarkam, weil Malison sich mit dem Prolog genau an Leute wie ihn richtet –, an Menschen, die eine Maske tragen. Zwar respektierte ich diesen Breitmaulmann dafür, daß er die Gelegenheit wahrgenommen hatte, aus seiner geistlosen Existenz auszubrechen, ich sah aber, daß er Malisons Welt nur oberflächlich betrachtet hatte. Er schenkte uns Champagner nach, und ich sagte, ich fände nicht, daß es Malisons Aufgabe sei, eine behagliche Welt für Eskapisten zu erschaffen, irgendein Blumenparadies, in welchem Mr. und Mrs. Amerika Hand in Hand lustwandeln und sich für wunderbare Menschen halten können. Malisons gesamte Aussage zielt doch gerade darauf ab, daß kaum jemand ein wunderbarer Mensch ist. Es hatte einen Grund, daß alle Figuren in *Rotunda: Brandung* durchsichtige Körper hatten: die meisten Menschen *sind* durchsichtig. Malison kann durch Mittelstandsmenschen direkt hindurchsehen, und ich kann das auch. Einige von uns haben diese Fähigkeit. Malison und ich sind die Art Schriftsteller, die immer draußen stehen und hineinsehen werden. Hineinsehen, aber nicht anklopfen werden, um eingelassen zu werden. Wir wollen nicht hinein, wenn »drin« bedeutet, daß wir den Preis bezahlen müssen, indem wir genauso seicht und durchsichtig werden wie alle anderen.

Der verkrüppelte Mann kam damit überhaupt nicht

zurecht. Er sagte: »Niemand auf dieser Erde ist durchsichtig. Nicht einmal wir.« Ich dachte, er spricht über sich und die anderen Leute in der Bar, und er tat mir leid. Dann schnallte ich plötzlich, daß er sich und mich meinte. Er fand, wir saßen im selben Boot, dabei waren wir nicht mal auf demselben Scheiß-Ozean. Er sagte, wir haben Glück, daß wir in einer Welt leben, die mit einzigartigen komplexen Menschen bevölkert ist. Da ging es mit mir durch, und ich habe mich auf den Tisch übergeben. Es war das perfekte Timing. Alle, die ihn vorher beim Öffnen der Flasche beobachtet hatten, sahen jetzt wieder herüber, aber mit einem ganz anderen Gesichtsausdruck. Ich griff mir einfach meinen Krempel und rannte weg, rannte aufs Klo in der Empfangshalle.

Glücklicherweise hatte ich Kleider zum Wechseln mit. Die frischen Klamotten waren in meinem Matchbeutel, außerdem noch eine Haarbürste, flache Schuhe, meine Zahnbürste, alle Bücher von Malison, ein Walkman, Bänder mit mehreren Lesungen von Malison, die letzten drei Trimesterklausuren, die ich über seine letzten drei Romane geschrieben habe (von den haarsträubenden Kommentaren meiner Lehrer verunstaltet), Kopien aller aufmunternden Briefe, die ich Malison über die Jahre geschrieben habe, ein bißchen Shit, zwei Valium, mein Pessar, alle Kurzgeschichten, die ich geschrieben habe, seit ich fünfzehn war, mein in Entstehung begriffener Roman (zu dem ich wirklich seine Meinung brauche), ein bißchen Tesa und die Lösung für meine Kontaktlinsen. Heute abend wird nichts dem Zufall überlassen!

23:11. Seit einer halben Stunde stehe ich auf dem Flur vor Malisons Hotelzimmer und lese mal wieder meine Lieblingspassagen aus *Magnetstecker* und *Smithy Smithy*. Inzwischen muß seine Lesung längst vorbei sein, und ich habe Angst, sie haben ihn wieder mit so einer sinnentleerten Frage-und-Antwort-Sitzung als Geisel genommen. Mein Gott, was soll er sich denn noch alles bieten lassen?!

Er hatte so müde ausgesehen, als ich ihn heute nachmittag vor meinem Magisterseminar sah. Ich war aufgestanden und auf dem Weg zum Klo, als ich auf dem Korridor an ihm vorbeiging. Es war unglaublich. Die Luft war aufgeladen. Malison trug eine Soldatenhose in Tarnfarben und eine Sportjacke, die aus irgendwas Rauhem hergestellt war, aus Sackleinen oder so. Ich hatte gedacht, er hätte silbriges Haar, aber aus der Nähe konnte ich sehen, daß es irgendwie normal grau war, eine Farbe, die ich viel schöner finde als Silber. Seine Augenlider waren dunkel und geschwollen, weil die Fakultätshäuptlinge ihn ermüdet hatten, aber die Augen als solche hatten eine seltene, intensive Braunfärbung, wie zwei geputzte, glänzende Pennys. Malison ging in Richtung Hörsaal, wobei ihn Brouner, der Dekan, begleitete, dem schier der Mund überging vor lauter Gelaber über sein Lieblingsthema –, sich selbst. Brouner sagte: »Sie haben vielleicht schon von mir gehört. Ich hatte letzten Monat einen Essay über Kunst und Analyse in *Forefront*«, und Malison sagte: »Wenn Sie was in *Forefront* veröffentlicht haben, dann, nein, dann habe ich nichts von Ihnen gehört.« Malison ist so geradeheraus, so sachlich, so uninteressiert an diesen kleinen Spielchen. Er würde lieber sterben als sich bei der Lektüre von *Forefront* erwischen lassen.

Ich versuchte im Korridor, einen Blick mit ihm zu tauschen. Ich wollte ihm zu verstehen geben, daß jeder weiß, was für ein Arschloch Brouner ist, aber dann erschien Professor Niemand und kläffte mich an, mein Aufsatz sei überfällig, und Malison wurde in ein Büro abgedrängt. Ich kann mir gar nicht vorstellen, was ihn jetzt noch aufhält. Wie ich Malison kenne, steht ihm die Englische Fakultät bis hier; er wird durch keine weiteren Reifen springen, die sie ihm hinhalten. Wo könnte er sein? Ich werde hier noch ein paar Minuten lang warten, und wenn er nicht kommt, gehe ich nochmal hinüber zum Pavillon der Gedanken. Die Spannung bringt mich um.

00:09. Ich stehe unter dem Dach der Bushaltestelle auf dem westlichen Unigelände und warte, daß der Scheißregen aufhört, damit ich zum Hotel zurückkann. Der Pavillon der Gedanken war leer, als ich hinkam. Die Show war vorbei. Ich war auf dem Rückweg zum Hotel, als ich vor dem Ratskeller Bethany über den Weg lief, die aufs Geratewohl Leute mit ihrer

Videokamera aufnahm (als wäre das nicht schon tausendmal gemacht worden). Bethany legte sofort mit der Malison-Lesung los. »Wo warst du? Mein Gott, du hast es verpaßt. Das glaub ich doch nicht.« Manchmal kann Bethany richtig anmaßend, richtig insidermäßig sein, und das macht mich rasend. Außerdem lügt sie oft. Manchmal glaube ich, sie merkt gar nicht, daß sie lügt. Sie gab sich schon wieder so überlegen und sagte mir, kurz vor der Lesung heute abend hätte Malison sie angesprochen, um eine Zigarette angeschnorrt und etwas Zeit mit ihr verbracht.

Genau, mit Bethany.

Dann hat sie mir gesagt, er hätte eine kapitelähnliche Passage aus einem gerade entstehenden Werk vorgelesen, und ich habe mir die Ohren zugehalten, denn was es auch ist, ich will es nicht von Bethany hören. Sie ist eine erbärmliche Geschichtenerzählerin, und ich will nicht, daß sie Malisons Werk durch ihre Übersetzung zerkaut. Sie sagte, sie hätte die Lesung auf Video, aber keine Aufzeichnung könne die Intensität der Lesung einfangen. Sie sagte, ich kann mir das Band gern mal ansehen, werde es aber wahrscheinlich nicht kapieren können, da ich nicht persönlich dabei war.

Diese Einstellung macht mich echt krank. *Ich* kann wahrscheinlich Malison nicht kapieren? *Ich?* Das ist aber schon die reine Ironie, besonders aus dem Munde von Bethany, die von Malison noch nicht mal gehört hatte, bis ich ihr letztes Semester mein Exemplar von

Smithy Smithy geliehen habe. *Ich* kann es wahrscheinlich nicht kapieren?

Also habe ich gesagt: »Bethany, Malison ist *mein* Schriftsteller, und ich glaube, ich könnte ihn auch verstehen, wenn er Ägyptisch spräche.« Und sie hat gesagt: »Mir war gar nicht klar, daß du irgendwelche Schriftsteller besitzt, Anastasia. Hast du noch mehr davon in deinem Stall?« *Stall* ist ein vertrautes Wort für Bethany. Bevor ich sie auf Malison angetörnt habe, kam sie mit Scheiß-Reithose in die Uni, trug einen dicken Zopf und zeichnete in ihrem Notizheft Pferdeprofile auf die Seitenränder. Bevor ich sie auf Malison angetörnt habe, bestand Bethanys schriftliches Werk aus blumigen kleinen Sätzen, die mit »'s ist« und »Oftmals« anfingen, als hätte sie mit einem Scheiß-Gänsekiel geschrieben, den sie in ein Tintenfaß tunkt, wobei sie auf einem bestickten Sessel sitzt, von sanftem Kerzenschimmer beleuchtet. Dann fing sie über Nacht an, wie Malison zu schreiben, und unternahm sonstwas, um seinen Namen im Unterricht zu erwähnen. Wenn es dann »Nehmen Sie Stellung« hieß, zerfetzte sie meine Geschichte und sagte, mein Schreiben sei offensichtlich stark von Malison beeinflußt. Ich habe schon wie Malison geschrieben, als ich noch gar nicht wußte, wer Malison war. Ich habe schon immer wie Malison geschrieben, also habe ich gesagt: »Vielleicht schreibt Malison wie ich«, und sie hat gesagt, (vor dem gesamten Leistungskurs) hat sie gesagt: »Und *wo* genau hätte Malison etwas von *dir* gelesen?« Sie ist so von sich eingenommen, seitdem diese Geschichte in *Post-Plane* erschienen ist. Wer liest denn schon *Post-Plane?*

Bethany ist so durchsichtig. Ich bin sicher, wenn Malison tatsächlich mit ihr gesprochen hat, dann nur, um ein Gefühl für die Dummheit seines Publikums zu kriegen. Sie sagte mir, sie hätte ihn zu einem Drink nach der Lesung eingeladen, aber er habe gesagt, er müsse sofort zurück nach New York, weil seine Frau ein Baby erwarte. Das war nur ein Vorwand, um Bethany loszuwerden. Malison hat gelogen, er wollte sie nur abhängen. Ich weiß das, weil Russell Marks mir erzählt hat, daß er Malisons Frau, Teresa Compton, vor zwei Monaten in einem Restaurant in New York City gesehen hat, und Mark hat mir erzählt, es hätte ausgesehen, als hätte Teresa Compton abgenommen. Abgenommen! Wie schwanger kann sie da sein? Mark hat mir außerdem gesagt, daß Malison und Teresa die Scheidung eingereicht haben und jetzt getrennt leben, ich bezweifle also stark, daß sie schwanger ist. Malison hat nur eine Nebelkerze geworfen, um sich vor Bethany zu schützen. Ich weiß das zuverlässig, weil ich sofort, nachdem ich mit Bethany gesprochen hatte, im Chesterton angerufen und gefragt habe, ob A. Davenport schon ausgezogen sei. Dann habe ich mich mit Zimmer 822 verbinden lassen. Als Malison ans Telefon ging, habe ich aufgelegt. Ich wollte mich nicht am Telefon vorstellen, deshalb habe ich höflich aufgelegt, und wenn dieser Regen nicht innerhalb der nächsten sechzig Sekunden aufhört, werde ich sagen, dann eben nicht, und zu diesem Hotel zurückrennen, ob es nun regnet oder nicht.

00:54. Ich bin wieder im Chesterton, im Vestibül des Damenklos, und warte, daß meine Strumpfhose trocknet. Ich habe sie in den Händetrockner gestopft, und das ist sehr lästig, weil ständig Frauen reinkommen und mich deswegen behelligen. Sollen sie sich doch die Hände am Rock abtrocknen, das bringt sie auch nicht um. Wer sind sie denn? Meine Zweitklamotten sind pitschnaß, deshalb habe ich jetzt wieder die eigentliche erste Wahl an. Das meiste habe ich schon früher im Laufe des Abends rausgespült, und man bemerkt kaum noch Kotze, außer auf meiner Bluse. Wenn ich davon ausgehen könnte, daß eine dieser Frauen auch nur ein Jota Mitgefühl aufbringt, hätte ich gefragt, ob ich einen Spritzer Parfum ausborgen kann, der das hartnäckige Geruchsproblem gelöst hätte, aber Verständnis scheint hier im Chesterton Mangelware zu sein. Ich habe mein Make-up erneuert und den Händetrockner bei meinem Haar eingesetzt, bevor ich die Strumpfhose hineingestopft habe. Es ist schwer, die Frisur in Form zu bringen, wenn man sich dabei so vorbeugen muß. Sie wurde dann sehr 70er-Jahre-mäßig, so eine Art Jerry-Hall-über-die-Schulter-Kiste, aber damit werde ich wohl leben müssen.

Später. Ich klopfe an Malisons Tür, Zimmer 822. Ich höre, daß im Fernsehen ironischerweise *Die Stunde des*

Gebets läuft, ich weiß also, daß er noch da ist. Ich klopfe ein bißchen lauter, und es ist mir so peinlich, als ich, nach der fünften Runde – und inzwischen ballere ich richtig gegen die Tür –, höre, wie die Toilettenspülung betätigt wird. Ich hasse es, wenn sowas passiert, wirklich wahr. Ich trete einen Schritt zurück und sammle mich und senke den Blick und betrachte die Auslegware, und jemand öffnet die Tür, aber es ist nicht Malison. Es ist dieser Mann aus der Bar, der Mann mit den beiden Stöcken, und er stützt sich auf sie und grinst wie ein geschnitzter Kürbis. Und das Allerschlimmste, das Widerwärtigste daran ist, daß er nicht im mindesten erstaunt scheint, mich zu sehen.

Musik für Liebende

Anita O'Day wurde neulich im Radio interviewt, auf einem der Sender, die ich so mag. Sie war jahrelang drogenabhängig, behauptet aber, sie sei wieder davon losgekommen. Sie sagte dem Interviewer, sie hätte Drogen genommen, weil ihr danach gewesen sei, Drogen zu nehmen. Dann, als ihr nicht mehr danach war, ist sie nach Hawaii gegangen, wo die Drogenhändler sie nicht kannten. Ich fand, sie hörte sich betrunken an. Sie sagte: »Ich heiße O'Day; das ist ein Schüttelreim, und D'Oay heißt Kohle, Kohle, jede Menge Kohle.« Sie muß betrunken gewesen sein, wenn sie so einen Stuß verzapft. Sie hat behauptet, ihre Plattenfirma wird von ihrem Hund geleitet und finanziert. Besoffen.

Es stellt sich heraus, daß bei Anita O'Day das Zäpfchen fehlt, dieser kleine Fleischbeutel, der bei fast jedem hinten am Gaumen hängt. Ihr Zäpfchen wurde in ihrer Kindheit bei einer Mandeloperation versehentlich entfernt. Damals war sie jung. Inzwischen hat sie sich angepaßt, hat sich ganz schön einen Namen gemacht.

Ich hatte Anita O'Day vorher schon x-mal singen gehört, war aber sehr aufgeregt, als der Sender, gegen Ende des Interviews, ein paar ihrer Songs spielte. Es hörte sich für mich vollständig neu an, weil ich jetzt wußte, daß ihr das Zäpfchen fehlt. Offensichtlich ist, außer dem Blinddarm-Appendix und den Mandeln, das Zäpfchen auch etwas, ohne das wir auskommen können. Seit dem Interview kriege ich ihn nicht mehr aus dem Kopf, den Gedanken an dieses Übergepäck. Ich muß würgen, aber trotzdem stochere ich ständig mit allem, was sich gerade dafür eignet, an meinem Zäpfchen herum. Ganz komisch. Am liebsten würde ich eine Schere nehmen und das verdammte Ding abschnippeln. Es würde natürlich bluten wie der Teufel, aber es würde mich nicht umbringen.

Ich bin kein Arzt, habe aber genug gelesen, um zu wissen, daß alles längst nicht so kompliziert ist, wie es klingen soll. Das meiste ist schlicht gesunder Menschenverstand. Zum Beispiel habe ich bei meiner Tochter, Dawn, mehrfach Wunden vernäht. Wenn man einen Knopf an ein Hemd nähen kann, kann man auch eine Wunde nähen. Man muß nur aufpassen, daß man eine saubere, spitze Nadel und einen starken Faden nimmt. Ich empfehle ungewachste Zahnseide. Verwenden Sie auf gar keinen Fall Garn. Letztes Jahr war ein Engpaß, und Dawn macht mich immer noch für die Narbe auf ihrer Stirn verantwortlich. Ich habe damals gesagt, und ich sage auch jetzt, daß ich nie und nimmer irgendeinem Doktor dreihundert Dollar zahle, nur weil meine Tochter sich betrunken hat und hingefallen ist. Sie hat bestimmt nicht soviel Geld, und der, der sie geschubst hat, ist auch nicht vorgetreten und hat gesagt, er will zahlen. Ich stottere immer noch den letzten Krankenhausbesuch ab. Den werde ich wahrscheinlich bis an ihr Lebensende abzahlen. Ärzte, Krankenhäuser und Versicherungen. Je weniger wir mit solchen Leuten zu tun haben, desto besser geht es uns. Die glauben, mit uns können sie alles machen, und wenn es nach ihnen geht, soll das auch so bleiben.

Vor zwei Jahren, als Dawn fünfzehn war, ist sie vom Dach gefallen. Sehen Sie mich nicht an. Ich habe keine Ahnung, was sie da oben gemacht hat. Ich danke Gott, daß sie auf den Beinen gelandet ist. Ich habe sie aufgelesen, als sie über den Rasen taumelte, und habe mir wegen ihrer Fußknöchel Sorgen gemacht. Sie fühlten sich geschwollen an, also habe ich sie eingerenkt und zwei prima Gipsverbände angelegt, die, wie sich herausstellte, ein bißchen zu stramm saßen. Schließlich war ich gezwungen, sie zum Krankenhaus zu tragen, wo ein machthungriger Chirurg entschied, er müsse ihr beide Füße amputieren. Ich bin immer noch überzeugt, daß ihre Füße diese Farbe nicht wegen Wundbrand hatten, sondern weil sie dreckig waren. Wessen

Füße wären wohl nach drei Wochen in Gips nicht dreckig?

Anita O'Day ist die erste Musik, die ich mir angehört habe, seitdem ich den Stereo losgeworden bin. In meinem Ohr steckt immer noch ein Stückchen Klopapier. Das mußte ich mir hineinschieben, um die neue Musik, die Dawn immer hörte, auszusperren. Das Papier steckt ganz weit oben im Gehörgang, und ich traue mich nicht, es selbst herauspulen zu wollen. Alle sagen: »Keine spitzen Gegenstände ins Ohr stekken.« Damit stößt man bei mir auf offene Ohren (ha ha). Aber ernsthaft, das Ohr ist komplex und empfindlich. Meine Ohren jedenfalls.

In letzter Zeit hätte ich statt Papier lieber ein Stück Metall im Ohr. Dann könnte ich es mit einem starken Magneten wieder herausziehen. Es würde ein befriedigendes Geräusch machen, wenn es gegen den Magneten prallt. Klink!

Wenn ich Musik höre, entspanne ich mich gern und stelle mir vor, welchen Platz ich dort einnehmen würde. Ich glaube, das ist allgemein üblich. Ich stelle mich mir gern als den Sänger vor, oder, wenn eine Frau singt, tue ich, als hätte ich den Song geschrieben und spielte alle wichtigen Instrumentalsoli. Im allgemeinen höre ich keine Musik im Radio. Da fehlt mir die Zeit, mich angemessen in Szene zu setzen. Ich wüßte zum Beispiel gern, wo ich auftrete. Wie viele Leute sind im Publikum? Wie sind die zusammengesetzt? Üblicherweise male ich mir aus, wie ich in kleinen Klubs auftrete, wo das Publikum während meines Sets nicht trinken oder herumwandern darf. Sie ruinieren mit ihrem verdammten Gläserklirren meine Konzentration. Fast immer stelle ich mir Carol vor, meine Ex-Frau und Dawns Mutter, wie sie während meines Nachtklub-Auftritts auftaucht. Manchmal gestatte ich ihr, bis zum Ende meines Sets zitternd am Eingang zu stehen, und dann rennt sie zu mir und bettelt um Vergebung. Das Dumme daran ist, daß Carol sich nicht mal tot in einem der Klubs blicken lassen würde, die ich in meiner Phantasie bespiele. Balladen sind ihr absolut wurscht, alles, was nicht schnell und tanzbar ist.

Es wird sehr kompliziert und ermüdend, sich das alles vorzustellen, deshalb höre ich kaum noch Musik. Rundfunksendungen dagegen verfolge ich mit großer Aufmerksamkeit, und ich habe eine ganz eindrucksvolle Tonbandsammlung. Ich habe sämtliche Iran-Contra-Hearings auf Maxell aufgenommen, in Studioqualität. Ich habe versucht, Dawn für die Hearings zu begeistern, aber sie war nicht interessiert. Daniel Inouye fehlt ein Arm, und das hat ihn auch nicht aufhalten oder vom Radio fernhalten können! Ich habe eine komplette Sammlung, drei Jahre *National Press Club,* plus mehrere nicht leicht zu kriegende Kommentare von Noel Proctor. Ich habe Bänder, auf denen ich selbst bei »Larry King Live!« anrufe und persönlich mit Gästen wie Ed Meese, Tommy Smothers, Bob Hope und mit Jim Brady spreche, vor *und* nach seinem Unfall. Welches war das bessere Gespräch? Urteilen Sie selbst. Die Moderatoren der Lokalsender erkennen mich an der Stimme und respektieren, wie ich ihre Gäste herausfordere. Es ist nicht leicht, zu einer dieser Sendungen durchzukommen, aber wenn man hartnäckig ist und etwas zu sagen hat, findet man auch einen Weg, seine Meinung zu verbreiten.

Ich versuche oft, Dawn zu ermutigen, sie soll doch auch mal bei ein paar Sendungen anrufen und offen ihre Meinung zu den anstehenden Problemen äußern. Wie dumm von mir, Zeitverschwendung. Entweder klebt sie vor dem Fernseher, oder sie klammert sich ans Telefon und ruft ihre sogenannten Freunde an. Manchmal möchte ich sie einfach schütteln, bis das Leben aus ihr schwindet, um auf die Ätherwellen im Nachthimmel zu deuten und ihr zu sagen, gottverdammtnochmal, da draußen denken Menschen.

Nachdem ich den Fernseher losgeworden war, fing Dawn damit an, sich jede Menge Rockmusik anzuhören. Ich kann mich an keinen einzigen Namen dieser Bands erinnern. Für mich war das einfach eine einzige, grauenvolle Platte. Diese ganzen Engländer mit ihren lustlosen Stimmen erinnern mich an Leute, die sehr langsam durch den Müll latschen, den sie auf dem Antlitz dieser Erde verstreut haben. Dawn saß in ihrem Sessel und hörte diese Platten, eine direkt nach der anderen, und das war einfach nicht gesund. Es war Musik, die populär war, als sie sich mit einem Jungen namens Rusty Miller traf. Rusty hinten, Rusty vorne, so ging das die ganze Zeit. Mit Rusty ging die Sonne auf, mit Rusty ging sie unter. Rusty war nicht der richtige Typ für Dawn, aber das konnte, wollte sie natürlich nicht sehen. Meiner Meinung nach hat er seinem Haar zuviel Aufmerksamkeit geschenkt. Oben war es hochgesprüht und an den Seiten schulterlang. Schönes Haar, wie bei einem Mädchen. Dawns Haar sollte mal so gut aussehen. Mehr als einmal hat sie gedroht, mit diesem Rusty-Typen durchzubrennen. Dramatisch. Sie versuchte mich davon zu überzeugen, daß sie von ihm schwanger ist und ihn heiraten muß. Dazu wollten sie in den nächsten Bundesstaat fahren. Ich wußte, daß sie log. Eher werde ich schwanger, aber ich habe gesagt: »Na gut, na schön, wie man sich bettet, so liegt man.« Aber wo war Miller, als meine Tochter ihre Füße verlor? Sagen Sie's mir. Er war kein Freund für schlechte Zeiten, und ich sage ihr, gut, daß sie das gemerkt hat, bevor es zu spät war. Ich habe das bei Carol zu spät gemerkt. »Sieh mich an«, habe ich gesagt.

Ich nahm an, daß Dawn sich mit jemand anderem angefreundet hatte, als sie anfing, diese neue Musik zu hören. Sie hört sie im Radio und hat sich auch ein paar Platten besorgt, große 45er, so groß wie normale LPs. Das sind Songs, die retuschiert worden sind, so daß die Sänger stottern und die Musik auf sich selbst zurückfällt. Derselbe Text wird immer und immer wieder wiederholt, als wäre er zum Auswendiglernen gedacht. Simple, dumme Texte, die ständig wiederholt werden. »I I I I I I, I need, I need you.« Es ist, als wäre die Platte absichtlich zerkratzt. Normale, denkende Menschen fragen sich vielleicht: »Habe ich diesen Satz nicht schon gehört?« Sie stellen vielleicht fest, daß diese unermüdliche Wiederholung – bestenfalls – überflüssig und – schlimmstenfalls – eine Beleidigung der menschlichen Fähigkeit ist, sich auf irgend etwas von Wert zu konzentrieren. Dawn sagt, zu dem Beat kann man fein tanzen. Tanzen? Sie? Ich sage: »Ich will ja nicht kleinlich sein, aber braucht man zum Tanzen nicht zwei Füße?« Diese Musik ermutigt sie noch dazu, in einer Phantasiewelt zu leben, in der alles rosig und ganz leicht möglich ist –, man braucht nicht zu arbeiten, lehnt sich einfach zurück und träumt, träumt, verträumt das ganze Leben.

Sie kriegt diese Platten von irgendeinem Jungen, der hier in der Nähe wohnt. Ich habe ihn ein paarmal auf der Straße gesehen, barfuß und ohne Hemd, aber mit einer großen Haarbürste, die aus dem Bund seiner Turnhose ragt. Barfuß geht er doch nirgendwohin, also wozu braucht er eine Haarbürste? Er legt es doch geradezu darauf an, auf einen Nagel oder eine der Glasscherben zu treten, die ich vor Dawns Fenster ausgestreut habe, und ich kann es gar nicht erwarten, daß er das endlich mal macht.

Von den Songs, die Dawn ständig spielte, bekam ich Kopfschmerzen, bekamen wir beide Kopfschmerzen. Meine gingen weg, als ich den Plattenspieler auf ein hohes Regal in meinem Schlafzimmer gestellt hatte. An das Regal kommt Dawn nie ran. Ich persönlich muß die Trittleiter benutzen, was mir ganz recht ist, weil es mich dazu zwingt, für die Musik zu arbeiten, die ich früher als selbstverständlich hingenommen habe. Als Dawns Kopfschmerzen nicht weggingen, habe ich mir gedacht, daß es wahrscheinlich mit ihren Weisheitszähnen zu tun hatte. Haben Sie eine Ahnung, wieviel es kostet, sich die Weisheitszähne von einem Zahnarzt ziehen zu lassen? Ich habe etwas Forschung betrieben, und die Prozedur ist wirklich nicht so kompliziert, wie man vielleicht glaubt. Das schaffe ich schon. Diese Zähne müssen raus. Wenn die unbehandelt bleiben, könnten sie sich durch ihren Schädel und in ihr Gehirn hineinfressen und jeden anständigen Gedanken auslöschen, zu dem sie möglicherweise noch fähig ist.

Wir kommen zurecht

Wir wischen die Küche in der leerstehenden Kellerwohnung, meine Mutter und ich. Sie öffnet den Schrank unter dem Spülstein und nimmt den Schimmel zur Kenntnis, der sich in die Ecken kuschelt. »Ich werde dich zerstören«, flüstert sie und betätigt langsam den Abzug der Sprühflasche mit dem Desinfektionsmittel. »Du bist Abschaum, hörst du? Abschaum.«

Wenn sie jeden Fleck persönlich anredet, ist das ein untrügliches Zeichen, daß meine Mutter allmählich rachsüchtig wird. Ich stelle das Radio an und hoffe, sie damit abzulenken. »Bitte nicht«, sagt sie. »Nicht sowas, nicht jetzt.« Sie sagt es, als wäre ich ein Freier, der ihr beim ersten Stelldichein die Hand unter die Schürze zu stecken versucht. An diesem Punkt ballere ich mit der Faust gegen die Kühlschranktür und sage: »Ma, ich bin einsam.«

Gestern nacht habe ich gesehen, wie jemand das im Fernsehen machte, ein hübscher, sonnenverbrannter Pionierjunge in einem verschmutzten Planwagen. In dem Film umarmte die Mutter den Jungen, streichelte ihm den Kopf, spendete ihm Worte des Trostes und starrte den hellen Horizont an, der plötzlich vor ihr auftauchte.

In der Kellerwohnung wringt meine Mutter ihren Schwamm aus und sagt: »Einsam? Was einsam ist, wirst du merken, wenn du nicht sofort aufhörst, dich wie ein gottverdammter Affe zu benehmen, und dich statt dessen mal ein bißchen am Riemen reißt. Dann merkst du nämlich, was einsam ist.«

Wie ein Affe? Gott segne sie, meine Mutter glaubt, ohne sie wäre ich einsamer.

»Du bist jetzt der Mann«, sagte sie, als mein Vater gestorben war, »du bist der Mann.« Dann drehte sie sich zu Popeye um, unserem gescheckten Kater, und sagte: »Du bist jetzt der Kater, Popeye, du bist der Kater«, als hätte sie die ganze Zeit einen Schleier vor dem Gesicht getragen und nie gewußt, daß wir immer schon Menschen und Katzen waren.

In der Nacht nach seiner Beerdigung zerschmetterte meine Mutter die Fenster des Pontiac mit einem Golfschläger. Ich war im Bett und sah fern, als ich den Lärm hörte und barfuß im Bademantel nach draußen rannte, weil ich dachte, es wäre jemand, vielleicht irgendwelche Kinder, und da stand sie mit dem Golfschläger neben dem Auto. Die Windschutzscheibe war mit einem

Netz von Rissen überzogen und sackte langsam in sich zusammen, und sie trat zurück, um noch einmal auszuholen. Auf ihrer Stirn saß ein Nachtfalter. Ich nahm ihr den Schläger aus den Händen und sagte: »Mutter, hör mir zu. Das ist *unser* Auto. Warum nicht das von den Dinellos oder von den Ablemans?« Sie sagte, sie nimmt lieber den Pontiac, weil es ihr gutes Recht ist, ihren eigenen Besitz zu zerstören.

Ein weiterer Nachtfalter, strahlend und gefleckt, ließ sich auf ihrer Schulter nieder, und wir alle sahen zu, wie sich die Windschutzscheibe eindellte und zusammenfiel und Klümpchen wie zerkleinerte Eiswürfel auf Armaturenbrett und Vordersitze regneten.

Wir ersetzten als Übergangsmaßnahme die Windschutzscheibe durch Plastik. Ich fahre aufs Geratewohl mit, den Kopf wie ein Hund aus dem Fenster gesteckt, während meine Mutter langsam fährt und flucht, und die Zigarette hängt ihr aus dem Mund wie eine Zündschnur. Die Fahrer hinter uns schimpfen und hupen.

»Hör sie dir an«, sagt meine Mutter und klammert sich ans Steuer, »wie eilig sie es alle haben, damit sie ihren großen, dicken Herzinfarkt nicht verpassen.« Es berührt mich peinlich, daß sie sich nicht in anderen erkennen kann. »Der Trick ist, daß man sich von seiner Wut nicht auffressen läßt«, flüstert sie zwischen zusammengebissenen Zähnen hervor, bleich die Fingerknöchel. Sie sagt, sie hätte gern seine Leiche exhumiert, damit sie drauf spucken kann.

»Das wird Geld kosten.«

»Wir fahren nachts mit Schaufeln hin, nur wir zwei«, sagt sie. »Was soll das schon kosten?«

Ich sage: »Er ist jetzt vergammelndes Fleisch, mit langen Fingernägeln. Das willst du doch nicht sehen.«

»Teures Geld würde ich dafür zahlen, sowas sehen zu können. Nenn mir deinen Preis.«

Das war vor Monaten, bevor sie ihre Theorie entwickelte, daß er gar nicht tot sei. In dieser Phase verbrachte sie viel Zeit nach Art von Hellseherinnen. Sie legte die Zeigefinger gegen die Schläfen und verkündete: »Eben jetzt sitzt er neben einem Tümpel –, nein, einem Becken. Ich sehe einen Swimmingpool und eine ... karierte Badehose, eine nasse Badehose. Ich sehe ein Sprungbrett und... Was ist das? Ich sehe eine Cocktail-Serviette mit der Aufschrift ... ›Fort Cheswick‹ –, nein, das nehme ich zurück! Da steht ›Port Selznick... Country Club‹. Darunter steht noch was... etwas mit ganz kleinen Buchstaben ... Ich sehe den Buchstaben H und den Buchstaben V und...« An diesem Punkt ließ sie kraftlos den Kopf auf die Tischplatte sinken. »Verdammtnochmal«, sagte sie. »Ich hab's verloren. Ich war so nah dran, Dale, und dann habe ich es verloren, als du den Krach mit den Eiswürfeln gemacht hast.«

Ich schenkte mir eine Pepsi ein und erinnerte sie daran, daß wir beide nach dem Unfall seine Leiche gesehen hatten. Wir haben seinen Arm gesehen, an der

Schulter abgerissen und in einem separaten Sack neben ihm.

»Er war in einer Schublade«, sagte ich. »Normale, gesunde Erwachsene verbringen ihre Zeit nicht freiwillig in einer eiskalten Leichenhalle. Wenn er zu dieser Art von Scherzen geneigt hätte, hätten wir das höchstwahrscheinlich vorher schon mitgekriegt.«

»Er hat mich fünfzehn Jahre lang angelogen, warum sollte ich ihm also jetzt glauben? Vielleicht lebt er ja mit einem Arm. Ist alles schon vorgekommen.«

Margery, die Schwester meiner Mutter, nennt dies »Evelynes Verleugnungsphase«. Seit dem Tod meines Vaters ist meine Mutter ihrer Schwester Margery nähergekommen, welche sie mit Wahlsprüchen wie »Gott macht keine Tür zu, ohne eine andere zu öffnen« und »Immer einen Tag nach dem anderen«, und – dem Lieblingsspruch meiner Mutter – »Du bist nicht schlechter als deine Geheimnisse« versorgt.

Mir ist schlecht.

Ich reinige gerade den Kühlschrank in der Kellerwohnung, als ich zwei Eichhörnchenschwänze im Gemüsefach und noch einen, mit dem echten Artikel verbunden, in Zeitungspapier gewickelt im Tiefkühlfach finde. Das Eichhörnchen sieht bemitleidenswert eifrig aus, die Pfoten neben der schrecklichen, vollen Schnauze gefroren.

»Ach, dieser Nick Papanides war ein kranker Kunde«, sagt meine Mutter und meint damit den früheren Mieter. »Er und ich standen eines Tages letzten

Monat im Hintergarten, als Popeye ein Eichhörnchen anschleppte, wie er das manchmal macht –; es war noch nicht ganz tot. Es hat ihm einen guten Kampf geliefert, aber man merkte doch, daß dieses Eichhörnchen keine Bäume mehr raufklettern wird. Man konnte nur Mitleid haben. Wir stehen also da, als Nick fragt: ›Darf ich?‹ Also hab ich gesagt: ›Wir leben in einem freien Land –, tun Sie sich keinen Zwang an.‹ Da wirft er ein Handtuch über das verdammte Ding, trampelt ein paarmal darauf herum und trägt es in die Wohnung. Er hat sie immer mit Auberginen gekocht«, sagte sie. »Ich kann nicht sagen, daß ich ihm nachweine. Nicht für Geld würde ich ein gottverdammtes Eichhörnchen fressen –; ist doch nur eine Ratte mit langen Fingernägeln und hübschem Schwanz.« Sie hält inne, um sich mit der rauhen Seite eines Scheuerschwamms am Fußknöchel zu kratzen. »Es gibt einen Typ Mensch, der Kellerwohnungen mietet«, sagt sie. »Die brauchen eine niedrige Zimmerdecke, die zu ihrem Selbstgefühl paßt. Nicht für *Geld* würde ich unter Rohren leben, die nur zwanzig Zentimeter über meinem Kopf hängen. Wir sollten versuchen, die Dachkammer zu vermieten –, zur Abwechslung mal ein paar muntere Menschen ins Haus.«

Ich fand Nick munter genug. Er war keine Shirley Temple, aber er war auch nicht der bedrückte Maulwurf, als den meine Mutter ihn mir zu verkaufen suchte. Bevor er auszog, lagen Nick und ich oft auf seinem großen Wasserbett, nackt, und lauschten der

Stimme und den Schritten meiner Mutter, wenn sie mit dem Telefon auf und ab schritt.

»Heute abend sie legt jede ihrer Karten auf einen Tisch«, sagte Nick dann.

Es hat mich umgebracht, wie er eine Redensart zusammenstellte. Statt »wo das Becken tief ist«, sagte er: »In dem Teil, wo das Wasser mehr hoch ist als dein Kopf.«

Auf diese oder jene Weise findet man Dinge über Menschen heraus. Wenn ein Mieter ausgezogen ist, finden wir immer etwas, versteckte und vergessene oder einfach zurückgelassene Objekte. Wir haben Pillenfläschchen und Geburtstagskarten gefunden, Tonbandkassetten und Schmuck und Zeichnungen auf der Rückseite von Spielkarten. Wir benutzen diese Dinge, um uns ein besseres Bild von Menschen zu machen, die wir zu kennen glaubten.

Tom Dodges hat zum Beispiel zwei tintenfleckige Büstenhalter hinterlassen, einen Glaskrug mit Schraubverschluß voller Benzin, ein Buch über Bauchrednerei und einen Kissenbezug mit Hundehaaren drin. Tom Dodges, ein ausgewachsener Mann! Er zog aus, um eine Technische Hochschule zu besuchen, und wurde durch einen lauten Volltrottel ersetzt, den meine Mutter und ich den »Sportler« nennen. Der Sportler arbeitete als Drucker und beschenkte mich mit Dutzenden zwölfteiliger Jahreskalender, auf denen nackte Frauen abgebildet waren, die sich gegen Motorräder lehnten oder über die Kühlerhauben funktionsgestörter Autos beugten: Frauen, die Werkzeuge hielten als wären sie Trophäen für Keckheit und Schamlosigkeit.

»Für deine Sammlung«, flüsterte er. Irgendwann schlug ich sie gar nicht mehr auf.

Der Sportler war klinisch von jedem Spiel besessen, in dem ein Ball oder eine Kugel vorkam. Jedes runde Objekt, das sich über den Boden oder durch die Luft bewegte; mit Stab oder Schläger geschlagen, getreten, gedribbelt, von Hand weitergegeben oder mit Queue, Holzhammer oder Paddel gepufft –, es nahm seine volle Aufmerksamkeit in Anspruch. Er verfolgte alle Spiele, entweder im Fernsehen oder im Radio, die Lautstärke so hoch aufgedreht, daß man es in der ganzen Straße hören konnte. Er hatte die Angewohnheit, den Spielern, egal, wo er gerade war, gute Ratschläge zu erteilen. »Cahill, du hast doch Scheiße im Kopp, wo liegt das Problem? Du brauchst doch einen weißen Stock, du Blindfisch. Gib das Trikot doch deiner Mutter, du schwules Stück Scheiße.«

Das ging mir aber schon in großem Maßstab auf die Nerven. Sogar mit Watte in den Ohren konnte ich ihn in meinem Zimmer noch hören. Ich bemühte mich, ihm aus dem Weg zu gehen, aber gewisse Menschen kapieren einfach keine Andeutungen. Sobald ich an seinem Fenster oder an seiner offenen Tür vorbeikam, rief er: »Hey, Dale, kuckst du das Spiel?«

»Nein.«

»Du machst doch Witze, oder? Die *Stallions* liegen

mit acht Punkten in Führung, es sind noch zwanzig Minuten zu spielen, und du willst mir erzählen, daß du nicht kuckst? Was bist du, ein gottverdammter Streber, der seiner Lehrerin polierte Äpfel schenkt?«

Heftig rieb er mit beiden Händen seine schwitzende Bierdose, eine vertrottelte Illustration des Verbs *polieren,* und dann verlangte glücklicherweise der im Fernsehen gesendete Ball seine Aufmerksamkeit, und ich konnte passieren.

Der mit Leichtigkeit schlimmste Tag meines gesamten Lebens war der Oktobernachmittag, als der Sportler mich zu einem regelrechten Footballspiel mitnahm. Er hatte die Karten im voraus gekauft und alles mit meinem Vater arrangiert. Ich würde eher eine dick mit Vaseline belegte Stulle essen als mir zwei Minuten Football im Fernsehen ansehen, geschweige denn ein echtes Spiel *live*. Drei Tage vorher begann ich, Krankheit vorzutäuschen, unbarmherzige Fröste, die mit Gedächtnisverlust und steifen Gelenken einhergingen. Ich war in meinem Zimmer und stöhnte, als der Sportler an meiner Tür erschien, von meinem Vater begleitet.

»Wer sind Sie, und was wollen Sie von mir?« fragte ich, die steifen Arme ins Licht gereckt. »Mir ist kalt, so ... kalt. Wann hört denn endlich der Winter auf? So ... kalt. Wenn Sie nur einen Funken Anstand besitzen, werte Herren, lassen Sie mich allein, damit ich in Würde sterben kann.«

»Steh auf und zieh dich an«, rief mein Vater und riß

mir die Bettdecke fort. »Oder du mußt im Pyjama hin.«

Ich versuchte es nochmal. »Hin? Hin? Wohin? Bringen Sie mich ins Krankenhaus? Wird es dort warm sein? Wer sind Sie? Sind Sie einer der Soldaten, die gestern zu Besuch weilten? Ich sage Ihnen doch, wir haben kein Brot mehr. Wir haben schon seit Wochen kein Brot.«

»Hey, Alter«, sagte der Sportler, als ich ein paar Minuten später auf dem Bürgersteig zu ihm stieß. *»Give me five.«*

Wir nahmen einen Bus zum Stadion, und dieser Bus wimmelte von Passagieren, und mit jedem einzelnen brach Mr. Nett ein Gespräch zum Thema bevorstehendes Spiel vom Zaun, und alle schienen ihn bezaubernd zu finden. Das Stadion war noch schlimmer. Sobald das Spiel begann, war es um den Sportler geschehen, und er schrie und sprang auf und feuerte die jeweils Besten an. Es war eine sichere Wette, daß er bis lange, nachdem der letzte Ball verschossen war, nirgendwohin gehen würde. Ich entschuldigte mich und nahm den nächsten Bus nach Hause. Es war niemand da, also durchwühlte ich die Küchenschublade und fand den Ersatzschlüssel zur Wohnung des Sportlers, weil ich mir dachte, ich gehe mal runter und stelle ein paar Nachforschungen an. Das habe ich bei jedem Mieter gemacht, und warum auch nicht? Das Haus ist schließlich auch teilweise mein Haus. Ich wollte die jämmerlichen Geheimnisse des Sportlers entdecken:

die Laken, urinbefleckt und mit Haaren dekoriert, die Zeitschriften neben einer fauligen Kloschüssel, die Rezepte und Briefe, die alle aufbewahren.

Einmal, als Tom Dodges nicht in der Stadt war, fand ich, neben einem scheißebeschmierten Kissen, eine Zeitschrift mit nackten Männern, Frauen und Kindern auf Sommerfrische in einer Nudistenkolonie. Diese Menschen gingen ihren Verrichtungen nach, sie machten Picknick, fuhren Rad, machten sich froh am Grill zu schaffen –; sie waren ganz genau wie alle anderen, nur eben nackt. Die meisten, die Eltern, waren nicht sehr einladend in ihrer Nacktheit. Ich meine, man möchte sie wirklich nicht so sehen, aber in dieser Zeitschrift hatte man keine andere Wahl. Jemand, wahrscheinlich Tom, hatte der Zeitschrift Akzente gesetzt, mit Kugelschreiber. Die Nudisten waren mit Gedanken und Dialog versehen worden, grob in wolkenförmige Sprech- und Denkblasen gefaßt, die ihnen aus Mündern und Schädeln quollen. »Wie wär's mit einem schönen dicken Würstchen?«

Als Tom aus den Ferien zurückkehrte, sah ich ihn mit anderen Augen. Ich benahm mich wie vorher, aber im Geiste war er für mich zu einem Musterexemplar geworden. Jedesmal, wenn er mich begrüßte, malte ich mir diese Nudisten und das dreckige Kissen aus. Ich hatte Tom immer gemocht, und mein Erlebnis in seiner Wohnung beeindruckte mich tief. Jeder von uns konnte morgen sterben. Das passiert ständig. Bei jedem von uns kann eingebrochen werden, und dann wird von Dieben alles untersucht. Wenn ich in die Wohnung eines Mieters eindringen kann, wer will dann sagen, daß er nicht in meine eindringen kann? Ich habe gelernt, alles Beweismaterial zu zerstören. Verstecken genügt nicht; man muß es verbrennen und darauf vertrauen, daß man die wichtigsten Geheimnisse für sich behält.

Ich drang in die Wohnung des Sportlers ein, weil ich ihn anders sehen wollte, ihn mit absoluter Überzeugung durchschauen wollte. Ich fand, das Gefühl hatte ich mir nach allem, was mir seinetwegen geschehen war, verdient. Also ging ich hin. Ich schloß ganz leise auf und entdeckte meinen Vater mit Tante Margery auf dem Ausklappsofabett. Sie waren aktiv nackt, und sie brauchten ein paar Momente, bis sie mich sahen.

»Jesus«, sagte mein Vater und bedeckte das Gesicht meiner Tante mit einem Sofakissen.

»Jesus Christus«, sagte meine Tante mit erstickter Stimme und wehrte sich gegen das Kissen.

Ich sagte: »O Gott.«

Es kommt mir komisch vor, daß dort Jesu Name angerufen wurde, noch dazu mit solcher Ernsthaftigkeit. Auf Bildern hat Jesus einen Bart und langes, gesund wirkendes Haar. Seine Augen sind feucht vor Schmerz und Mitgefühl, schöne Augen. Mehr weiß ich nicht über ihn, aber in Zeiten der Krise scheint es sein Name zu sein, der uns über die Lippen kommt, ob wir gläubig sind oder nicht. In dieser Hinsicht hat er einen sehr guten Ruf. Die Einzelheiten des nackten Körpers meines Vaters bleiben besser unerwähnt. Als er aufstand, sah ich weg. Ich sah ein ordentlich zusammengefaltetes Kleid auf dem Fernseher, daneben Büstenhalter und Schlüpfer. Ich sah Hose und Unterhose meines Vaters, ein zusammengewurschtelter runder Klumpen neben dem Beistelltisch.

»Jesus«, sagten wir alle wieder, diesmal im Chor. »Jesus Christus.«

Der Sportler zog zu Beginn der nächsten Baseball-Saison aus, kurz bevor mein Vater starb. Er hinterließ ein National-Football-League-Feuerzeug, ein Waschbecken voll schmutzigen Plastikgeschirrs, drei Motel-Badetücher, zahllose Zeitungen und Zeitschriften, seinen Besen und seinen Mop (unbenutzt) und Aufkleber: Mannschafts-Aufkleber, die an die Fenster, den Kühlschrank, die Küchenschränke und sogar an die Badewanne gepappt waren! Meine Mutter und ich brauchten Stunden mit Rasierklingen und Feuerzeugbenzin, um sie alle abzukriegen. Der Sportler hinterließ einen echten Saustall.

Mein Vater hatte nicht mit seinem Tode gerechnet und hinterließ alles, wie es war, einschließlich eines kleinen Notizbuchs, das er auf der Arbeit in seiner Schreibtischschublade versteckt hatte. Es ist ein Notizbuch für Kinder, und der Einband ist mit befriedigt blickenden Witzbildchen-Bären geschmückt, die einander mit bunten Ballons beschenken. Im Innern waren blöd sämtliche Frauen verzeichnet, mit denen er gevögelt hatte, mit Namen und Haarfarbe, eine mitleiderregende, unreife Liste von Beurteilungen. Meine Mutter kommt in dem Notizbuch nicht vor.

Mein Vater starb an einem warmen Frühlingstag, als sein Firmenwagen einen linksseitigen Puff von einem »Mayflower«-Umzugslastwagen versetzt bekam. Er sah an die Stelle, wo vorher sein Arm gewesen war, und starb buchstäblich am Schock. Viele Namen im Notizbuch meines Vaters sind vertraut. Das sind Frauen, die wir aus den Läden kennen, in denen wir einkaufen, aus der Gegend, in der wir wohnen. Er starb am Schock, aber sehen Sie uns an, wir müssen weitermachen!

Meine Mutter saugte den Teppich in der Kellerwohnung, als sie ein paar Bilder auf dem Boden des Schlafzimmerschranks entdeckte. Sie zieht die Brille aus der Kittelschürzenbrusttasche und hält sie sich vor die Augen. »Nein, dieser Nick Papanides, bei dem habe ich doch gleich Bescheid gewußt. Ein griechischer Gott, vom Olymp an die Frauen Amerikas verliehen.«

Ich will die Bilder auch mal sehen, aber sie sagt, ich bin zu jung für sowas.

»Griechen«, sagt sie, »Griechen sind Juden ohne Geld.« Mom hat was gegen Juden, seit sie weiß, daß mein Vater es mit Sandy Ableman getrieben hat, einer ehemaligen besten Freundin.

»Die ehrbare Ableman'sche«, sagt sie und hebt die Stimme, um den Lärm des Staubsaugers zu übertönen. »›Evelyne‹, hat sie immer gesagt, ›auf wen, wenn nicht auf deine beste Freundin kannst du dich verlassen, wenn du die Wahrheit hören willst?‹ Und dann hat sie gesagt: ›Und die Wahrheit ist, daß du dir die Haare abschneiden mußt. Für diese Länge bist du zu alt. Das steht vielleicht einem Teenager, aber wolln doch mal ehrlich sein, Evelyne, ein Teenager bist du nicht mehr. Schon lange nicht mehr.‹ Was habe ich also gemacht? Ich habe mir die Haare abgeschnitten! Dann wurde sie ehrlich, was meine Kleidung und den Gelbton der drei Stufen vor der Haustür betraf. Also trug ich nichts Buntes mehr und strich die Stufen in dem Kackton über, den sie empfohlen hatte. Ich sagte: ›Ach, danke, Sandy, ach, danke schön‹, und die ganze Zeit schlich sie mit meinem Ehemann rum. Sie sagte: ›Die Wahrheit ist schmerzhaft, Evelyne.‹ Die Wahrheit? Weißt du, was ich ihr sage, wenn ich sie wieder mal sehe?«

»Wir können dein Haar aber doch wieder wachsen lassen, Mutter.«

»Weißt du, was ich sagen werde, wenn ich dieser verlogenen Hure nächstes Mal über den Weg laufe?«

Ich weiß es. Sie wird genau das sagen, was sie letztes Mal gesagt hat, als uns Sandy Ableman über den Weg lief. Sie wird sagen: »Sandy, wie schön, dich zu sehen.« Dann wird Mrs. Ableman die Hand meiner Mutter nehmen und sagen: »Evelyne, ich wollte dich immer schon mal besuchen. Wie geht es euch denn jetzt so, dir und Dale?« Dann wird meine Mutter zu Boden blicken und sagen: »Wir kommen zurecht.«

»Weißt du, was ich nächstes Mal mache, wenn ich

diesen blumigen Judas sehe?« Meine Mutter ergreift den Schlauch des Staubsaugers und verpaßt ihm einen ordentlichen Ruck. Der Schlauch fällt seitlich hin, windet sich hilflos. Irgendwas hat sich lockergeschüttelt, und sie steht da, starrt den Staubsauger feindselig an, und beide keuchen.

»Komm, wir machen eine kleine Pause«, sage ich. Wir haben eine Dose Pepsi und eine Thermoskanne Kaffee mitgebracht –, eine Thermoskanne, obwohl wir nur einen Stock höher wohnen. Die Thermoskanne gestattete uns das Gefühl, abgehauen zu sein. Ich schenke ihr eine Tasse Kaffee ein und gebe ihr ein paar *Tums*-Magentabletten. Meine Mutter wäscht sich die Hände und sieht sich voller Panik im Zimmer um.

»Dieser griechische Schweinehund, wo ist der kleine Fernseher, den ich ihm geliehen habe? Ist das wohl zu glauben? Er hat den Fernseher geklaut, und ich kann ihm das nicht mal von der Kaution abziehen, weil er nie eine gottverdammte Kaution hinter*legt* hat. Er hat immer ›näxesmal, näxesmal‹ gesagt, und ich habe ihm vertraut, und er ist mit meinem Fernseher abgehauen. Doll war er nicht, aber er hat funktioniert. Dieser miese Scheißkerl. ›Man kann keinem trauen‹ –; diesen Spruch werde ich mir in Großbuchstaben auf die Hand tätowieren lassen.«

Sie ißt ihre Tums, und die scheinen sofort zu wirken. »Ach, was soll's«, sagt sie, mit kreidigen Lippen. »Wozu regen wir uns so über einen Schwarzweiß-Fernseher auf? Das verdammte Ding hatte nicht mal eine Antenne. Na und? Soll er dran ersticken. Er war genauso ein Müll wie alle andern. Und wo wir gerade von Abfall sprechen, bist du in letzter Zeit mal der Dame Spacely begegnet, der Lieblingsbrünetten deines Vaters?«

»Spakey heißt sie, Mutter, und, nein, ich habe sie nicht gesehen. Sie ist Lehrerin an der Mittelschule, und ich gehe inzwischen in eine andere Schule, weißt du noch?«

»Ja, kommt sie denn dann nicht früher oder später auf einen Elternabend oder sowas zu dir in die Schule?«

»Sie wird an ihrer eigenen Schule Elternabende veranstalten.«

»Ja, muß sie denn nicht manchmal zu einer Konferenz oder sowas in deine Schule kommen?«

Ich weiß, worauf sie hinauswill, also gebe ich auf und sage: »Doch, früher oder später wird sie vermutlich kommen.«

»Und was wirst du sagen, wenn du sie siehst?«

Dies ist eine von Mutters Prüfungen, und ich habe keine andere Wahl, ich muß sie mit einer angemessenen Antwort zufriedenstellen. Ich nehme einen Schluck von meiner Pepsi, starre aus dem Fenster und beobachte den Hund von den Dinellos, wie er sich kauernd in unseren Vordergarten entleert. »Ich werde sagen: ›Ach, Miss Spakey, wie nett, daß Sie mir in Ihrem Fach eine Eins gegeben haben. Mein Vater hat Ihnen nur eine Drei minus gegeben.‹«

»Das kannst du aber doch noch viel besser«, sagt meine Mutter und führt ihre Thermoskannentasse zum Munde.

»Na gut, ich werde sagen: ›Miss Spakey, ist es nicht eine Ironie des Schicksals? Während ich addierte und subtrahierte, haben Sie mit einem Bruch gerechnet und versucht, sich zu vermehren.‹« Das war übel, ich weiß. Meine Wangen brennen. Meine Mutter sieht woandershin, eine freundliche Geste ihrerseits. »Okay, wie ist folgendes? Ich werde sagen: ›Übrigens, Miss Spakey, unterrichten Sie immer noch Mathe, oder machen Sie jetzt in Haushaltsauflösungen?‹«

Meine Mutter lacht, mir zur Belohnung. »Oh, das ist klasse«, sagt sie. »Haushaltsauflösungen, sehr gut.«

Ich finde es lediglich in Ordnung. Mit etwas Zeit könnte ich mir bestimmt etwas Besseres ausdenken, aber im Gegensatz zu meiner Mutter fehlt mir die Fähigkeit, mich länger auf diese rachsüchtigen Textvorgaben zu konzentrieren. Ich tu es für sie, aber ich persönlich funktioniere einfach nicht so. Wenn und falls ich Miss Spakey je wiedersehe, sehen wir bestimmt in eine andere Richtung. Ich hatte sie in der siebten Klasse in Mathe. Siebte Klasse, das war vor zwei Jahren. Hat sie mit meinem Vater geschlafen, als ich ihr Schüler war? Hatte ihre Verbindung Einfluß auf meine Noten? Sah sie mich mit irgend anderen Augen? Mir persönlich ist es so rum so wurscht wie so rum. Ich wünsche sie nicht auf dem Scheiterhaufen, und ich wünsche sie auch nicht auf dem Thron. Ich wünsche sie nicht, Punkt. Ihre schiere Existenz ist ein Fehler, aber sie ist nicht *mein* Fehler, also verschwende ich besser keine Zeit mehr damit, daß ich darüber nachdenke. Meine Mutter kann hinwiederum an nichts anderes denken. Ich kann die Gedanken praktisch sehen, wie sie meiner Mutter durch den Schädel stapfen. Sie sind nicht größer als ein Feuerzeug, aber sie haben schwere und gefährliche Füße, und sie gönnen ihr keinen Frieden.

»Hast du nochmal über diese W. S. nachgedacht?« fragt sie.

»W. S.« war die einzige mit Anfangsbuchstaben versehene blonde Begegnung meines Vaters. »W. S. – Blond (heute) Mannomann!!!«

Meine Mutter überprüfte sein Adreßbuch, sein Portemonnaie, seinen Aktenschrank und griff schließlich, nachdem sie nichts gefunden hatte, zum Telefonbuch. Die Ungewißheit bringt sie um. Im Gegensatz zu den Ehebrecherinnen, die sie kennt, nennt sie die unbekannten jetzt We-Esse. Sie ruft an und sagt: »Ich bin die Witwe von Les Poppins.« Am anderen Telefon höre ich mit, wie sie sagen: »Was? Wer?« Bei einigen hat sie sich angewöhnt, sehr spät in der Nacht anzurufen, was gefährlich ist, wenn man seinen Nachnamen angibt.

»Ich glaube, ich habe den Kreis der Verdächtigen auf Winnona Spears und Wendy Sidawell eingeengt«, sagt sie. »Dieses Spears-Mädel hat den Nerv zu behaupten, ich würde sie belästigen –; das klingt wie schlechtes Gewissen. Die ist echt zugeknöpft. Andererseits haben wir Wendy Sidawell, einen absoluten Volltrottel. ›Hä?‹ hat sie gesagt, als ich sie das erste Mal anrief, ›Was soll das werden, eine Art Wettbewerb? Sind Sie vom Radio? Gewinne ich was?‹ Sehr viel dümmer als Wendy Sidawell ist schon nicht mehr denkbar. Genau die Sorte, auf die dein Vater steht. Ich habe sie gefragt, welche Haarfarbe sie hat, und sie hat gesagt: ›Aufm Kopf?‹ Als ich Winnona Spears gefragt habe, hat sie gedroht, sie wird mich verklagen. Bei mir liegen die beiden Kopf an Kopf. Was meinst du, welche ist es?«

Ich sprühe den Backofen ein, die Dämpfe machen mich benommen. Ich weiche zurück, habe Angst, daß ich die Wahrheit ausplaudern könnte. W. S. = *W*eibchens *S*chwester = Tante Margery. Selbst wenn ich es nicht mit eigenen Augen gesehen hätte –, ihr »Mannomann« wäre schon verräterisch genug gewesen. »Ich glaube immer noch, daß es Wanda Sparks war«, sage ich. Wanda Sparks war die eine W. S., bei der es keinen Anschluß unter dieser Nummer gab. »Ich glaube, nachdem er tot war, hat sie gepackt und die Stadt verlassen. Ich glaube, sie wohnt jetzt irgendwo im Westen, irgendwo in der Wüste. Ich glaube, sie ist jetzt wahrscheinlich in einer Rehabilitationsklinik und versucht, die Scherben einzusammeln.«

Für meine Mutter wäre es mir am liebsten, wenn sie das Ganze fallenlassen, vergessen, zufriedenlassen könnte. Ich versuche sie in eine andere Richtung zu leiten, aber ich kann Nick nicht vergessen. Warum sollte er mit diesem Fernseher abhauen, wenn er ihn so gut wie nie benutzt hat? Ich war immer der, der ihn angestellt hat. Dann hat er mich gebeten, aufzustehen und ein anderes Programm einzustellen, wobei er, glaube ich, mich nur nackt sehen wollte, nackt und vornübergebeugt. Vielleicht war der Fernseher nur ein Requisit.

»Mach das Ding stoppt reden jetzt«, sagte er. »Nur das Bild, wenn du es da willst.«

»Wir müssen beide anrufen, und *du* mußt ihre Stimme hören«, sagt meine Mutter. »Später heute nacht rufen wir sie an, wenn sie nicht damit rechnen. Du rufst sie an und sagst, du bist Les Poppins' Sohn, dann hören wir, was sie zu sagen haben. Sprich mit deiner Bin-ja-nur-ein-kleiner-Junge-Stimme, während ich am anderen Anschluß mithöre. Sag ihnen, dein Vater ist gerade gestorben, und wir werden sie aufspüren, die Mistweiber.«

Ich bocke, will mich drücken, als Margery, die Schwester meiner Mutter, hereinknallt. Das ist Margerys Wort, »knallt«, als wäre sie der Proppen in einer Sektpulle, das Symbol der Lustbarkeit. Margery kommt gerade von einem Treffen der Anonymen Alkoholiker. Sie geht zweimal die Woche hin, um ihrem dritten Mann, Chet Wallace, einem alkoholkranken Immobilienmakler, Stärke zu zeigen. Margery macht die Tür auf, »Juhuu-uu!«, und sagt zu mir: »Dale, lauf nach oben und hol deiner erschöpften alten Tante ein Bier. Nachdem ich mir drei Stunden lang angehört habe, wie diese Leute darüber winseln, brauche ich einen Drink.« Sie zieht sich die Jacke aus und wedelt damit herum, als wolle sie einen Stier herausfordern. »Verdammt, können diese Alkoholiker rauchen –, gewöhnen sich das Saufen ab, damit sie ein ganz neues Leben anfangen und an Lungenkrebs sterben können. Nach diesen Meetings stinken meine Klamotten, als wären sie aus Kippen gewebt.« Sie setzt sich auf den Klappstuhl meiner Mutter und breitet die Jacke vor sich aus wie einen Schlabberlatz. »Ist euch auch so kalt, oder ist nur mir so kalt? Jesus, ist das kalt hier drin. Kein Wunder, daß euch die Mieter wegrennen. Dale, habe ich dich um ein Bier gebeten oder nicht?« Ich liebe es, wenn sie mich mindestens zweimal bitten muß, weil das den Wunsch immer verzweifelter macht: was zu saufen, was zu saufen, was zu saufen, was zu saufen. Fünfmal Bittebitte war mein bisheriger Rekord.

»Dale, mach schon, hol deiner Tante ein Bier«, sagt meine Mutter.

Ich bedenke Margery mit meinem »Ich hab dich nackt gesehen«-Blick, der aber, wie immer, keine Wirkung zeitigt. Sie überprüft ihre Jacke auf Fusseln und sagt: »Hast du gehört, was deine Mutter gesagt hat?« Margery steht unter dem Eindruck, daß ich auf diese Erde gesandt wurde, um als ihr persönlicher Sklave zu fungieren. Diesmal macht es mir jedoch nichts aus.

Auf dem Weg hinaus schnappe ich mir die Kittelschürze meiner Mutter vom Küchentisch. Ich warte, bis ich oben im Badezimmer bin, und dann hole ich die Bilder aus der Tasche. Es sind drei Polaroid-Fotos. Auf einem sieht man, wie Nick stolz und nackt vor einer getäfelten Wand steht. Sein Bauch fängt das meiste Licht ein. Der Bauch ist bleich, üppig schwarz behaart, und er steht deutlich vor, wie etwas, was vor ihn gehalten wurde. In der einen Hand hält er ein Getränk, und die andere Hand benutzt er, um auf seinen schlaffen Penis zu deuten, als gehörte er gar nicht zu ihm, sondern wäre irgendein seltenes, exotisches Geschöpf, welches einen kurzen Zeitraum zwischen seinen Beinen verbringt. Auf einem anderen Bild sehe ich, wie seine kurzen beringten Finger die Brust einer Frau liebkosen. Auf dem dritten finde ich eine abgekämpfte, entsetzte Frau, die nackt auf einem orangefarbenen Laken sitzt, mit den Armen fuchtelt und zu verhindern versucht, was gerade geschieht. Das Bild ist verschwommen, aber ich identifiziere die Frau als Elaine Petrakis, die Oberkellnerin drüben von The Golden Key, dem Restaurant, in dem Nick als Koch gearbeitet hat. Ich fächele mir das Gesicht mit den Fotos und werfe sie ins Waschbecken, als machte es mir was aus. Es ist ein bißchen, wie wenn man sich zum Kotzen zwingt. Ich hebe den Blick, sehe in den Spiegel und plärre: »Nick, Nick, wie *konntest* du?« Mein Gesicht sieht am besten aus, wenn es zu einem Ausdruck des Aufruhrs verzerrt ist –; in Ruhestellung neigen meine Züge dazu, flach rüberzukommen, wie ein Gesicht, das auf einen Teller gemalt wurde. Ich begutachte mein gepeinigtes Ich im Spiegel, und mir gefällt, was ich sehe –, einen Typ, dem es weh tut, dem es echt zu schaffen macht. »Nicky, wie konntest du mir das antun? Noch dazu mit Elaine Petrakis, der Oberkellnerin, der nämlichen Oberkellnerin, die mir jedesmal zugelächelt hat, wenn ich mich ins Restaurant schlich, um dich zu sehen. Nick, du gottverdammter Schweinehund, weißt du denn nicht, daß ich dich liebe?«

Ich zwinge mich zu weinen und bewundere die Tränen auf meinen Wangen. Ich beobachte im Spiegel, wie sich meine Hand bewegt und die Trauer über mein ganzes Gesicht überträgt. »Ich habe dich geliebt. O süßer Jesus, ich habe dich so sehr geliebt. Halt mich fest. Halt mich einfach fest.«

Der perfekte Augenblick wird plötzlich sauer, und ich merke, wie mich mein Anblick peinlich berührt. Ich habe ihn nicht geliebt. Ich fühle mich durch die Fotos nicht betrogen. Vielmehr merke ich, daß ich an das Eichhörnchen in seinem Tiefkühlfach denke, an lauter Eichhörnchen, die in seinem Backofen vor sich hin schmurgeln, und ich sage: »Nick, wie *konntest* du nur? Warum hat mir niemand etwas gesagt?« Eichhörnchen fressen, die die Katze angeschleppt hat: Das ist krank. Und zu denken, daß ich überhaupt erwogen habe, ihn zu küssen! Ich meine, hin und wieder gestatte ich Popeye, mir übers Gesicht zu lecken, aber das ist etwas anderes. Popeye hat die Eichhörnchen nur gefangen, er hat sie nie gefressen.

»Nick Papanides«, sage ich und spucke ins Spülbecken. »Ich will dir mal was sagen, Mister. Was mich betrifft, so kannst du in der Hölle vergammeln. Du kannst…« Ich beobachte, wie meine Spucke am Rand des Beckens klebt, und frage mich, woher die Bläschen kommen. Ist das Luft, oder sind wir alle von Natur aus mit Kohlensäure versetzt? Wenn Nick genau in diesem Augenblick vor mir auftauchte, könnte ich ihm diese Frage stellen, seine Antwort würde mich allerdings langweilen. So ein Typ war er nämlich. Nicht im Traum wäre mir eingefallen, meinem Vater diese Frage zu stellen, denn die Antwort wäre sowohl langweilig als auch uninformiert gewesen, die Ödnis im Doppelpack. Dafür war er mit Recht so berühmt, das wissen wir alle. Meine Mutter jedoch scheint sich an ein Idealbild von diesem Manne zu klammern. Lebendig schien sie ihn nie zu mögen, aber tot berechtigt er zu den schönsten Hoffnungen. Sein Leichnam ist etwas, was man beanspruchen und um das man kämpfen kann, während sein Leben – wie das Leben von Nick – durchsichtig vor einem liegt. Man müßte blind, taub und stumm sein, um nicht zu wissen, wie das alles enden wird, und wenn man jemandem die Schuld daran geben will, soll man sich selbst die Schuld daran geben.

Plötzlich wird klar, daß eine Katze mehr Verstand besitzt als Nick Papanides. Ich stecke die Fotos zurück in Mutters Kittelschürzentasche und gehe hinunter in die Küche, wo ich Margerys Bier aus dem Kühlschrank hole. Ich öffne die Dose, nehme einen tiefen Schluck, spucke ihn aber zurück in die Dose. Ich kapier das nicht –, Bier, schmeckt doch eklig. Ich nehme einen ordentlichen Zug Pepsi und mache den Kühlschrank wieder zu, dessen Tür mit inspirierenden Botschaften geschmückt ist, die von Tante Margery zur Verfügung gestellt wurden. Da ist ein Autoaufkleber mit der Aufschrift »Keep It Simple« und ein Beileidskärtchen, auf dem »Du bist nicht allein!« steht. Aber sie ist allein, meine Mutter. Sie weiß es nur nicht. Es ist, wie wenn man im Schlafzimmer einschläft und glaubt, daß jemand still im Wohnzimmer sitzt. Man spürt seine Anwesenheit, dabei ist sonst niemand zu Hause, alle sind ein paar Häuser weiter und machen ordentlich einen drauf. Aber wenn der falsche Eindruck, man wäre da, jemandem beim Einschlafen hilft, warum was anderes sagen? Ist doch jämmerlich. Ein Kind oder einen Einfaltspinsel kann man voller Mitleid betrachten, kein Thema, aber es ist eklige Arbeit, die eigene Mutter so zu betrachten. Das ist noch viel ermüdender, als wenn man eine leerstehende Wohnung saubermacht oder ein Football-Spiel sieht. Wie wenn man meinen nackten Vater sieht, plump, die Wörter strömen aus ihm heraus wie braunes Wasser –; so hatte ich ihn nie sehen wollen. Solche Gedanken sind jetzt zu meinem Job geworden, und zu Arbeitsbeginn und am Ende der Schicht betätige ich die Stechuhr, jeden Tag meines Lebens.

Ich habe gelacht, als ich erfuhr, daß mein Vater

gestorben ist. Jedesmal, wenn sein Name ausgesprochen wird, feiere ich seinen Tod. Meiner Ansicht nach hat der Fahrer des »Mayflower«-Lastwagens sich den goldenen Schlüssel der Stadt verdient. Nach dem Helden oder der Heldin, der oder die dermaleinst für Margerys Tod verantwortlich sein wird, sollte ein Nationalfeiertag benannt werden. Und sein oder ihr Kopf gehört auf Briefmarken.

Ich kehre in die Kellerwohnung zurück und tue, als ich die Küche betrete, als müßte ich stolpern. Meine Tante bedeckt mit der einen Hand ihre Frisur und mit der anderen ihre Jacke –, unbekümmert um meine Sicherheit, aber voller Angst, daß ich sie mit dem stinkenden Bier vollduschen könnte.

»Na, da soll doch gleich«, sagt sie und fängt sich wieder. »Ich weiß, man soll nicht fluchen, ich tu's aber trotzdem.« Sie lehnt sich zurück und schlürft gierig. Ein goldenes Rinnsal tröpfelt ihr aus dem Mund und auf die Jacke. Margery holt ein Kleenex aus ihrer Handtasche und wischt stirnrunzelnd an dem Fleck herum. »Meine Jacke«, flüstert sie.

»Du siehst heute abend sehr hübsch aus«, sagt meine Mutter. Margery hat sich heftig aufgerüscht, seitdem sie Chet Wallace geheiratet hat. Sie bleicht sich nicht mehr das Haar und trägt es zur Zeit kurzgeschnitten und schwer gegelt in Richtung Gesicht gebürstet. Als Make-up trägt sie heftiges Erröten, und in Kombination mit der Frisur sieht sie jetzt aus, als hätte sie beim Äpfelaufsammeln nur rasch auf eine kleine

Verschnaufpause vorbeigeschaut. Sie studiert ihr Abbild im dunklen Fenster und blickt dann in ihr Bier hinunter.

»Also wie geht es meiner großen alten kleinen Schwester heute so?« fragt sie. »Ich mach mir Sorgen um dich, so ganz allein.«

»Ich hab ja Dale«, sagt meine Mutter. »Er steht mir bei.«

Margery zieht sich ihre Jacke bis zum Hals hoch und sagt: »Ich mach mir Sorgen um dich, ich kann nicht anders. Chet wollte, daß ich zum Abendessen in die Steak-Scheune mitkomme, mit ihm und seinem Sponsor und noch ein paar anderen Leutchen, ganz wunderbare Menschen, aber ich habe gesagt: ›Nein, danke schön, ich muß mal sehen, wie es meiner kleinen Schwester geht, denn ich mach mir doch ziemliche Sorgen um sie.‹« Sie schluckt nochmal an ihrem Bier und strahlt.

Das ist Standard bei Margery, daß sie meiner Mutter Geschichten erzählt, was sie alles für Opfer gebracht hat, um hier sein zu können.

»Alle haben sie gesagt: ›Margery, *komm* schon! Komm mit und amüsier dich mal zur Abwechslung ein bißchen.‹ Sie haben gesagt: ›Was ist das denn immer mit deiner Schwester?‹ Dann hat Chets Sponsor, Bobby, gesagt: ›Schwester, von wegen, ich glaube eher, sie hat da irgendwo heimlich einen Mann sitzen‹, und alle haben gelacht. Sie *haben* mich einfach nicht in Frieden gelassen.« Margery hielt inne und schüttelte beim

Gedanken an die Leutchen den Kopf. »Diese Leutchen, ganz goldige Menschen. Sie haben meinem Mann das Leben gerettet, und dafür liebe ich sie, aber ich mach mir trotzdem Sorgen um dich, und deshalb bin ich hier.«

»Die Steak-Scheune«, sagt meine Mutter. »Ist das nicht der Laden am Highway 70, wo sie die rohen Steaks vorbeifahren, und man sucht sich eins aus? Ich glaube, ich war da mal mit Les, als Dale noch ein Baby war.«

»Les hier, Les da«, sagt Margery. »Hör endlich auf damit! Daß du den Namen dieses Mannes überhaupt aussprichst, ist schon dumm genug. Du gestattest ihm, mietfrei in deinem Kopf zu wohnen. Jetzt ist es an der Zeit, endlich mit der Vergangenheit aufzuhören und ein paar Schritte nach vorn zu machen. Sieh mich an, ich habe ein paar Schritte nach vorn gemacht, das glaubt man gar nicht. Wenn du meine Meinung hören willst: Du kannst froh sein, daß der Mann tot und begraben ist. Scheidung ist viel schlimmer als Tod, das kannst du mir glauben. Bei Tod kriegst du viel mehr Geld, bei Scheidung nur dieselben alten Versprechungen –, plus die Chance, dem fetten alten Widerling jedesmal zu begegnen, wenn du das Haus verläßt. Sieh mich an, ich bin erst heute nachmittag meinem Exgatten über den Weg gerannt, bei Safeway.«

»Welchem?« frage ich.

»Dem auf der Glenwood Avenue«, antwortet sie und macht meine Stimme nach, hoch und säuerlich.

Ich meinte natürlich, welchem Exgatten, und das weiß sie auch.

»Ich bin Terry Berringer über den Weg gerannt und habe ihn fast nicht wiedererkannt. Er sieht aus wie ein Schneemann, nur eben aus Fleisch. Der Mann muß gute einhundertfünfzig Pfund zugelegt haben, seitdem ich ihn verlassen habe. Da hat er seinen Einkaufswagen vor sich her geschoben wie lebensmüde –; sämtliche Eßsachen waren fettig und krebserregend. Gott, was der Mann alles verputzen kann. Sogar seine Augen sind dick geworden.« Sie schlägt die Beine übereinander und dellt ihre leere Bierdose ein. »Ich hoffe, ich kriege nie so dicke Augen«, flüstert sie und pliert ihr Abbild im dunklen Fenster an.

»Da brauchst du dir gar keine Sorgen zu machen, Margery«, sagt meine Mutter. »Du hast sehr schlanke Augen.«

»Alle sagen, ich hätte schöne Augen«, sagt Margery. »Alle. Sie fangen mit meinen Augen an und arbeiten sich dann allmählich nach unten. Augen sind die Spiegel der Seele; sie reflektieren, was da ist, das ist ihr Job.« Sie drückt sich links und rechts die Handflächen gegen das Gesicht und bewegt den Kopf zwei Millimeter nach vorn, wodurch die Runzeln verschwinden. Das ist der älteste Trick überhaupt, um gleichzeitig jung und nachdenklich zu erscheinen. Das sieht man ständig in Zeitschriften. »Augen«, sagt sie. »Ich weiß nicht mal, warum ich überhaupt damit angefangen habe. Da rede ich und rede ich, wo doch meine Probleme rein gar nichts sind, verglichen mit deinen. Da sitzt du hier und hast keinen Topf zum Reinpinkeln, entschuldige den Ausdruck, während ich mich über philosophische Themen auslasse.«

Meine Mutter reibt sich mit einem Feudel die Handfläche.

»Dale, lauf nach oben und hol mir noch ein Bier«, sagt Tante Margery.

»Noch ein was?«

»Bier«, sagt sie. »Hörst du schlecht –, BIER.«

»Lauf nach oben und hol dir noch ein Tier?« Vielleicht stelle ich heute ja meinen persönlichen Rekord ein.

»Dale«, sagt meine Mutter, »geh nach oben und bringe deiner Tante ein Bier, anstatt mich in den Wahnsinn zu treiben.«

Also mache ich mich auf den Weg nach oben und denke, daß an dieser Welt eindeutig etwas nicht stimmt, wenn meine Tante *mir* befehlen kann, *ihr* die Getränke zu holen. Es sollte genau umgekehrt sein! »Du da«, würde ich sagen, »bring mir eine Pepsi in einem großen Glas mit fünf Eiswürfeln. Jetzt.«

»Aber, Meister«, würde sie auf Knien sagen, »uns ist die Pepsi ausgegangen, und der nächste Laden ist schon zu.«

»Dann lauf zum Laden, der noch *offen* ist«, würde ich befehlen. »Langweil mich nicht mit Logistik –, eile, Weib, eile.« Sie sollte *meine* Sklavin sein, statt dessen bin ich ihr Sklave.

Ein Bier ist noch im Kühlschrank. Ich nehme es in die Hand und tanze in der Küche herum. Ich tanze, wie ich das im Fernsehen gesehen habe, als stünde ich in Flammen. Ich schüttle diese Dose und knalle sie bei jedem Treppenabsatz auf den Boden. Vor der Tür zur Kellerwohnung bemerke ich, daß es zu schneien begonnen hat, der erste Schnee in diesem Jahr. So ist Schnee ganz toll, der erste Schnee, und man sieht die Welt, als hätte man sie noch nie gesehen, als hätte man vergessen, daß sowas möglich ist.

Ich presche in die Wohnung, überreiche Margery das Bier und verziehe mich mit den Worten: »Gleich kommt meine Sendung. Muß los.« Vor der Tür höre ich Margery sagen: »Dieser Junge sieht zuviel fern, wenn du mich fragst. Er sollte Sport treiben oder Hausarbeiten machen oder sowas. Das bekommt ihm nicht, das viele Fernsehen. Ivey Ingers' Sohn hat zuviel ferngesehen, und sieh dir an, was aus ihm geworden ist! Bis an sein Lebensende wird er im Gefängnis sitzen.«

»Dale ist anders«, sagt meine Mutter.

»Das dachte Ivey Ingers vor dem Prozeß auch«, sagt Margery. »Da steht sie, ihr einziger Sohn fesselt nackte zehnjährige Mädchen an Bäume, und sie ist im Fernsehen und sagt: ›So übel ist er gar nicht.‹«

Ich warte auf die Explosion. Margery öffnet selten eine Bierdose, während sie predigt. Während ihrer Vorlesungen klopft sie mit den Fingern gegen die Dose, als wäre das Bier ihr Gehirn und sie müßte es knuffen, damit es Weisheit freiläßt. Beide schweigen, und es wird spät. Gleich wird meine Mutter sagen: »Bleib doch noch zum Abendessen, Margery. Ich koch uns was Schönes.«

Dann wird Margery danke sagen, danke, aber danke nein. Sie wird sagen, daß Chet sie mit Resten aus der Steak-Scheune füttern wird. Sie ist ja nur rasch reingeknallt, wird sie sagen. Nur auf ein schnelles Juhuu! Tut ihr leid, aber nach diesem Bier muß sie sofort los.

Ich stehe vor der Tür, presse das Ohr gegen den Briefkasten und hoffe, daß sie noch ein bißchen bleibt, weil ich weiß, daß meine Mutter und ich nach ihrem Bierbomben-Abschied gewisse Telefonate führen werden. Meine Mutter wird am anderen Anschluß mithören, wie ich die Nummer wähle, meine Stimme auf klein drehe und mich als den Sohn eines Mannes namens Les Poppins identifiziere. Ich werde hören, wie meine Mutter nebenan unterdrückt atmet, während diese Frauen, verschlafen und unschuldig, flüstern: »Was? Wer? Warum rufen Sie mich immer wieder an? Können Sie mich nicht in Frieden lassen?«

Glens Homophobie-Infobrief
Dritter Jahrgang, zweite Lieferung

Lieber Abonnent,

zuerst möchte ich mich für das Ausbleiben sowohl der Frühjahrs- wie der Sommer-Nummer von *Glens Homophobie-Infobrief* entschuldigen. Mir ist klar, daß Du abonniert hast, weil ich das Versprechen eingegangen bin, dies werde eine vierteljährliche Publikation sein –, vier Jahreszeiten voller Infos von der Front in unserer immerwährenden Schlacht gegen die Unterdrückung. Das war mein Plan. Nur leider waren der letzte Frühling und Sommer so überwältigend, daß ich, Glen, einfach nicht damit zurechtgekommen bin.

Ich hoffe, Du verstehst das. Nimm es bitte als Trost, daß diese Ausgabe fast doppelt so lang ist wie die anderen. Bedenke bitte auch, daß es nicht leicht ist, vierzig Stunden die Woche zu arbeiten *und* eine vierteljährliche Publikation zu produzieren. Außerdem möchte ich, wo ich gerade dabei bin, noch gern erwähnen, daß es wunderbar wäre, wenn jeder, der *Glens Homophobie-Infobrief liest, Glens Homophobie-Infobrief* auch *abonnieren* wollte. Es scheint, daß viele von Euch sehr großzügig sind, wenn es darum geht, Exemplare von *Glens Homophobie-Infobrief* an Freunde und Familie zu verleihen. Das ist alles schön und gut, da jeder die Leidenschaft verstehen sollte, mit der wir als Volk so gehaßt werden, daß es gar nicht zu glauben ist. Aber gleichzeitig *kostet* es auch, einen Infobrief herauszubringen, und jeder Dollar hilft. Es kostet, Daten zu sammeln, zu fotokopieren, zu heften und per Post zu versenden, von den Kosten für meine persönliche Zeit und Energie ganz zu schweigen. Wenn es Dir also nichts ausmacht, wäre es mir lieber, wenn Du *Glens Homophobie-Infobrief* bei allen, die Du kennst, erwähnst, aber gleich dazusagst, daß sie ihn schon abonnieren müssen, wenn sie die ganze Geschichte wollen. Danke für Dein/Euer Verständnis.

Wie ich bereits angab, waren der letzte Frühling und Sommer für mich sehr schwierig. Gegen Ende April haben Steve Dolger und ich Schluß gemacht und sind getrennte Wege gegangen. Steve Dolger (s. Infobriefe Jahrgang 2, Lieferungen 1–4, und Jahrgang 3, Lieferung 1) stellte sich als der *homophobste* Homosexuelle heraus, den zu kennen ich je das Mißvergnügen hatte. Er lebt in beständiger Furcht; er hat Angst vor jedem reifen gefühlsmäßigen Engagement, Angst davor, alt zu werden und die letzten paar Haare einzubüßen, und Angst davor, seine Einkommenssteuererklärung auszufüllen (was er seit 1987 nicht getan hat) und abzugeben. Eines Tages, vielleicht sogar eines ziemlich baldigen Tages, wird Steve Dolgers Vergangenheit ihn einholen und heimsuchen. Wir werden ja sehen, wie sich Steve und sein kleiner siebzehnjähriger Freund fühlen werden, wenn das geschieht!

Steve war bei unserer Trennung sehr hinterhältig und kalt. Ich konnte seine Kälte noch den ganzen Frühling hindurch und bis in die späten Sommermonate spüren. Mit tiefen Gefühlen gehen tiefe Konsequenzen einher, und ich, Glen, habe die beiden letzten Jahreszeiten meines Lebens in etwas verbracht, was ich nur als Wachkoma bezeichnen kann –, blind gegenüber der Welt rings um mich her; den Schreien anderer Leidender gegenüber taub; stumm, unfähig, die Wallungen meiner wild wechselnden Gefühle auszudrücken.

Daraus konnte ich mich erst letzten Donnerstag befreien.

Was hat Glen entdeckt? Ich habe entdeckt, daß es, wenn man blind gegenüber der Welt rings um einen her lebt, seine Nachteile, aber, seltsamerweise, auch seine lohnenden Seiten hat. Während ich von den Freuden des, sagen wir, guten Essens und Gelächters abgeschnitten war, war ich blind gegenüber der überwältigenden *Homophobie*, die das immerwährende Kreuz ist, das wir zu tragen haben.

Ich dachte, für diese Ausgabe des Infobriefs könnte

ich etwas in der Richtung »eine *Homophobie*-Woche im Rückblick« schreiben, aber allein schon diese eine Woche war viel zuviel für mich. Statt dessen möchte ich einen einzigen Tag wiedergeben.

Mein Schikanentag begann um 7:15 Uhr, als ich den Telefonhörer an mein Ohr hielt und Drew Piersons Stimme immer und immer wieder »Schwuchtel, Schwuchtel, Schwuchtel« rufen hörte. Sie klingt mir immer noch in den Ohren. »Schwuchtel! Nächstes Mal, wenn ich dich sehe, trete ich dir hart und gepflegt in den Arsch. Gottverdammte Schwuchtel!« Jetzt fragst Du, lieber Leser, Dich wahrscheinlich: »Wer ist denn dieser Drew Pierson, und warum geht er mit Glen so *homophobisch* um?«

Es fing alles letzten Donnerstag an. Ich schaute auf dem Nachhauseweg von der Arbeit in Dave's Kwik Stop vorbei, und dort mußte mir einfach der Kassierer auffallen, ein stämmiger, kurzhaariger Junge, auf dessen breitem, dümmlichen Gesicht überdeutlich die Worte »Wegen körperlicher Höchstleistungen habe ich ein Stipendium gekriegt« geschrieben standen, wohingegen auf dem Namensschildchen an seinem massiven Brustkorb »Drew Pierson: Ich helfe Ihnen gern!« stand. Ich nahm mir einen Einkaufskorb und kaufte, glaube ich, einen Beutel Holzkohle-Briketts und ein zerlegtes Brathühnchen. An der Kasse tippte dieser Drew die Einkäufe ein und sagte: »Ich wette, Sie gehen jetzt nach Hause und grillen sich ein Hühnchen.«

Ich gab zu, dies sei allerdings mein Plan. Drew

machte einen sehr einfühlsamen und freundlichen Eindruck auf mich. Die meisten Kwik-Stop-Angestellten sind *homophobisch*, aber etwas an Drews Art ließ mich glauben, er wäre anders, nämlich sensibel und offen. An jenem Abend saß ich auf meinem Balkon, starrte die glühenden Briketts an, die sich in meinen winzigen Grill kuschelten, dachte an Drew Pierson und spürte zum erstenmal seit Monaten etwas, was einer Leuchtbake der Hoffnung in der Finsternis meiner Seele nicht unähnlich war. Ich, Glen, lächelte.

Am nächsten Abend kehrte ich zu Dave's Kwik Stop zurück und kaufte etwas Frühstücksfleisch, ein Brot, Kartoffelchips und eine Rolle Klopapier.

An der Kasse tippte Dave meine Einkäufe ein und sagte: »Ich wette, Sie gehen jetzt auf ein Picknick in den Wald!«

Für den nächsten Abend hatte ich den Plan, in der Eigentumswohnung meiner Schwester und ihres *homophoben* Gatten, Vince Covington (s. Infobrief Jahrgang 1, Lieferung 1), zu dinieren. Auf dem Weg zu ihrem Haus schaute ich im Kwik Stop vorbei, wo ich eine Dose Schnupftabak kaufte. Ich verwende keinen Schnupftabak, das käme mir nie in den Sinn. Ich verlangte lediglich Schnupftabak, weil er einer der wenigen Artikel ist, die hinter dem Ladentisch auf einem niedrigen Regal stehen. Drew muß, als Angestellter, ein befremdliches Kleidungsstück tragen –, eine Art Kreuzung zwischen einer Weste und der Reklamefläche eines Sandwich-Manns. Das schreckliche synthetische Ding wird an den Seiten zugebunden und fällt praktisch bis auf die halbe Höhe der Oberschenkel. Ich verlangte den Schnupftabak nur, um, wenn er sich bückte, um ihn zu holen, einen erhellenderen Blick auf Drews Körperbau zu erhaschen. Regelmäßige Leser dieses Infobriefs werden wissen, wovon ich spreche. Drew bückte sich und hockte auf seinen Hacken, wobei er sagte: »Welche Sorte? Tuberose? Ich habe früher auch gern geschnupft. Ich wette, Sie gehen jetzt nach Hause, um sich bei einer schönen Prise zu entspannen, stimmt's?«

Am nächsten Abend, als ich weiteren Schnupftabak kaufen wollte, erklärte Drew, er sei Student im ersten Semester am Carter County Community College mit dem Hauptfach Psychologie. Seine Naivität rührte mich. Das CCCC könnte seine Diplome genausogut auch auf Dachpappe drucken. Man könnte da einen Kurs als Dieselmechaniker oder Rohrleitungsverleger belegen, man sollte aber unter gar keinen Umständen Psychologie am CCCC studieren. Dort rekrutieren normal zugelassene Universitäten ihre Studienobjekte für *abnorme* Psychologie. Am CCCC grübeln und straucheln die *missing links* zwischen Mensch und Affe und schwingen sich am Rande unseres Bildungssystems von Ast zu Ast.

Drew, vornübergebeugt, sagte, er habe gegenwärtig einen Kurs in Träumen belegt. Der Lehrer verlangt, daß jeder Student ein Traumtagebuch führt, aber Drew, nach der Arbeit erschöpft, schläft, sagte er, »wie ein gin-getränkter Holzklotz« und wacht dann auf, ohne sich an etwas zu erinnern.

Ich habe ihm gesagt, ich hätte in letzter Zeit ein paar interessante Träume gehabt, was sogar stimmt.

Drew sagte: »Symbolische Träume? Träume, die man, wenn man aufwacht, drehen und wenden kann, und dann ergeben sie einen Sinn?«

Ich sagte, ja, quälende Träume, dicht und voller Bedeutung.

Dann fragte er, vor den Schnupftabak hingekauert, ob ich ihm wohl meine Träume erzählen wolle. Ich antwortete, ja, sehr gern, er knallte eine Dose Schnupftabak auf den Ladentisch und sagte: »Die geht aufs Haus!«

Auf dem Heimweg war mein Herz ein bunter Ballon. Drew mochte jung sein, gewiß –, vielleicht nicht älter als, sagen wir mal, Steve Dolgers gerade aktueller kleiner Freund. Er mag nicht in der Lage sein, sich bei einer anstrengenden intellektuellen Debatte durchzusetzen, aber das können die meisten Menschen auch nicht. Meine beschwingte Stimmung trug mich nach Hause, wo sie sofort wieder sank, als ich schmerzlich daran erinnert wurde, daß mein Abendmahl aus ethnisch korrekt zubereiteten Lasagne bestehen würde, die mir bemitleidenswerterweise zuvor an jenem Tage von Melinda Delvecchio überreicht worden waren, einer trägen Teilzeitkraft, die das Schreibpool des Büros, in dem ich arbeite, heimsucht. Melinda, stramm, neugierig, mit einem Schnurrbart wie ein schmerbäuchiges Schwein, hat eine ziemliche Vorliebe für mich entwickelt. Sie ist eindeutig und irrtümlich in mich verliebt und beschenkt mich in der Woche mehrmals mit heimtückischen und durch Alu-Folie gesicherten Gerichten. »Jemand muß doch dafür sorgen, daß Sie was auf die Rippen kriegen«, sagt sie und plaziert ihre eilfertigen Hufe gegen meinen Bauch. Man sollte meinen, Melinda Delvecchios Freundlichkeit wirke bei der drückenden *Homophobie,* der ich im Büro ausgesetzt bin, wie eine Erleichterung.

Man sollte meinen, daß Melinda Delvecchio aufmerksam und großzügig ist, bis man die glitzernde Folie abzieht, unter welcher ihre hassenswerte Kreation aus windelweichgekochter *pasta* liegt, abwechselnd mit den synthetischen Daunenfusseln, mit denen sonst Plüschtiere und billige Kissen gestopft werden. Melinda Delvecchio ist keine Seelenfreundin – weit davon entfernt! –, und indem ich die aufgewärmten Lasagne betrachtete, die vor mir dampften, notierte ich mir im Geiste, sie sobald wie möglich feuern zu lassen.

In jener Nacht träumte ich, ich hätte mein Heim verlassen und in eine dunkle, unterirdische Kammer mit niedriger, matschiger Decke und unmöbliert ziehen müssen. Das war schon schlimm genug, aber um es noch schlimmer zu machen, wohnte ich dort nicht allein, sondern ich mußte mir die Wohnung mit einer Gemeinschaft von, allen Ernstes, Trollen teilen. Das waren kleine Trolle mit Vollbärten und spitzen, vorne hochgerollten Schuhen. Die Trolle waren hinterhältigerweise pausenlos fröhlich. Sie nannten mich mit Namen und sagten: »Glen, wie schön, daß du zu uns kommen konntest! Seht mal alle her, Glen ist da! Willkommen an Bord, Freund!« Sie waren alle so nett und so zufrieden mit meiner Gesellschaft, daß ich schweißgebadet um 6:00 Uhr aufwachte und aus Angst vor ihnen nicht wieder einschlafen konnte.

Ich habe zweimal geduscht und mir das Gesicht rasiert, damit bis sieben die Zeit verging. Dann habe ich Drew bei seinen Eltern angerufen. Er meldete sich benommen und konfus. Ich stellte mich vor und wartete, während er Bleistift und Block holen ging, um meine Geschichte aufzuzeichnen.

Regelmäßige Leser von *Glens Homophobie-Infobrief* wissen, daß ich, Glen, die Wahrheit über alles andere schätze. Die Wahrheit, mag sie nun häßlich oder nackt sein, schreckt mich nicht. Je schlimmer die Wahrheit ist, desto unerschrockener blicke ich, Glen, ihr ins Gesicht. Bei dieser Gelegenheit jedoch beschloß ich eine Ausnahme zu machen. Daß ich von Trollen geträumt habe, hat absolut nichts zu bedeuten. Das ist etwas, was mich im Schlaf heimgesucht hat, und nicht von echter Wichtigkeit. Es sind unsere Wachträume, unsere Tagträume, die erleuchtend sind. Regelmäßige Leser von *Glens Homophobie-Infobrief* wissen, daß ich von dem Tag träume, an dem unsere Leute frei von der schrecklichen *Homophobie*, die uns gefangenhält, auf dem Antlitz der Erde wandeln können. Was sind

Schlafträume anderes als Schrott? Ich kann es nicht ertragen, mir die Träume anderer Leute anzuhören, wenn ich nicht selbst drin vorkomme.

All diese Ideen verknüpfte ich auf überschaubare Weise und erzählte Drew Pierson, ich hätte geträumt, ich ginge durch einen Wald voller böser, rachsüchtiger Bäume.

»Wie diese haßerfüllten Bäume im *Zauberer von Os?*« sagte er. »Diese gemeinen Bäume, die mit Äpfeln schmeißen?«

»Ja«, sagte ich. »Genau.«

»Hat Sie einer getroffen?«

»Einige.«

»Autsch! und dann?«

Ich erzählte ihm, ich sei auf eine Lichtung gekommen, wo ich einen einzelnen Baum sah, jünger als die anderen, aber stämmig, einen kräftigen, gutaussehenden Baum, der mich ansprach und sagte: »Ich wette, du hast es satt, gehaßt zu werden, stimmt's?«

Ich konnte hören, wie Drew mit seinem Bleistift kratzte und mein Diktat wiederholte: »Ich ... wette Komma... du... hast... es... satt Komma... gehaßt... zu... werden...«

Ich erzählte Drew, der Baum habe mit einer Stimme gesprochen, die genauso geklungen habe wie seine eigene, tief und fest, aber doch offen und freundlich.

»Wie meine Stimme, echt wahr?« Das schien ihm zu gefallen. »Verdammt, ein Baum hat meine Stimme. Über sowas habe ich noch nie nachgedacht.«

Nachts träumte ich dann, ich wäre an ein Kreuz genagelt, welches hier und da mit duftenden Tulpen geschmückt war. Ich warf einen Blick auf das Kreuz nebenan und erwartete, Christus zu sehen, statt dessen sah ich aber dort angenagelt Don Rickles. Wir winkten einander zu, und er bewegte die Lippen und sagte: »Lassen Sie sich doch nicht so hängen, Mann.«

Am nächsten Morgen rief ich Drew an und sagte ihm, ich hätte wieder geträumt, ich wäre auf einer Waldlichtung gewesen. Und wieder hätte ich mich von Angesicht zu Angesicht mit einem kräftigen Baum befunden.

Drew fragte: »Was hat der Baum diesmal gesagt?«

Ich erzählte ihm, der Baum hätte gesagt: »Laß mich raus! Laß mich raus! Ich will endlich frei sein.«

»Frei sein wovon?« fragte er.

»Von Ketten und Zwängen«, sagte ich. Der Baum sagte: »Entrinde mich, entrinde mich.«

»Sagte der Baum das zu Ihnen persönlich, oder stand da noch jemand in der Nähe?«

Ich sagte ihm, der Baum hätte das zu mir persönlich gesagt, und ich hätte keine andere Wahl gehabt, als zu tun, wie mir geheißen. Mit bloßen Händen brach ich die Borke ab, und heraus trat Drew, nackt und ohne Scham.

»Nackt im Wald? Ich war so einfach nackt im Wald? Und dann?«

Ich sagte Drew, ich könnte mich nicht so ganz an das erinnern, was als nächstes geschehen sei; es läge mir sozusagen auf der geistigen Zunge, ich käme aber nicht drauf.

Drew sagte: »Ich will wissen, was ich da nackt im Wald getrieben habe, will ich nämlich wissen.«

Ich sagte: »Sind Sie jetzt gerade nackt?«

»Jetzt?« Drew, offenbar unsicher, brauchte einen Augenblick, bevor er sagte: »Nein. Ich habe meine Unterhose an.«

Ich schlug vor, wenn er den Telefonhörer in die Wölbung seiner Unterhose steckte, könnte das vielleicht etwas lostreten, was mir helfen würde, mich an meinen weiteren Traum zu erinnern.

Ich hörte, wie das Telefon gedämpfter klang. Als ich schrie: »Haben Sie den Hörer dahingesteckt, wohin ich es Ihnen gesagt habe?« hörte ich eine leise, weit entfernte Stimme sagen: »Ja, hab ich. Da steckt er jetzt.«

»Springen Sie auf und ab«, schrie ich. »Springen Sie.«

Ich hörte Geräusche, als verlagere sich etwas, während Drews Hörer in seiner Unterhose auf und ab purzelte. Ich hörte, wie er gellend »Ist es Ihnen schon eingefallen?« rief. Und dann, in der Ferne, hörte ich die Stimme einer Frau schreien: »Drew Pierson, was treibst du da in Gottes Namen mit dem Telefon? Andere Menschen wollen sich das Ding auch nochmal an den Mund führen, ist dir das klar? Für sowas sollte man dich verdammtnochmal aufknüpfen.« Ich hörte, wie Drew sagte, er täte das, um jemandem zu helfen, sich eines Traumes zu entsinnen. Dann hörte ich die Worte »Trottel« und »ins Hirn geschissen« sowie das unvermeidliche »Schwuchtel«, oder, im Zusammenhang zitiert: »Dazu hat dich doch irgendeine Schwuchtel angestiftet. Gottverdammter Blödmann.«

Dann muß Drew den Hörer aus der Unterhose geholt haben, denn plötzlich hörte ich ihn laut und deutlich, und was ich hörte, war *Homophobie* in ihrer schlimmsten Spielart. »Schwuchtel! Nächstes Mal, wenn ich dich sehe, trete ich dir hart und gepflegt in den Arsch. Gottverdammte Schwuchtel.« Die Worte hallen immer noch in mir wider.

Ich ersuche alle meine Leser dringend: BOYKOTTIERT DAVE'S KWIK STOP. Ich ersuche Euch, Drew Pierson jederzeit bei Tag und Nacht anzurufen und ihm zu sagen, Ihr hättet geträumt, Ihr hättet auf seinem Gesicht gesessen. Drew Piersons Homophob-, äh, Telephob-, äh, Telefonnummer lautet 787-5008. Ruft ihn an und erhebt die Stimme gegen *Homophobie!*

So also spielte sich, kurz gefaßt, mein Morgen ab. Ich riß mich zusammen und unterwarf mich dem täglichen *Homophobie*-Kongreß, als den ich meinen Job bezeichne. Sobald ich dort war, wurde ich von meinem *homophobischen* Abteilungsleiter gescholten, weil ich irrtümlich irgendeinen strittigen Vertrag dem Reißwolf überantwortet hatte. Nachmittags wurde ich wieder mit jenem kasserolenschwingenden Mastodon konfrontiert, Melinda Delvecchio, welche den Tränen nahe war, als sie erfuhr, daß ich mich eher von Teppichresten ernähren würde als von einem weiteren ihrer folienbedeckten, die Ausländerfeindlichkeit begünstigenden Ausrutscher.

Auf meinem Heimweg vom Büro beging ich den Fehler, im Food Carnival vorbeizuschauen, wo ich keine andere Wahl hatte, als auf einem der sogenannten »Behinderten«-Parkplätze zu parken. Kaum war ich im Laden, hatte ich Krach mit dem *homophobischen* Schlachter wegen der lexikalischen Definition des Wortes *Kotelett.* Von dem *homophobischen* Schimpansen, der für die Obst- und Gemüseabteilung zuständig ist, wurde ich völlig ignoriert, und über den Kassierer möchte ich nicht einmal sprechen. Nachdem ich meine Einkäufe zusammengepackt hatte, kehrte ich auf den Parkplatz zurück, wo ich mich einem *homophoben* Rollstuhlfahrer ausgesetzt sah, der unablässig mit den Fußstützen seiner kleinen Karosse gegen mein Auto krachte. Regelmäßige Leser von *Glens Homophobie-Infobrief* wissen, daß ich, Glen, kein gewalttätiger Mensch bin. Aber in diesem Fall hatte ich keine andere Wahl, ich mußte eine Ausnahme machen. Meine tägliche *Homophobie*-Quote war überschritten, und ich, Glen, schlug mit roher physischer Kraft zurück.

Sah das gut aus? Nein, es sah nicht gut aus.

Aber ich ersuche Dich, lieber Leser, dringend, meine Lage zu verstehen, denn sie ist auch Deine Lage.

Verstehe – und abonniere, abonniere.

Jamboree

Seitdem Dad und Rochelle mich rausgeschmissen haben, lebe ich bei meiner Schwester und ihrer Familie. Marty möchte nicht, daß ich im Haus selbst wohne, deshalb schlafe ich in der Garage. Er sagt, er möchte, daß ich hier hinten bin, damit ich die Schweinehunde im Auge behalten kann, die eingebrochen sind und von seinem Motorrad die Lenkstange abgesägt haben.

Nur gut, daß niemand versucht hat, die Dachschindeln zu klauen –; dann müßte ich jetzt auf dem Dach schlafen.

Vicki hat gesagt, mir ginge es ja noch gold. »Viele Leute sind wesentlich schlechter dran. In Europa wohnen Menschen in Abflußröhren, und Fliegen kriechen ihnen über das Gesicht. Sie fressen Pappe und baden in ihrer eigenen Spucke. In China müssen sie im Stehen in Matschgräben schlafen. Das hier«, sagte sie und breitete die Arme aus, um Erhabenheit und Würde anzudeuten, »das hier ist nichts, worauf man herabsehen sollte. Du wohnst doch wie ein König. Sieh doch mal, was ich alles für dich getan habe.«

Ich betrachtete die Teppichreste, die sie als Bett auf den Betonfußboden gelegt hatte, und einen Tisch hatte sie hergestellt, indem sie ein Brett über den Grill gelegt hatte. Als Wandschmuck hatte sie ein Poster angenagelt, auf dem ein Orang-Utan-Baby zu sehen ist, das hinter einem vollgemüllten Schreibtisch sitzt, bis zum Hals in Papierkram. Die Inschrift lautet: »Irgendwann wird aufgeräumt.«

Früher dachte ich mal, Vicki hätte sowas an sich, aber wenn ich mich jetzt so frage, wie ich je auf so eine Idee hatte kommen können, zucke ich die Schultern und schiebe es auf meine Unwissenheit und Jugend. Ich war vielleicht zehn Jahre alt, als Vicki aus heiterem Himmel beschloß, bei ihrem Schulchor mitzumachen. Sie sang vor und wurde angenommen, einfach so. Ich weiß noch, wie sie ganz allein in ihrem Zimmer übte und sich einen Deoroller als Mikrofon an den Mund hielt. Ihre Stimme war nichts Besonderes, aber dadurch ließ sie sich nie die Laune verderben. »Die Musik ist mein Leben. Die ganze beschissene Unterhaltungsindustrie ist so sehr mein Leben, daß mir angst und bange wird. Ich bin zu was ganz Großem bestimmt, zu etwas, was größer ist als wir beide zusammen. Etwas echt Großes.« Ich sah zu, wie sie vor dem Spiegel stand, sich das Haar ausbürstete und ihr Abbild anstachelte. »Du bist ein Sieger, du bist ganz oben. Du sagst an, was Sache ist, du und sonst niemand.« Dann hat sie sich drei- bis viermal umgezogen, während sie ihre Zukunft und all die Platten, die sie herausbringen würde, erörterte. Ich betrachtete sie, wie sie mit einem Stofftier auf dem Bett lag, und stellte mir das als Plattenhülle vor: *Vicki: Die frühen Jahre* oder *Nur so aus Spaß: Vicki!* Ich hatte schon alles gründlich ausgearbeitet.

Ich habe mir überlegt, daß Vicki, sobald ihre Karriere in die Gänge gekommen ist, mehrere Manager verschleißt, bevor sie sich an mich wendet. »Bitte, Chug. Wenn du willst, daß ich dich anflehe, mache ich das. Ich brauche dich jetzt, weil du, verdammtnochmal, der einzige Mensch bist, dem ich vertrauen kann.« Als ihr Manager begleite ich sie dann zu all ihren Konzert-Engagements, wo sich normale Menschen an sie ranmachen, aufgeregt und nervös, mit Gesichtern, die vor Bewunderung glänzen. Vicki gibt Autogramme, posiert für Schnappschüsse, aber immer mit dem Vorbehalt, daß diese Leute nie ihre wahren Freunde sein können, nur ihre Fans. Nach einem Konzert werden wir aus dem Stadion zum wartenden Tourneebus geleitet, der mit Kühlschrank, Naßzelle und komfortablen Sesseln ausgestattet ist, die man zu Betten ausklappen kann, wenn man endlich schlafen will. Vicki kuschelt sich auf den Sessel neben meinem und flüstert: »Was hältst du davon, wie ich ›Liebe hat keine Chance‹ gebracht habe? Ehrlich, Chug, wie ist deine Meinung?« Dann sage ich es ihr, ganz ehrlich, und unter Berücksichtigung ihrer zerbrechlichen Persönlichkeit. Zuerst erwähne ich, daß ihr Haar und Make-up echt toll ausgesehen haben. »Dieser Satin-Poncho haut einen um!« Ich würde all die positiven Aspekte herausarbeiten, und dann würde ich vielleicht, ganz sanft, sagen: »Vielleicht wäre es morgen abend eine gute Idee, mit dem Weinen bis zum Ende des Konzerts zu warten.«

Dann nickt Vicki und zieht ein kleines Notizbuch aus ihrer Tournee-Handtasche. »Gute Idee, Chug«, sagt sie. »Ausgezeichneter Vorschlag.«

Die Bandmitglieder verrenken sich auf ihren Sitzen und versuchen zu lesen, was sie hingeschrieben hat, aber Vicki spürt ihre wachsamen Blicke und drückt sich das Notizbuch gegen den Brustkorb. Morgen abend werden sie es bereits verdammt gut wissen, aber heute abend bleibt es zwischen Vicki und ihrem Bruder. Und genauso hatte ich es immer geplant, genau das wollte ich immer sein, ihr Bruder. Nicht um reich zu werden –; daran habe ich nie wirklich gedacht. Es wäre ja *ihre* Idee, mich zu ihrem Manager zu machen –, nicht meine. Natürlich wäre ich oft von begeisterten Menschenmassen umringt, die mich fragen würden: »Wie ist sie denn nun *wirklich?*« Das würde Spaß machen, natürlich, aber nur kurz. Ich hätte sie nie benutzt, um meinen Namen in die Presse zu kriegen oder selbst eine Platte herauszubringen. Im Gegenteil. Sowas würde unser Vater versuchen. Er redet, als könnte er Geld aus einer Entfernung von fünf Meilen riechen. Er sieht jemanden mit Tweedmütze und Sportwagen und sagt: »Das ist mal ein Typ mit Geld in der Brieftasche.« Das ist, meiner Meinung nach, als sähe man einen Mann an Krücken und sagte, der hätte wohl Probleme mit dem Bein. Jeder Idiot kann sowas.

Unser Vater wäre der erste in der Schlange, der hofft, daß er aus Vickis Erfolg Bargeld schlagen kann. Er würde seine eigene LP oder einen Gastauftritt in einem Fernseh-Special haben wollen, und Vicki und ich müßten viele lange Stunden damit verbringen, ihm zu erklären, daß, egal, was er in den Illustrierten gelesen haben mag, es so nun wirklich nicht geht. Nachdem er uns so behandelt hat, wie er uns behandelt hat, wäre es sowohl unterhaltsam als auch peinlich, ihn sagen zu hören: »Aber viele, äh... reden sich doch auch nur so durch einen Song. Na gut, okay, vielleicht kann ich nicht ›singen‹, aber reden kann ich doch schon mal, oder etwa nicht? Los, Kinder, ihr wißt, daß ich das schaffe. Laßt mich eine Platte machen, nur eine. Eine Platte für euren alten Dad. Ich kann einen Hit draus machen, ihr wißt, daß ich das kann. Einen Plattenhit für Daddy.«

Vicki und ich sehen ihm dann beim Betteln zu. Danach bitten wir vielleicht noch ein paar hochrangige Typen aus der Phono-Industrie dazu und sehen ihm zu, wie er ein bißchen weiterbettelt.

»Ich könnte doch ›Der Mann im Leben meines kleinen Mädchens‹ machen«, sagt er. »Es gibt alle möglichen Songs, die man machen kann, ohne tatsächlich singen zu müssen.«

»Ach ja?« sagt der hochrangige Typ aus der Phono-Industrie. »Zählen Sie doch noch ein paar weitere Titel auf.«

Unser Vater massiert sich die Stirn. »Tja«, sagt er. »Da gibt es noch einen ganzen Batzen. Einen ganzen Riesenbatzen.«

Vor meinem geistigen Auge stehen Vicki und ich in einem Hauseingang und beobachten, wie unser Vater um einen Schallplattenvertrag bettelt. Ich stelle mir vor, daß ich mir, um nicht vor Lachen laut loszuplatzen, von innen in die Backen beißen muß. Blut wird sich in meiner Kehle sammeln –, dieser gleiche bittere Geschmack, wie man ihn kriegt, wenn man aus Versehen einen Kleiderbügel mit dem Mund festgehalten hat. Danach nimmt der hochrangige Typ aus der Phono-Industrie Vicki und mich zum Mittagessen mit in ein Steak-Restaurant, wo wir noch einmal jeden Moment des kläglichen Auftritts unseres Vaters Revue passieren lassen. »Ihr zwei seid das gottverdammte Salz der Scheiß-Erde«, sagt dann der hochrangige Typ und schneidet sich eine schöne Scheibe aus seiner zweimal gebackenen Kartoffel heraus. »Aber euer Vater, auweia, was für ein…«

Dann fassen Vicki und ich uns unterm Tisch kurz an und hoffen, daß ihm das richtige Wort einfällt. Ich hatte das im Geiste alles gründlich ausgearbeitet.

In ihrem zweiten Jahr auf der High School ließ Vicki den Chor wieder sausen, weil der Lehrer ein Arschloch war.

»Musik ist mir immer noch so wichtig, man faßt es kaum«, sagte sie. »Aber dieser Mistkerl Yelverton kann mich an meinem rosenroten Du-weißt-schon-was lecken, wenn er glaubt, ich stehe in der letzten Reihe und mache bei seinem beschissenen Glen-Campbell-Potpourri mit. Ich hab diese Scheiße nicht nötig, und das hab ich ihm auch praktisch ins Gesicht gesagt. Ich hab so ziemlich gesagt: ›Ich hab diese Scheiße nicht *nötig.*‹ Ich wollte auch noch sagen: ›Wer will das scheißenochmal überhaupt *wissen,* wenn ein einsames Arschloch Telegrafendrähte aufhängt?‹ Ich hab diese Art Scheiße für mein Leben nicht nötig, weil ich eine Karriere habe, über die ich nachdenken muß. Verdammt, Chug, ich kann meine eigenen gottverdammten Songs schreiben, und das kannst du mir verdammtnochmal gern glauben.«

Sie beschloß, die ganze Schule sausen zu lassen, weil sie sich da zuviel Scheiße bieten lassen mußte, und weil sie, Nachteule, die sie war, die Unterrichtszeiten haßte. Sie dachte, sie besorgt sich vielleicht einen Job in der Musikindustrie. Sie sagte das, als gäbe es in unserer Stadt eine florierende Musikindustrie. Kurz nachdem sie die Schule hatte sausen lassen, hatten Vicki und Dad einen heftigen Streit, als einer ihrer Freunde versehentlich das Wohnzimmersofa in Brand setzte. Ich saß auf dem Bettrand und sah zu, wie sie Klamotten in Papiertüten stopfte. »Nur über meine Leiche haut mich dieser Glatzkopf von einem Schweinehund noch einmal mit eingeschweißten Tiefkühl-Hühnerflügeln«, sagte sie und hielt inne, um die Wunde auf ihrer Stirn zu versorgen. »Ich hab diese Art Scheiße für mein Leben nicht nötig, nie wieder. Dieses Vöglein wird jetzt flügge. Ich hau ab, mir reicht's.« Sie benahm sich, als stünde ein Flugzeug im Vorgarten, dessen Pilot ungeduldig mit dem Finger auf das Zifferblatt seiner Uhr tippt. »Nächstes Mal, wenn du von mir hörst, bin ich in Kalifornien. Kalifornien oder Reno. Ich gehe wohin, wo die Menschen nicht bis zum Hals in Scheiße leben müssen. Darüber denke ich schon lange nach«, sagte sie. »Verdammt lange. Jawoll, meine Herrn, Vicki hat jetzt endgültig ihren Anteil an Scheiße intus. Es ist Zeit, den Stier bei den Hörnern zu fassen und ›Adiós, Scheiße‹ zu sagen. Gib mir mal das Weckradio, machst du das mal, Chug? Deine Schwester macht sich hier scheißenochmal vom Acker.«

Es stellte sich heraus, daß Vicki nicht nach Reno oder Kalifornien aufbrach, sondern statt dessen zu Ginger Treadwell. Ginger war der Freund, der das Sofa in Brand gesetzt hatte, ein älterer rothaariger Typ, der drei Straßen weiter in einer Kellerwohnung lebte, die er von seiner Mutter gemietet hatte. Hin und wieder habe ich sie dort besucht, aber sie hat uns nie besucht oder angerufen, weil sie unserem Vater nicht begegnen wollte. »Sag ihm, ich bin Model und Stewardess und weiß nie, wo ich von einem Tag auf den andern sein werde. Und sag ihm, sie verfilmen meine Lebensgeschichte, und sie wollen, daß er von Boris Scheiße Karloff gespielt wird.«

Als sie mit Ginger Schluß gemacht hatte, zog sie bei Shane Lambson ein und dann bei Drew Hodges, der einen Spezialbus für Krüppel in Eile fuhr. Sie lebte noch mit Drew zusammen, als sie Marty Manning kennen- und liebenlernte, einen Mechaniker für die Spezialbusse. Sie trafen sich heimlich, bis sie entdeckte, daß sie schwanger war. Als er die Neuigkeit erfuhr, hob Marty seinen Werkzeugkasten bis hoch über seinen Kopf, warf ihn quer durchs Zimmer und hielt um die Hand meiner Schwester an. Vicki nahm an. Sie sagte, mit Marty fühlt sie sich, als wäre sie aus dem langen Koma eines verpfuschten und unglücklichen Lebens aufgewacht. Sie schrieb einen Song darüber und trug ihn bei der Hochzeit vor, während Marty sie auf dem Schlagzeug begleitete. Bei der Zeremonie trug er einen braunen Smoking, zog aber für das anstrengende Solo die Jacke aus. Ich konnte kein Wort von Vickis Song hören. Später beim Empfang hielt Marty eine Rede und erzählte allen, wieviel ihm dies neue Baby bedeutet. Er kniete sich hin, brachte einen Toast auf den Bauch meiner Schwester aus und sagte: »Diese Dame hat mir das großartigste Geschenk gemacht, das sich ein Mann nur wünschen kann –, einen Neuanfang.« Ihm versagte kurz die Stimme, dann tippte er mit seinem Glas gegen Vickis Bauch und verschüttete Punsch auf ihrem Hochzeitskleid aus Kordsamt.

Es war rätselhaft, weshalb er einen solchen Wind deswegen machte, wo er doch bereits einen Neuanfang in seiner Vergangenheit hatte, eine fünf Jahre alte Tochter, die er nie sah und mit der er nie sprach. Er behauptet, er würde sich ja gern mehr um Amber kümmern, kann er aber nicht, weil ihre Mutter eine intrigante Nervzicke und hochgradige Mistbiene ist. Er sagte, er will, daß dieses Baby das einzig Wahre ist, machte sich an die Arbeit und bereitete alles schön vor. In die Küche kam ein größeres Spülbecken, und einen Babysitz fürs Auto stellte er her, indem er die Beine von einem Sessel absägte. Ein paar Schranktüren bekamen Schlösser, und Vickis Katze wurde eingeschläfert. Seine Mutter hatte ihm gesagt, es liegt im Instinkt der Katze, sich ins Kinderbettchen zu schleichen und einem neugeborenen Baby den Atem auszusaugen. Es brach meiner Schwester das Herz, aber sie machte mit. »Ich muß nach vorne sehen, in die Zukunft«, sagte sie, als sie ein letztes Mal die Katzenstreu ausleerte.

Ich sagte ihr, sie spinnt, daß sie ihm erlaubt, die Katze einschläfern zu lassen. »Wenn hier jemand jemandem was aussaugt, dann Marty dir das Hirn und nicht Sabbath dem Baby den Atem«, habe ich gesagt. Sie mußte das Eß- in ein Kinderzimmer verwandeln. Am Ende des Korridors ist durchaus noch ein Zimmer, groß genug, aber da bewahrt Marty sein Schlagzeug und seine Hanteln auf, und er sagt, da darf keiner rein, weil es seine Domäne ist. Er rechnete zwar fest mit einem Jungen, sagte aber zu Vicki, sie soll das Eßzimmer orange streichen, nur für den Fall, daß. Ich habe sie an dem betreffenden Tag besucht und mußte das Zimmer selbst anstreichen, während sie drei Dosen *Tab*-Limonade trank und mir Fragen über Dad stellte, was er so mit seiner neuen Freundin macht und wie er es mit so einer Nervzicke und hochgradigen Mistbiene überhaupt aushält. Ich hatte nur mal kurz vorbeigeschaut, war nur neugierig, wie es ihr geht. Ich konnte ja nicht ahnen, daß ich da arbeiten würde, und kriegte reichlich Orangefarbe auf meine guten Schuhe. Jetzt sind sie nicht mehr meine guten Schuhe, und jedesmal, wenn ich sie mir zubinde, denke ich an jenen Tag zurück, als wir noch nichts über das Baby wußten, das da auf seine Geburt wartete. Ich stellte mir mich selbst in der Zukunft vor, wie ich dem ausgewachsenen Kind erzähle, daß ich einst das Kinderzimmer orangefarben angestrichen habe, daß es aber nicht meine Idee gewesen war. Ich wußte nicht, ob das Kind ein Junge oder ein Mädchen sein würde. Vielleicht mochte es mich oder vielleicht auch nicht. Vielleicht hatte ich dann graue Haare oder eine Halbglatze wie mein Vater. Wer kann schon sagen, was die Zukunft bringt?

Als sie acht Monate schwanger war, verlor Vicki ihren Job in der Einsatz-Zentrale für Krüppelbusse, weil sie viel schlafen mußte und es nicht rechtzeitig zur Arbeit schaffte. Erst hat jemand anders für sie die

Stechuhr bedient, aber das haben sie gemerkt, als die Busse nicht aufkreuzten und gelähmte Menschen stunden- und stundenlang im Schnee warten mußten. Marty sagte ihr, sie soll sich keinen neuen Job suchen, bis das Baby eingeschult wird. Er hatte mit seiner Mutter gesprochen und sagte, er will auf gar keinen Fall eins von diesen Schlüsselkindern. Wenn man ihn so reden hörte, hatte man den Eindruck, daß die Schlüssels eine ganz üble Familie waren, die bei seiner Mutter in der Nähe wohnten und vorbeifahrende Autos aus Quatsch mit Steinen bewarfen. Marty dachte, er hätte alles unter Kontrolle.

Das Baby, ein Junge namens Marty jr., wurde am Thanksgiving Day geboren. Vicki sagte, das sei symbolisch, da Marty jr. wie ein Pilger, ein Neuankömmling in diesem fremden und wunderbaren Land sei. Außerdem habe er, weil er Schütze sei, ein rasches Zahlenverständnis und werde praktisch mit allen gut auskommen, nur mit Steinböcken, Löwen und Zwillingen nicht. Sie mühte sich redlich, es von der heiteren Seite zu sehen, aber immer, wenn die Krankenschwester versuchte, ihr das Baby zu zeigen, das in seiner Decke zappelte, wandte sie sich ab.

Bestimmte kleine, häßliche Geschöpfe werden als süß und niedlich angesehen. Nehmen Sie zum Beispiel das Orang-Utan-Baby auf dem Poster, welches die Garagenwand schmückt. Nichts an diesem Tier ist hübsch anzusehen, aber das scheint ihm überhaupt nichts auszumachen. Wenn ein Orang-Utan sein Spiegelbild in einem Tümpel voll kristallklarem Wasser erblickt, nimmt er sich nicht die Zeit, wegen seines Aussehens in Depressionen zu verfallen. Statt dessen geht er seinen normalen Geschäften nach, frißt Blätter, untersucht die Köpfe seiner Bekannten und Verwandten und stöbert nach leckeren Flöhen. Ein Geschöpf ist solang niedlich, wie es traurige Augen hat und in den Wäldern haust. Ein häßlicher Mensch kann nicht so sorglos sein wie die Tiere. Laut dem, was ich im Fernsehen gesehen habe, paaren sich Tiere ohne Rücksicht darauf, wer ein seidigeres Fell oder den längsten Schnurrbart hat. Ich habe nicht den Eindruck, daß Affen sich weigern, mit anderen Affen auszugehen. Vielleicht können sie ja sprechen, aber ich bezweifle, daß dabei Gefühle verletzt werden. Ich könnte mich irren, ich bin kein Naturwissenschaftler. Ich glaube, manche häßlichen Babys können, wenn sie groß sind, ganz okay aussehen, aber ich bezweifle, daß dies beim kleinen Marty jr. der Fall sein wird.

Als er gerade geboren war, sah mein Neffe aus wie eine Puppe. Eine Puppe, die aus rohem Hamburger-Fleisch hergestellt war. Die meisten Babys sind so, aber bei Marty jr. war es noch viel schlimmer, denn der blieb auch nach wiederholtem Waschen roh und pustelig. Seine Gesichtszüge sehen immer noch handgemacht und reich strukturiert aus. Vicki versuchte, Marty davon zu überzeugen, daß Babys altern und in ihr Gesicht hineinwachsen. Sie sagte, daß er so rot aussieht, bedeutet, daß er später leichter braun wird.

»Der wird ein Herzensbrecher«, sagte sie zu Marty. »Genau wie sein alter Herr, ein hochgradiger Herzensbrecher.«

Marty kaufte ihr nichts davon ab. Sein Kind war eindeutig nicht das, was ihm vorgeschwebt hatte, und er sah es an, als wäre es ein zu groß geratener Scheißhaufen. Seine milde Neugier wandelte sich in Ekel und dann in Zorn.

»Man sieht gleich, daß Sie der Daddy sind; der Kleine hat nämlich Ihre Augen«, machte eine Krankenschwester den Fehler zu sagen.

Marty wartete, bis sie mit dem Baby weg war, bevor er die Krankenschwester eine Zicke nannte und immer wieder sagte: »Nein, *ich* habe meine Augen. *Ich* –, ich hab sie noch alle beide.« Er zeigte auf sein Gesicht und steckte sich aus Versehen den Finger ins linke Auge. Als Vicki ihm ein Kleenex anbot, wischte er ihre Hand beiseite und schmiß dabei ihr Wasserglas zu Boden.

»Es tut mir leid, es tut mir leid, es tut mir leid.« Vicki wiederholte diese Wörter, bis sie nur noch ein Geräusch waren. Marty kehrte ihr den Rücken, bis eine andere Krankenschwester mit dem Tablett für ihr Abendessen kam. Marty aß alles bis auf den Pudding.

Als ich Marty jr. zum ersten Mal sah, war mir klar, daß er SBWM – sobald wie möglich – eine gewinnende Persönlichkeit entwickeln mußte, nachdem er also aus dem Krankenhaus entlassen worden war, ging ich von der Schule ab, um Vicki bei der Säuglingspflege zu helfen. Ich wäre, um ehrlich zu sein, wahrscheinlich sowieso abgegangen, deshalb war ich, als Vicki das vorschlug, dankbar für so einen offiziell klingenden Vorwand. Der einzige Mensch, den ich dort vermisse, ist meine Englischlehrerin, Mrs. Colgate. Sie sagte mir, ich sollte mit ihr in Verbindung bleiben und »lesen, lesen, lesen«. Ich habe sie einmal angerufen, aber wieder aufgelegt, als sie sich weinend mit den Worten »Curtis, hör zu. Um der Liebe Gottes willen, Curtis, ich kann alles erklären« meldete.

Das Austragen eines Babys hatte meine Schwester völlig fertiggemacht. Nach ihrer Woche im Krankenhaus beschloß sie, daß jetzt für Vicki die Zeit gekommen war, zur Abwechslung mal an Vicki zu denken. Es war die Zeit, neu anzufangen und das Gewicht loszuwerden, das sie zugelegt hatte, als sie für zwei essen mußte. Wie sie es loswurde, indem sie vierzehn Stunden pro Tag fernsah, kann man nur raten –, aber es hat funktioniert! Ich kam morgens hin und verbrachte den Tag mit Säuglingspflege: trockenlegen und füttern, zum Nickerchen hinlegen, baden, Wäsche waschen –, habe ich alles gemacht.

»Bring ihm bei, daß er nur während der Werbepausen weint«, rief Vicki immer vom Wohnzimmer herüber, wenn er anfing zu quengeln. »Er muß mehr Zeit an der frischen Luft verbringen, das ist sein Problem. Nimm ihn mit in den Lebensmittelladen, da kann er sich das Fleisch ansehen.«

Ich blieb dort, bis das Baby für die Nacht ins Bett

gesteckt wurde, und gegen halb zehn ging ich nach Hause, wo mein Vater wohnte. Inzwischen hatte er kapiert, daß Vicki weder Model noch Stewardess war. Zur Hochzeit war er nicht eingeladen, das schien ihm aber nichts auszumachen, und er sagte: »Dann lädt sie mich eben zur nächsten ein.« Er bekundete keinerlei Interesse an Marty jr.: »Ich bin zu jung für einen Großvater«, sagte er, bürstete sich an den Seiten die Haare, und oben funkelte die Glatze.

Während Marty jr. sein Nickerchen machte, räumte ich das Haus auf und machte eine Liste von den Sachen, die wir brauchten: Kleidung, Breichen, Windeln, Shampoo –, Babykram. Ich trug die Liste zu Vicki, die, den Blick fest auf den Fernseher gerichtet, jedesmal sagte: »Wende dich damit an die Bank von Amerika«, womit Marty gemeint war. Und ich haßte es, ihn um Geld anzugehen, weil er das immer wie ein Darlehen handhabte und andeutete, daß ich ihm immer noch nicht die zwanzig Dollar zurückgezahlt hatte, um die ich ihn letzte Woche angehauen hatte.

Etwa um diese Zeit zog die Freundin meines Vaters, Rochelle, ein. Rochelle arbeitet als alte Kellnerin und hat immer Geld im Portemonnaie, eine Rolle Geldscheine von der Größe eines Lockenwicklers. Wenn sie von der Arbeit nach Hause kommt, benimmt sie sich immer, als wäre sie gerade mit bloßen Füßen durch die brennende Wüste gegangen und hätte Kaktusdornen tief in den Hacken stecken. »Jetzt wird es verdamptnochmal Zeit, daß *ich* mich bedienen lasse«, sagt sie, läßt ihre Handtasche auf den Küchenstuhl fallen und hinkt ins Wohnzimmer, um die Füße hochzulegen. Sie brüllt meinen Vater an: »Stell gefälligst gottverdammt einen anderen Sender ein und bring mir einen Kaffee.«

Mein Vater brüllt mich an: »Stell gefälligst gottverdammt einen anderen Sender ein und bring Rochelle einen Kaffee.«

Eine Fernbedienung hätte das Problem nicht gelöst. Rochelle brauchte einen Ganztags-Sklaven. Hin und wieder, auf meinen Trips in die Küche, wenn ich ihr dies oder das holte, habe ich ihr Portemonnaie geöffnet und ein bißchen was für Marty jr. rausgenommen, nur hie und da ein paar Dollar für Windeln und Breichen. Es war leichter, als Marty zu fragen, und ich fand, daß Rochelle mir etwas für die vielen Stunden in ihren Diensten schuldete.

Das Baby kam zurecht, aber es gab immer noch gewisse Dinge, die mehr kosteten als die paar Dollar pro Tag, die ich beisteuern konnte. Spezielle Dinge, wie ein Jäckchen aus Kaninchenfell, das ihm eines Nachmittags in einem Schaufenster aufgefallen war. Ich schrieb diese Dinge so auf, wie sie mir auffielen, und pappte die Liste an den Kühlschrank, wo Marty sie unbedingt wahrnehmen mußte. Ein paar Tage vor dem ersten Geburtstag des Babys war ich im Wohnzimmer, als ich hörte, wie Papier zerknüllt wurde. Dann hörte ich Marty rufen: »Was war das für ein Kack am Kühlschrank?«

Vicki lag auf dem Wohnzimmersofa und antwortete, indem sie sagte: »Was für ein Kack?«

Marty sagte: »Du weißt, welchen Kack ich meine.«

Vicki sagte nichts.

»Du weißt, daß ich das nicht haben kann, wenn jemand Kack an meinen Kühlschrank pappt.«

Vicki sagte: »Nein, Sir, das wußte ich nicht.«

»Dann weißt du's jetzt.«

Vicki sagte: »Wahrscheinlich.«

Zu seinem Geburtstag habe ich alles mit Luftballons dekoriert und Marty jr. mit etwas von Rochelles geklautem Geld einen Kaufkuchen und einen ausgestopften E.T. gekauft. Den Kuchen hat er erbrochen. Der E.T. machte ihm angst, bis ich seine scharfen Augen mit Magic Marker schwarz gemalt habe. Wir feierten allein, weil Vicki und Marty es vorgezogen hatten, ihr Thanksgiving mit jemandem namens Cuff Daniels zu verbringen, einem Typ, mit dem Marty früher musiziert hat. Zum Geburtstag schenkten sie ihrem Sohn einen Gabelknochen von dem Truthahn, den sie gegessen hatten, damit er sich was wünschen kann. Vicki hatte ihn in ihrer Handtasche mit nach Hause gebracht, und er war völlig vollgefusselt.

Als Weihnachten näher kam, machte ich eine neue Liste und nahm all meinen Mut zusammen, um mit Marty von Mann zu Mann über die Geschenke zu sprechen, die sein Sohn verdient hatte. Marty betrachtete die Liste einen Augenblick lang, bevor er sie in der Mitte faltete. Er sagte mir, Weihnachten ist, soweit es ein Baby betrifft, ein Tag wie jeder andere. Er faltete die Liste ein weiteres Mal und erklärte, soweit es ihn betreffe, habe Weihnachten nichts damit zu tun, daß man sein ganzes schwerverdientes Geld für bekackte Geschenke ausgibt.

»Weihnachten ist hier drinnen«, sagte er und zeigte auf die Stelle, an der er sein Herz vermutete. »Weihnachten ist innen, wo es zählt.« Er faltete den Wunschzettel immer wieder, bis er so groß war wie ein Streichholzheftchen, und dabei erzählte er mir die ganze Zeit eine Geschichte darüber, wie mal ein Haus durch den Weihnachtsbaum Feuer gefangen hatte, und danach fand der Mann in der Asche eine Rolle mit Vierteldollars. Das Geld war zu einem Klumpen zusammengeschmolzen, und der Mann benutzte es als Briefbeschwerer, bis irgendein Arschloch es ihm von seinem Arbeitstisch geklaut hat.

Zu Weihnachten kaufte Marty sich ein Motorrad, nagelneu. Vicki schenkte er einen Helm, nicht eingewickelt. Er hat ihn ihr einfach so in die Hand gedrückt. Die beiden sind zu Cuff Daniels gefahren und haben dem Baby einen weiteren Gabelknochen mitgebracht. Diesmal war noch Fleisch dran, und er war noch eiskalt von Vickis Handtasche.

Die ersten Monate parkte Marty sein Motorrad im Eß- und Kinderzimmer. Für Spritztouren holte er es heraus, und dann schob er es wieder zurück ins Haus, legte Zeitungen auf den Fußboden und schraubte daran herum. Es war Marty klar, daß Auspuffgase in geschlossenen Räumen tödlich sein können, deshalb achtete er immer darauf, daß alle Fenster sperrangelweit offenstanden, während der Motor lief. Es war lästig, denn kaum hatte ich ihm den Rücken gekehrt, schon saß das Baby mit einem Schraubenschlüssel im Mund auf dem fettigen Zeitungspapier und dampfte in der kalten Luft aus der Nase.

Ich wartete auf den Tag, an dem Marty das Motorrad endlich in der Garage parkte, anstatt es die Stufen zur Haustür hochzuwuchten. Ich wußte, daß der Tag kommen würde, und als er schließlich angebrochen war, ein Donnerstagabend im frühen Februar, schlich ich mit einer Metallsäge in die Garage. Vier Stunden habe ich im Dunkeln dazu gebraucht, aber ich habe es geschafft: ich habe links und rechts die Lenkstange abgesägt. Außerdem habe ich den Benzintank mit *Dr. Pepper*-Limonade gefüllt, aber Marty setzt die Lenkstange so sehr zu, daß er das noch gar nicht mitgekriegt hat. Am nächsten Morgen, als Vicki mir sagte, was geschehen war, gab ich mich schockiert. Sie führte mich zur Garage und zeigte auf zwei Häufchen Metallgeraspel auf dem Boden.

»Da«, sagte sie, mit ihrer Zigarette deutend. »Das sind die Späne.«

Als Marty von der Arbeit nach Hause kam, tat er das gleiche, er führte mich zur Garage und zeigte auf die Späne. Er sagte mir, es hat keinen Sinn, die Polizei zu verständigen, weil die ihn seit dem Tage eins auf dem Kieker hat. Marty sagte, er klärt dies Verbrechen selbst auf, ein Mann, ganz auf sich selbst gestellt. Er sagte, ganz sicher ist er nicht, aber doch so gut wie, daß Cuff Daniels irgendwas damit zu tun hat. »Guter alter Cuff«, sagte er. Dann spuckte er auf den Zementfußboden.

Dann ging alles bis eine Woche später wie gewohnt weiter, als Rochelle mich dabei erwischte, wie ich ihrem Portemonnaie Geld entnahm. Normalerweise wußte ich immer, wo sie war, weil ich sie stöhnen hören konnte, manchmal kamen dabei richtige Wörter heraus, dann wieder nur Geräusche wie von einem matten Motor. Diesmal hatte sie offenbar den Atem angehalten. Vielleicht war ihr etwas verdächtig vorgekommen. Ich drehte mich um, und da war sie.

»Ich hab dein Geld gar nicht genommen«, sagte ich, rollte die Scheine zusammen und tat das Gummiband wieder drum herum. »Ich hab es gar nicht genommen, ich hab es nur ... gezählt. Du hast hier siebenunddreißig Dollar. Junge, ganz schön viel Trinkgeld, siebenunddreißig Dollar.«

Rochelle stand in der Tür und reckte die Fäuste in die Luft. »Und vor zwanzig Minuten hatte ich noch einundvierzig Dollar«, sagte sie und humpelte näher. »Soll ich etwa glauben, daß der Rest meines Geldes es satt hatte, in dem Pottmannee eingepfercht zu sein, und lieber in die weite Welt hinein abgehauen ist? Soll ich das etwa glauben? Ja? Eins will ich dir nämlich sagen, Mister, wenn ich etwas nicht leiden kann, ist das ein Dieb.«

Sie näherte sich mit einer ihrer Fäuste meinem Gesicht. »Jemand muß dir mal die Ohren langziehen, Mister, und dieser Jemand werde ich sein, denn wenn ich etwas nicht leiden kann, ist das ein Dieb, ein fauler Dieb und Schleicher.«

Sie haute mich immer wieder, und ihre Stimme wurde immer lauter, bis mein Vater aus dem Badezimmer kam und sie von mir wegzerrte. Nachdem er sich ihre Seite der Geschichte angehört hatte, legte er mir still die linke Hand auf die Schulter und schlug mir die Rechte mit aller Kraft in den Magen.

»Genau das braucht er«, sagte Rochelle, »jemand, der ihm die Ohren langzieht. Dieb! Lügenbold.«

Genau wie Vicki zuvor packte ich meine Habseligkeiten in Papiertüten. Damals empfand ich nur Scham und Bedauern –, nicht, weil ich das Geld genommen hatte, sondern wegen meiner jämmerlichen Lüge, ich hätte es nur gezählt. Ich weiß, wie ich in dem Moment ausgesehen haben muß, daneben und heimtückisch und dumm. Ich hätte sagen sollen, ich kassiere für erwiesene Dienste, und hätte keinen Fußbreit Boden weichen dürfen. Ich hätte den Hieb meines Vaters vorhersehen sollen. Hätte sollen, hätte sollen. Ich verbrachte die Nacht im Wald hinter dem Haus meines Vaters und dachte an all die Hättesollens. In jener Nacht hätte ich einen Schlafsack einpacken sollen.

Am nächsten Morgen trug ich Vicki meinen Fall vor, und sie sagte, sie bringt ihn bei Marty zur Sprache, wenn der Zeitpunkt günstig ist. Die nächsten beiden Nächte verbrachte ich in ihrem Hintergarten, bevor er entschied, daß ich in der Garage bleiben kann. Beheizbar ist sie nicht, aber immerhin trocken. Ich habe mir eine Verlängerungsschnur vom Haus herübergelegt, so daß ich jetzt die Wahl zwischen einer Lampe oder dem kaputten Fernseher habe, bei dem es Ton, aber kein Bild gibt, nur einen grauen Bildschirm mit Schneegestöber, ein Anblick, von dem ich mich, wie ich inzwischen weiß, gar nicht losreißen kann.

Marty jr. kann jetzt laufen. Er kann sogar denken. Wenn man zeigt und sagt: »Bring mir das Buch, Baby, bring mir das Buch«, dann macht er das. Wenn man fragt: »Wo ist Bibo?« krabbelt Marty jr. hin, haut auf den Fernseher und hofft, daß er ihn aus dem Gehäuse treibt. Er ist nicht dumm –, ganz und gar nicht. Bald wird er sprechen können, und ich arbeite auch schon die ganze Zeit daran, ihm das beizubringen. Alles, was ich berühre, halte ich in die Höhe und benenne es mit belehrendem Tonfall. »Kissen«, sage ich. »Aschenbecher.« »Dosenöffner.« Das mache ich nur tagsüber, wenn Marty nicht da ist. Letzten Sonntag, beim Abendessen, hat er sich über mich lustig gemacht. Er nahm seine Gabel, zeigte sie dem Baby und sagte: »Klistierbeutel.« Dann zeigte er auf mich und sagte: »Blödmann, Blödmann.«

Marty jr. klatschte in die Hände und sagte: »Böpamm, Böpamm.«

Ich dachte, Vicki und Marty hören nie wieder auf

zu lachen. Sie tätschelten Marty jr. den Kopf, und er sagte es nochmal: »Böpamm.« Es brachte mich zur Weißglut, daß er mir so in den Rücken fiel. Er sagte es nochmal, als ich ihn ins Bett brachte, und da habe ich das Fleisch an seinem Oberschenkel ordentlich zwischen zwei Fingern gezwiebelt.

Ein paar Wochen, nachdem ich eingezogen war, erwischte Marty das Baby bei einem Ferngespräch. Es war nur ein Mißgeschick –; es hat ein paar Nummern gedrückt und eine Verbindung hergestellt. Als Marty dem Baby den Hörer aus der Hand nahm, sprach er plötzlich mit einer Frau, die immer wieder *»C'est toi, Julien?… C'est toi?«* sagte.

Marty dachte, das Kind hätte China angerufen. Vicki sagte, es hätte sich eher nach Hawaii angehört.

Marty sagte: »Hawaii, China oder Puerto Rico, wo liegt denn da verdammt der Unterschied? Ich bin jedenfalls derjenige, der dafür berappen muß, und ich bin, falls du das noch nicht bemerkt haben solltest, nicht aus Geld gemacht. Hattest du das gedacht, daß ich aus Geld gemacht bin?«

Vicki sagte: »Nein, Sir, hab ich nicht gedacht.«

Marty jr. war gerade so gut drauf, gluckste und rief die Polizei an.

Am nächsten Tag brachte Marty alle Telefone erhöht an, wo das Baby nicht drankam. Dann haute er ab und besorgte sich einen Hund. Ein Welpe wäre vielleicht für das Baby ganz nett gewesen, aber Marty brachte einen ausgewachsenen Dobermann mit nach

Hause, einen Gebrauchthund, den ihm ein Typ auf der Arbeit geschenkt hat. Jamboree hat einen Kopf wie ein Projektil und einen Stummelschwanz wie ein mit Scheiße vollgeschmierter großer schwarzer Daumen. Ich glaube, der Vorbesitzer hat ihn vielleicht so abgerichtet, daß er unangenehm ist. Das habe ich schon mal in einer Illustrierten gesehen, Männer mit dicken Polstern um die Arme, die Hunde zum Angriff provozieren, damit sie sich für hochbezahlte Jobs qualifizieren und in Kaufhäusern und auf Parkplätzen Streife gehen können.

Jamboree war erst zwei Tage bei uns, als er Playboy abmurkste, den alten Basset des Nachbarn. Der arme Playboy wußte gar nicht, wie ihm geschah. Marty nahm die Leiche und legte sie auf die Straße. Er hoffte, die Besitzer würden glauben, Playboy sei vom Auto überfahren worden.

Genau, Marty, von einem Auto mit Zähnen.

Jamboree sollte man gar nicht auf die Straße lassen, nicht mal an der Leine. Alle außer Marty haben Angst vor dem Hund. Sogar Autos fahren schneller, wenn sie ihn auf dem Bürgersteig sehen. Nachts schläft Jamboree auf einer Matte neben dem Bett seines Herrchens. Vicki hat mir gesagt, sie trinkt nach 21:00 Uhr keine Flüssigkeiten mehr, weil sie sich nicht aus dem Bett und aufs Klo traut. Jamboree hat sie bereits einmal gebissen, zwack in den Arm, als sie versuchte, einen Aschenbecher von der Matratze zu entfernen. Marty sagt ihr, Jamboree kann ihre Angst wittern, und sie hat selbst Schuld, wenn sie ein Feigling ist. Vicki hat ihn gefragt, wie Angst denn riecht, und er hat gesagt, sie stinkt wie ein Tetrapak Milch, das seit einer knappen Woche in der Sonne steht.

»Ja, wo ist denn mein Meister aller Klassen? Ja, wo ist er denn? Wo ist mein Junge?« fragt Marty, und Jamboree kommt auf den Knien zu ihm, der Stummelschwanz geht auf und ab, gleich geht es Gassi.

Wenn Marty morgens zur Arbeit gegangen ist, überreden Vicki und ich den Hund mit List und Tücke, daß er in das ungenutzte Zimmer geht, und machen hinter ihm die Tür zu. Dann hole ich das Baby aus seinem Bettchen und mache mich an die Arbeit. Wir können alle hören, wie sich Jamboree im ungenutzten Zimmer die Zeit vertreibt, wie er winselt und an der Tür kratzt. Zuerst hatte ich Angst, Marty jr., neugierig wie er ist, macht die Tür auf, aber er ist schlau, er weiß, was da drin ist.

Meine Angst riecht wie feuchtes Holz, also habe ich Marty jr. ein Laufställchen gebaut. Ich habe es selbst mit meinen eigenen zwei Händen gebaut. Wenn Marty von der Arbeit nach Hause kommt, läßt er den Hund los, und ich setze Marty jr. in sein Ställchen, wo er, hoffentlich, in Sicherheit ist. Jamboree zieht seine Kreise, versucht an ihn ran zu kommen, aber Marty jr. ist schlau und weiß, daß er sich von den Stäben fernhalten muß. Er steht mitten in seinem Laufställchen und paßt auf. Manchmal wirft er etwas über den Zaun. Gestern nacht hat Jamboree E.T. aufgefressen. Der ganze Eßzimmerfußboden war voller Plüschbüschel und Styropor-Kügelchen.

Heute morgen habe ich Marty jr.s Kinderbettchen auf eine erhöhte Plattform gestellt –, einen Eßtisch vom Sperrmüll beim Nachbarn. Ich stand auf einem Stuhl und half ihm, sich einzuleben. Ich dachte, diese neue Perspektive gefällt ihm vielleicht. »Sieh dich an«, sagte ich. »Das oberste Baby der Welt.« Dann weinte er, und als ich ihn trösten wollte, hat er mich an den Haaren gezogen, und als er nicht loslassen wollte, habe ich ihm eine gescheuert. Ich sage mir, daß es nicht seine Schuld ist, daß alles anders wird, wenn wir zwei erstmal alleine und auf uns selbst gestellt sind. Und es wird anders werden. Ich habe Martys Geldversteck gefunden. Da sind fast dreihundert Dollar, genug, damit das Baby und ich nach Florida können. Dort können wir draußen kampieren, im Wald leben, bis ich einen Job finde. Marty würde mir die Nationalgarde auf den Hals hetzen, wenn ich seinen Hund vergifte, aber ich glaube, wenn ich mit seinem Sohn abhaue, ist ihm das ziemlich wurscht. Und Vicki –, die denkt vielleicht noch eine Woche lang daran, und dann ist wieder Ruhe, dann spart sie es sich ein, zwei Jahre lang auf, bis sie sich plötzlich an ihren Nebenmann am Tresen wendet und sagt: »Hab ich Ihnen überhaupt schon erzählt, wie mein eigener Bruder mit meinem Scheiß-Baby durchgebrannt ist? Hab ich das schon mal erzählt?«

Frohe Weihnacht allen Bekannten und Verwandten!!!

Viele von Euch, liebe Freunde und Familienmitglieder, kriegen jetzt wahrscheinlich einen Schreck, wenn sie unseren jährlichen Feiertags-Rundschrieb in Händen halten. Ihr habt von der Tragödie, die uns jüngst ereilte, in der Zeitung gelesen und habt bestimmt geglaubt, wenn man plötzlich so viele juristische Sorgen und »Scherereien« hat, steckt der Dunbar-Klan einfach den Kopf in den Sand und schwänzt die gesamten bevorstehenden Weihnachtsfeiertage!!

Ihr sagt: »Wie soll denn die Familie Dunbar ihren schrecklichen Verlust betrauern *und* die Traditionen der Weihnachtsfeiertage hochhalten. So stark ist *keine* Familie«, denkt Ihr bei Euch.

Dann denkt lieber nochmal nach!!!!!!!!!!!!

Zwar hat dies vergangene Jahr beim »Geben« unserer Familie ein schlechtes »Blatt« voll Weh und Ach zugeteilt, aber wir haben (bisher!) das Unwetter überlebt und werden das auch weiterhin so halten! Unser Baum steht im Wohnzimmer wie eine 1, die Strümpfe sind aufgehängt, und wir erwarten ungeduldig die Ankunft eines gewissen wohlbeleibten Herrn, der vorne auf den Namen »Weih« und hinten auf den Namen »Nachtsmann« hört!!!!!!!!!!!!

Unser treuer PC hat schon vor Wochen unsere Wunschzettel ausgedruckt, und jetzt werfen wir ihn wieder an, um Euch und Euren Lieben ganz heftig die Allerfrohesten Weihnachten von der gesamten Familie Dunbar zu wünschen: Clifford, Jocelyn, Kevin, Jacki, Kyle und Que Sanh!!!!!

Einige von Euch lesen dies jetzt wahrscheinlich und kratzen sich beim Namen »Que Sanh« den Kopf. »Der paßt doch gar nicht zu den anderen Vornamen in der Familie«, sagt Ihr Euch. »Haben sich diese verrückten Dunbars etwa eine Siamkatze zugelegt?«

Nicht schlecht geraten.

Gestattet uns, denen von Euch, die in einer Höhle hausen und nichts mitgekriegt haben, Que Sanh Dunbar vorzustellen, die, im Alter von zweiundzwanzig Jahren, das neueste Familienmitglied ist.

Erstaunt?

DAMIT STEHT IHR NICHT ALLEIN!!!!!!!

Es scheint nämlich, als habe Clifford, Gatte der Schreiberin dieser Zeilen und Vater unserer drei natürlichen Kinder, vor zweiundzwanzig Jahren aus Versehen die Saat für Que Sanh während seines kleinen

Abstechers nach, na, wohin? gelegt ...? Na, wohin wohl?

VIETNAM!!!!

Das war natürlich Jahre, bevor Clifford und ich geheiratet haben. Als er eingezogen wurde, waren wir vorverlobt, und der lange Zeitraum der Trennung forderte von uns beiden seine Opfer. Ich habe regelmäßig korrespondiert. (Jeden Tag habe ich ihm geschrieben, sogar wenn mir nichts Interessantes einfiel. Seine Briefe kamen sehr viel seltener, aber ich habe alle vier aufbewahrt!)

Während ich sowohl Zeit wie Neigung hatte, meine Gefühle in Briefumschläge zu stecken, kannte Clifford, wie Tausende anderer amerikanischer Soldaten, einen solchen Luxus nicht. Während wir übrigen in unseren sicheren und behaglich eingerichteten Häusern die Abendnachrichten verfolgten, *kam* er in den Abendnachrichten *vor,* bis zur Hüfte in einem Schützengraben voll abgestandenem Wasser. Die Risiken und die Qualen des Krieges sind etwas, was die meisten von uns sich glücklicherweise auch nicht in Ansätzen vorstellen können, und da können wir, finde ich, von Glück sagen.

Clifford Dunbar hat, vor zweiundzwanzig Jahren, ein junger Mann in einem vom Krieg zerrissenen Land, einen Fehler gemacht. Einen schrecklichen, verabscheuungswürdigen Fehler. Einen dummen, unüberlegten, permanenten Fehler mit furchtbaren, quälenden Folgen. Aber wer seid Ihr, wer sind wir, daß wir über ihm den Stab brechen? Besonders jetzt, wo Weihnachten unmittelbar bevorsteht. Wer sind wir, daß wir ein Urteil fällen?

Als seine Versetzung um war, kehrte Clifford nach Hause zurück, wo er den zweitschlimmsten Fehler seines Lebens machte (ich beziehe mich auf seine kurze ((acht Monate)) »Ehe« mit Doll Babcock), und danach waren wir wieder vereint. Wir wohnten damals, wie Ihr Euch vielleicht erinnert, in diesem winzigen Apartment drüben in der Halsey Street. Clifford hatte gerade seine ihn ausfüllende Karriere bei der Vereinigten Sampson auf Gegenseitigkeit begonnen, und ich arbeitete Teilzeit in der Buchhaltung von Hershel Beck, als ... auch schon die Kinder kamen!!!!!! Wir haben gekämpft und gespart und uns irgendwann dann (endlich!!) unser Haus am Tiffany Circle gekauft, Nummer 714, wo der Dunbar-Klan bis zum heutigen Tage seinen Nistplatz hat!!!!

Hier war es, Tiffany Circle 714, wo ich zum ersten Mal Que Sanh sah, die zu (wie es das Schicksal wollte) Halloween auf unserer Schwelle stand!!!

Zuerst hielt ich sie für eins dieser Halloween-Kinder, die »Gib mir was, sonst setzt es was!« rufen! Sie trug, erinnere ich mich, einen Rock von der Größe eines Bierwärmers, eine kurze Pelzjacke und, im Gesicht, genug Rouge, Lidschatten und Lippenstift, um unser gesamtes Haus anzustreichen, innen wie außen. Sie ist sehr klein, und ich dachte, sie wäre ein Kind. Ein Kind, das sich als Prostituierte verkleidet hat. Ich gab ihr eine Handvoll Schokolade-mit-Nougats und hoffte, daß sie, wie die anderen Kinder, rasch zum nächsten Haus weiterzieht.

Aber Que Sanh war kein Kind, das »Gib mir was, sonst setzt es was!« ruft.

Ich wollte die Tür wieder schließen, wurde daran aber von ihrem Dolmetscher gehindert, einem sehr feminin aussehenden Mann, der einen Aktenkoffer trug. Er stellte sich auf englisch vor und sprach dann mit Que Sanh in einer Sprache, die ich inzwischen auf die harte Tour als Vietnamesisch zu identifizieren gelernt habe. Während uns die Sprache aus dem Mund fließt, hört sich die vietnamesische Sprache an, als würde sie dem Sprecher durch eine Serie schwerer und gnadenloser Schläge in die Magengrube abgepreßt. Die Wörter als solche sind Schmerzenslaute. Que Sanh antwortete dem Dolmetscher, und ihre Stimme war so hoch und gnadenlos wie eine Autosicherung. Die beiden standen vor meiner Tür, kreischten auf vietnamesisch drauflos, und ich stand dabei, verängstigt und verwirrt.

Bis zum heutigen Tage bin ich verängstigt und verwirrt. Sehr sogar. Es ist beängstigend, daß ein voll ausgewachsener Bastard (ich verwende das Wort im technischen Sinne) die Meere überqueren und es sich in meinem Haus gemütlich machen kann, und das alles mit dem Segen unserer Regierung. Vor zweiundzwanzig Jahren konnte Onkel Sam die Vietnamesen nicht ausstehen. Jetzt verkleidet er sie als Prostituierte und setzt sie uns ins Haus!!!! Aus dem Nirgendwo ist diese junge Frau so machtvoll und unerklärlich wie die Schweinepest in unser Leben getreten, und es scheint nichts zu geben, was wir dagegen unternehmen können. Aus dem Nirgendwo klopft diese Tretmine an unsere Tür, und von uns erwartet man, daß wir sie als unser Kind anerkennen!!!!???????

Clifford sagt gern, die Dunbar-Kinder hätten das Aussehen von der Mutter und den Verstand vom Vater geerbt. Das stimmt: Kevin, Jackelyn sehen alle so gut wie nur möglich aus! Und schlau? Naja, schlau genug, genauso schlau wie ihr Vater, ausgenommen unser ältester Sohn Kevin. Nachdem er in der Moody High School mit Auszeichnung bestanden hatte, ist Kevin jetzt im dritten Jahr auf dem Feeny State College, mit Chemotechnik als Wahlfach. Bisher hat er jedes Semester »sehr gut« gekriegt, und offenbar gibt es nichts, was ihn aufhalten kann!!! Noch anderthalb Jahre hat er vor sich, und jetzt bekommt er bereits massenhaft Stellenangebote!

Wir lieben dich, Kevin!!!!!!!!!!!!!!!!!!

Manchmal machen wir ganz gern den Scherz, daß, als Gott den Dunbar-Kindern Verstand gegeben hat, Er Kevin ganz vorne in der Schlange sah, und zur Belohnung konnte Kevin gleich den ganzen Sack behalten!!! Was den anderen Kindern an Verstand fehlt, machen sie aber offenbar auf die eine oder andere Weise wieder wett. Sie haben Qualitäten und eine Persönlichkeit und machen sich ihr Bild von der Welt, ganz im Gegensatz zu Que Sanh, die zu glauben scheint, sie kann sich nur mit ihrem Aussehen durchs Leben mogeln!! Sie hat nicht mal den Ehrgeiz, den Gott einem Sperling geschenkt hat! Vor sechs Wochen tauchte sie in diesem Haus auf und beherrschte nur die Vokabeln »Daddy«, »glänzt« und »fünf Dollar jetzt«.

Was für ein Wortschatz!!!!!!!!!

Während ein einigermaßen aktiver Mensch sich vielleicht mal dahinterklemmt und ernsthaft die Sprache des Landes, das ihm seit neustem Gastrecht gewährt, erlernt, schien Que Sanh es damit überhaupt nicht eilig zu haben. Wenn man ihr eine simple Frage stellte, wie z. B.: »Warum gehst du nicht dahin zurück, wo du hergekommen bist?« berührte sie meine Hand und verfiel in krampfartigen vietnamesischen Kokolores –, als wäre ich der Außenseiter, von dem man erwarten kann, daß er *ihre* Sprache erlernt! Mehrmals besuchte uns dieser Lonnie Tipit, dieser »Dolmetscher«, dieser »Mann«, der Que Sanh bei ihrem ersten Besuch begleitet hatte. Mr. Tipit schien den Eindruck zu haben, daß die Tür der Dunbars ihm immer offensteht, sei es nun Tag oder Nacht. Er schaute einfach vorbei (meistens während der Abendbrotzeit), und zwischen zwei Portionen *meiner* guten Hausmannskost (vielen herzlichen Dank) pflegte er seine »Freundin« Que Sanh in aller Ruhe »auszuhorchen«. »Ich glaube nicht, daß sie genug Kontakt mit dem Leben ringsum bekommt«, sagte er. »Warum nehmt ihr sie nicht mit in die Stadt, zu kirchlichen Veranstaltungen und Volksfesten?« Na, *er* konnte sowas leicht sagen! Das habe ich ihm auch gesagt, ich habe gesagt: »Nehmen *Sie* mal ein Mädchen, das obenrum nur BH mit Nackenband anhat, in den Konfirmationsunterricht mit. Nehmen *Sie* sie doch mit zu Kunst & Krempel zum Jahresausklang, wenn sie jeden Gegenstand klaut, der glänzt und ihr ins Auge sticht. Ich habe meine Lektion bereits gelernt.« Dann konferierte er mit Que Sanh auf vietnamesisch, und wenn er lauschte, sah er mich so starr an, als wäre ich eine Hexe, von der er mal in Büchern gelesen hatte, die er aber ohne brodelnden Kessel und Besen nicht erkannte. Oh, ich kannte diesen Blick!

Lonnie Tipit ging so weit, uns vorzuschlagen, wir sollten ihn als Que Sanhs Englischlehrer einstellen, und zwar zu, stellt Euch das mal vor, siebzehn Dollar die Stunde!!!!!!!!!! Siebzehn Dollar pro Stunde, damit sie Lispeln und Zwitschern lernen kann und Mit-den-Händen-Flattern wie zwei kleine Vögel? NEIN, VIELEN DANK!!!!!!! Oh, ich habe Lonnie Tipit sofort durchschaut. Während er so tat, als sorge er sich um Que Sanh, war mir natürlich klar, daß er sich eigentlich für meinen Sohn Kyle interessierte. »Na, was macht die Arbeit in der Schule, Kyle? Arbeitest du schwer, oder arbeitest du schwerlich?« und »Sag mal, Kyle, was hältst du von deiner neuen Schwester? Ist sie ganz irre oder echt toll?«

Es war nicht schwierig, Lonnie Tipit zu durchschauen. Er wollte nur das Eine. »Wenn Sie mich nicht wollen, kann ich einen anderen Lehrer empfehlen«, sagte er. Jemanden wie wen? Jemanden wie ihn? Egal, wer der Englischlehrer war, es ist nun mal nicht meine Gewohnheit, Geld zum Fenster rauszuschmeißen. Und genau darauf, meine Freunde, wäre es hinausgelaufen. Warum engagiert man nicht einen teuren Privatlehrer, um den Eichhörnchen Französisch beizubringen! Jemand muß lernen *wollen*. Das weiß ich. In Ho-Chi-Minh-Stadt wurde Ihre Majestät offenbar behandelt wie eine Königin und sieht jetzt keinen Grund, warum sie sich ändern sollte!!!! Ihre Hoheit erhebt sich gegen Mittag, schlingt einen bis zwei Fische herunter (sie ißt ausschließlich Fisch und Hühnerbrüstchen), läßt sich vor dem Schminkspiegel nieder und wartet, daß ihr Vater von der Arbeit nach Hause kommt. Wenn sie sein Auto in der Einfahrt hört, spitzt sie die Ohren und rast wie ein Spaniel an die Tür und keucht und macht und tut und wedelt vor Begeisterung mit dem Schwanz! Plötzlich ist sie bemüht und versucht sich in Konversation!! Na, ich weiß nicht, wie sie sich in Vietnam benehmen, aber in den Vereinigten Staaten ist es nicht üblich, daß eine halbangezogene Tochter ihrem Vater eine Fünf-Dollar-Massage anbietet!!! Nachdem ich einen anstrengenden Tag damit verbracht habe, Que Sanh eine Liste einfachster Aufgaben zu übermitteln, stehe ich fassungslos dabei, wenn Que Sanh plötzlich angesichts ihres Vaters Englisch versteht.

»Daddy happy fünf Dollar glänzt jetzt okay?«

»Du Daddy wieso weshalb warum Daddy lieb bleibt dumm.« Offensichtlich hat sie ein paar Wörter aus der *Sesamstraße* aufgeschnappt.

»Daddy lieb ohne Werbeunterbrechung Klassik pur glänzt.«

Sie hat mit Radiohören angefangen.

Que Sanh behandelt unseren jüngsten Sohn Kyle total gleichgültig, was wahrscheinlich ein Segen ist. Diese gesamte Episode ist für Kyle sehr schwierig, er ist jetzt fünfzehn und der einsame Künstler der Familie. Er ist gern allein, verbringt viele Stunden auf seinem Zimmer, wo er Räucherstäbchen abbrennt, Musik hört und aus Seife Gnome schnitzt. Kyle sieht sehr gut aus und ist sehr begabt, und wir freuen uns schon auf den Tag, an dem er sein Taschenmesser und das Stück Irischer Frühling aus der Hand legt und anfängt, an seiner Zukunft zu »schnitzen« und nicht an einem verschrumpelten Troll! Er ist in diesem sehr schwierigen Alter, aber wir beten, daß er daraus herauswächst und auf der Straße zum Erfolg in die Fußstapfen seines Bruders tritt, bevor es zu spät ist. Hoffentlich werden ihm die Katastrophen, die seine Schwester Jackelyn erlebt hat, die Augen öffnen, was die Gefahren der Drogen, das Desaster einer unüberlegten, voreiligen Ehe und das Herzeleid ungewollten Kindersegens betrifft!

Wir hatten unsere Tochter natürlich davor gewarnt, Timothy Speaks zu heiraten. Wir haben gewarnt, gedroht, belehrt, beraten, was nicht alles –, aber es hat nichts genützt, denn ein junges Mädchen, da kann das Beweismaterial so knüppeldick sein, wie es mag, sieht nur, was es sehen *will*. Die Ehe war schon schlimm genug, aber die Nachricht von ihrer Schwangerschaft traf ihren Vater und mich mit der Wucht eines Orkans.

Timothy Speaks als Vater unseres Enkelkinds? Wie war das möglich????

Timothy Speaks, der so viele Löcher in seine Ohren gepiercet hatte, daß man ihm *so* das Ohrläppchen hätte abreißen können, ohne Anstrengung ratsch runter, wie man eine Briefmarke vom Bogen abtrennt.

Timothy Speaks, der leuchtende Flammen auf Rükken und Hals tätowiert hatte. *Und* Hals!!!

Wir haben Jacki gesagt: »Eines Tages wird er erwachsen werden und sich einen Job suchen müssen, und wenn es soweit ist, werden diese Personalchefs sich fragen, warum er einen Rollkragenpullover unter dem korrekten Straßenanzug trägt. Menschen mit tätowierten Hälsen bekleiden in aller Regel keine hochbezahlten Posten«, haben wir gesagt.

Sie rannte zu Timothy zurück und wiederholte ihm unsere Warnung ... und siehe da, zwei Tage später kreuzte *sie* auch noch mit tätowiertem Hals auf!!!!!! Sie planten sogar, ihr Baby tätowieren zu lassen!!!! Eine Tätowierung auf einem Kleinkind!!!!!!!!!!!

Timothy Speaks hielt unsere Tochter in einem Netz des Wahnsinns gefangen, in dem sich die ganze Familie Dunbar zu verstricken drohte. Es war, als halte er sie unter einem perversen Bann und überzeuge sie, nach und nach, davon, daß sie das Leben all derer zerstören müsse, die um sie seien.

Die Jackelyn Dunbar-Speaks, die mit Timothy in dieser verwahrlosten »Bude« in der West Vericose Avenue zusammenlebte, hatte keine Ähnlichkeit mehr mit dem schönen Mädchen, das in unseren Fotoalben abgebildet war. Die sensible und rücksichtsvolle Tochter, die wir einst gekannt hatten, wurde, unter seiner unnachgiebigen Anleitung, zu einem gehässigen, unzuverlässigen und schwangeren Gespenst, welches irgendwann einer tickenden Zeitbombe das Leben schenkte!!!!!

Wir hatten es natürlich kommen sehen. Das Kind, am 10. September unter Drogeneinfluß geboren, verbrachte die ersten zwei Monate seines Lebens auf der Intensivpflegestation im St. Joe's Hospital. (Was eine schöne Stange Geld gekostet hat, und ratet mal, wer *die* auftreiben mußte?) Mit der konkreten Verantwortung der Vaterschaft konfrontiert, ließ Timothy Speaks kranke Frau und krankes Kind im Stich. Ganz plötzlich. Weg. Peng!

Überrascht?

Wir haben es kommen sehen und freuen uns, berichten zu können, daß wir, während ich dies niederschreibe, immer noch keine Ahnung haben, wo er ist oder was er vorhat. (Wir könnten natürlich raten, aber wozu?)

Wir alle haben die Studien gelesen und wissen, daß ein drogensüchtiges Baby eine schwere Schlacht vor sich hat, noch dazu bergauf, was eine normale Lebensführung angeht. Dieses Kind, dem der amtliche Name »Satan Speaks« gegeben wurde, würde es, das spürten wir, schwerer haben als die meisten. Wir hatten ja noch Glück, daß wir Jacki unter der Bedingung, daß das Kind hier bei uns bleibt, bis sie (falls je) vollverantwortlich für es sorgen kann, in einem schönen Therapiezentrum unterbringen konnten. Das Kind kam am 10. November bei uns zu Hause an, und bald darauf, nach ihrer ersten Entzugsphase, gab Jacki uns die Erlaubnis, es »Don« zu nennen. Don, ein schöner, einfacher Name.

Durch die Namensänderung konnten wir unbefangener an das Baby herangehen, ohne sofort an seinen Vater, Timothy Speaks, dieses Schreckgespenst, denken zu müssen. Das war doch gleich ganz was andres, glaubt mir.

Zwar könnte ich ihn nicht als »normales« Baby beschreiben, aber es hat mir doch viel Freude gemacht, für den kleinen Don zu sorgen. Schrecklich penetrant, zu bösartigen Ausschlägen neigend, ein vierundzwanzig-Stunden-rund-um-die-Uhr-Schreier, war er unser kleiner Enkelsohn, und wir hatten ihn lieb. Zu wissen, daß er physisch zum Erwachsenen heranwachsen und dabei die Aufmerksamkeitsspanne einer gemeinen Stubenfliege beibehalten würde –, das hat uns in den Gefühlen, die wir für ihn hegten, nicht im mindesten beeinträchtigt.

Clifford scherzte manchmal, Don sei ein »Crack

Baby«, weil er einen vom Herein*brechen* der Dämmerung bis Tagesan*bruch* weckt!

Dann ergriff ich die Gelegenheit, um zu erwähnen, daß Que Sanh ebenfalls so etwas wie ein »Crack Baby« war, so, wie sie zu jeder Tages- und Nachtstunde in unserem Haus herumwanderte, mit nichts am Leibe als Hot Pants und einem besseren BH. In den meisten Nächten hätte die Serviette, die sie immerhin bei den Mahlzeiten verwendete, mehr verhüllt als das, was sie normalerweise anhatte!!! Clifford schlug vor, daß ich ihr ein paar anständige Kleider und Jeans kaufe, und genau das habe ich versucht, oh, wie sehr ich es versucht habe! Ich saß neben ihr, blätterte die Kataloge durch und beobachtete, wie sie die Abbildungen der teuren Designerklamotten begrabschte. Ich war mit ihr bei Discount Plus und in Rudi's Resterampe und mußte mit ansehen, wie sie angesichts der dort zu vernünftigen Preisen erhältlichen Kleidungsstücke das Näschen rümpfte. Ich weiß nicht, wie es bei Euch ist, aber in *dieser* Familie werden die Kinder für harte Arbeit belohnt. Nennt mich ruhig altmodisch, aber wer einen Pullover zu fünfzig Dollar will, muß beweisen, daß er ihn verdient! Es steht mir bis hier, aber ich sage es gern nochmal: »Eine Familie ist kein Wohltätigkeitsunternehmen.« Que Sanh wollte etwas ohne Gegenleistung, aber ich habe mein Portemonnaie zugeknöpft und gesagt, das schwerste Wort, das Eltern aussprechen können, ist »Nein!« Ich habe ihr mehrere Kleider genäht, mit meinen eigenen Händen, wunderschöne bodenlange Kleider aus Sackleinen, aber hat sie sie etwa angezogen? Natürlich nicht!!!

Sie machte weiter wie üblich und trabte in Unterwäsche durch das Haus! Als die Winterwinde zu wehen begannen, hüllte sie sich in eine Bettdecke, schön nah an den Kamin gekauert. Mit dieser »Das Mädchen mit den Streichhölzern«-Nummer könnte sie zwar am Broadway einen »Tony« gewinnen, aber nicht hier, auf den billigen Plätzen!

Sie machte immer so weiter, folgte Clifford auf den Fersen, bis Erntedank, als sie unserem Sohn Kevin vorgestellt wurde, der über Thanksgiving nach Hause gekommen war. Ein Blick auf Kevin, und Clifford war abgemeldet. »Clifford? Welcher Clifford?« Ein Blick auf unseren hübschen Sohn, und das »Fröstelnde Opfer« ließ die Bettdecke fallen und zeigte ihr wahres Gesicht. Sie erschien doch tatsächlich bei unserem Erntedank-Essen im Strippen-Bikini bei Tische!!!!!!!!! »Nicht in *meinem* Haus«, sagt da die Verfasserin dieser Zeilen! Als ich verlangte, daß sie eins der Kleider anzieht, die ich für sie genäht habe, zog sie ihrer Preiselbeersauce einen Flunsch und tat, als hätte sie nicht verstanden. Clifford und Kevin versuchten, mich davon zu überzeugen, daß es in Vietnam bei Frauen Brauch ist, zum Erntedankfest in Badekleidung zu erscheinen, aber ich glaube trotzdem kein Wort. Seit wann feiern die Vietnamesen Erntedank? Für welche Ernten sollen diese Leute dankbar sein?

Sie ruinierte unseren Festtagsschmaus mit ihrem

blöden, koketten Gekicher. Erst saß sie neben Kevin, bis sie darauf bestand, sie habe auf ihrem Stuhl eine Spinne gesehen, und auf Kevins Schoß umzog!! »Du neue Party-Evergreens non-stop Spinne bleibt dumm glänzt fünf Dollar Bibo.«

Diejenigen von Euch, die Kevin kennen, wissen, daß er, so genial er bei manchen Sachen ist, bei anderen Sachen furchtbar naiv sein kann. Groß und gutaussehend, mit einem Lächeln und einem guten Wort schnell bei der Hand, war Kevin schon für so manche Jägerin willkommenes Wildbret. Er ist so klug und doch zugleich so töricht: Das ist seine Gabe und seine Schwäche, eng miteinander verbunden und stets um Vorherrschaft ringend. Er hatte ständig unter einem gerüttelt Maß an Glücksritterinnen zu leiden, auf der Moody High wie am Feeny State. Immer ganz Gentleman, behandelte er die jungen Damen wie Glas, was, rückblickend, völlig angemessen war, denn jede einzelne war ja *so* leicht zu durchschauen. Als er fragte, ob er zum Erntedank eine Freundin mit nach Hause bringen kann, sagte ich, ich fände das keine gute Idee, weil wir ja ohnehin schon genug Stress hatten. Rückblickend wünschte ich mir, er *hätte* eine mitgebracht, da dies den himmelhohen Hoffnungen und Erwartungen seiner Halbschwester vielleicht einen kleinen Dämpfer versetzt hätte!!!!!!!!!!

»Ich finde große große Kartoffel Löffel Gabel morgen? Kevin glänzt groß Gesicht wie Hand von Huhn die Zeit es ist Sesamstraße jammy jam.«

Es gelang mir kaum, meine Mahlzeit herunterzuwürgen, und ich merkte, wie ich die Minuten zählte, bis Kevin, die größte Freude unseres Lebens, endlich den privaten Englischunterricht, den er Que Sanh auf ihrem Zimmer gab, abbrach, ins Auto stieg und zum Feeny State zurückfuhr.

Wie ich bereits erwähnte, war Kevin schon immer ein sehr fürsorglicher Mensch, jederzeit sofort zur Hand, wenn es irgendwo anzupacken oder einem Fremden behilflich zu sein gilt. Wie er nun so ist, kehrte er an die Uni zurück und begann dort offenbar, mit Que Sanh zu telefonieren, wobei er manchmal mit Hilfe eines vietnamesischen Studenten sprach, der als Dolmetscher fungierte. Er versuchte auf seine Weise, wenn auch ungeschickt, sie in ihrem neuen, hochentwickelten Heimatland willkommen zu heißen und ihr bei der Eingewöhnung zu helfen. Er war sogar sofort zur Hand und fuhr den ganzen weiten Weg nach Hause, um mit ihr auszugehen und sie in das Nachtleben einzuführen, wie es in diesem – ihrem neuen – Land üblich ist. Das ist der Kevin, wie wir ihn alle kennen und lieben, immer gern bereit, jemandem zu helfen, der weniger intelligent ist als er selbst, immer zu Verrenkungen bereit, um jemandem ein Lächeln abzuringen!

Unglücklicherweise interpretierte Que Sanh sein Interesse fälschlich als Erklärung romantisch gefärbter Anteilnahme. Sie gewöhnte sich an, vierundzwanzig Stunden am Tag das Telefon zu »bedienen«, indem sie es belauerte und ansah, als wäre es ein lebendiges Geschöpf. Wenn jemand (Gott behüte!) Clifford, Kyle oder mich sprechen wollte, legte sie einfach auf!!!!

Was haltet Ihr von *so* einem Anrufbeantworter!!!!!!!!!!!!!

Irgendwann erkannte ich, daß ihr Betragen an Wahnsinn grenzte, und redete ihr gut zu.

»ER IST NICHTS FÜR DICH«, schrie ich. (Man hat mich wegen meines Geschreis kritisiert, hat mir gesagt, es hat keinen echten Sinn, wenn man so mit einem Ausländer spricht, aber immerhin erregt man damit ihre Aufmerksamkeit!) »ER IST MEIN SOHN AM COLLEGE. MEIN SOHN EINSERSTUDENT, NICHT FÜR DICH.«

Sie kauerte mit einem Lockenstab neben dem Telefon. Beim Klang meiner Stimme richtete sie ihre Aufmerksamkeit instinktiv woandershin.

»MEIN SOHN UND MEIN MANN SIND FÜR DICH OFF-LIMITS, HAST DU DAS VERSTANDEN? SIE SIND BEIDE AUF DIE EINE ODER ANDERE WEISE MIT DIR VERWANDT, UND DADURCH IST DAS FALSCH. AUTOMATISCH FALSCH. SCHLECHT, SCHLECHT, FALSCH! SOWOHL FALSCH ALS AUCH SCHLECHT FÜR DIE QUE SANH, MIT SOHN ODER MANN VON DER JOCELYN ZUSAMMENZUSEIN. SCHLECHT UND FALSCH. VERSTEHST DU, WAS ICH JETZT SAGE?«

Sie sah kurz auf und widmete ihre Aufmerksamkeit wieder der elektrischen Schnur.

Ich gab's auf. Que Sanh moralische Prinzipien zu erklären, war, als überprüfte man seine Steuererklärung (Standardformular 1040) mit einer Hauskatze! Sie versteht nur, was sie als verstehenswert erachtet. Sagt man das Wort »Shopping«, sitzt sie schneller, als man zwinkern kann, vorne rechts im Auto! Versucht man es mit einem komplizierteren Wort wie »fegen« oder »bügeln«, zuckt sie die Schultern und zieht sich auf ihr Zimmer zurück.

»STAUBSAUGEN«, sage ich zum Beispiel. »STAUBSAUGE DEN TEPPICH.«

Als Reaktion klimpert sie mit ihrem Armband oder betrachtet ihre Fingernägel.

Verzweifelt bestrebt, mich verständlich zu machen, hole ich dann den Staubsauger und demonstriere es.

»SIEH DIR JOCELYN AN. JOCELYN SAUGT DEN TEPPICH STAUB. LA LA LA!! STAUBSAUGEN MACHT SEHR VIEL SPASS. ES IST EIN VERGNÜGEN UND EIN GENUSS, MEIN HAUS MIT EINEM STAUBSAUGER ZU REINIGEN. LA LA LA!!«

Ich versuchte es ihr als lohnende Übung zu vermitteln, aber als ich schließlich einen Funken Interesse in ihr wachgerufen zu haben glaubte, war ich mit Staubsaugen fertig. Wie ich schon sagte, versteht Que Sanh nur, was sie verstehen will. Rückblickend hatte ich wahrscheinlich keinen vernünftigen Grund, ihr zu glauben, als sie plötzlich einwilligte, im Haushalt zu helfen, aber an dem fraglichen Tag war ich mit meinem Latein am Ende.

Wir näherten uns Weihnachten, es war der 16. Dezember, als ich den unüberlegten Fehler machte, sie darum zu bitten, daß sie auf das Kind aufpaßt, während ich Besorgungen mache. Mit einem pflegebedürftigen, verschrumpelten Neugeborenen, einem Sohn im schwierigen Alter und einer zweiundzwanzigjährigen halbnackten »Stieftochter« im Haus hatte ich ständig gut zu tun, achtundzwanzig Stunden am Tag!!!! Es war neun Tage vor Weihnachten, und, beschäftigt, wie ich war, hatte ich noch kein einziges Geschenk gekauft. (Weihnachtsmann, wo bist du, wenn man dich braucht????????)

An jenem frühen Nachmittag war Kyle in der Schule, Clifford war im Büro, und Que Sanh saß neben dem Telefon und pulte mit bloßen Händen an einem Bratfisch vom Vortag herum.

»PASS AUF DAS BABY AUF«, sagte ich. »PASS AUF DON, DAS BABY, AUF, WÄHREND ICH WEG BIN.«

Sie betrachtete ihre Fettfinger.

»DU PASST AUF BABY DON AUF, WÄHREND JOCELYN SHOPPING GEHT, UM WEIHNACHTSGESCHENK FÜR DIE QUE SANH ZU BESORGEN, HO, HO!«

Bei der Erwähnung des Wortes »Shopping« straffte sie sich und schenkte mir ihre ungeteilte Aufmerksamkeit. Nachdem sie Radio gehört und ferngesehen hatte, verstand sie Weihnachten als Gelegenheit, Geschenke zu empfangen, und hatte sich angewöhnt, über Versandhauskatalogen zu hocken und ihre Wünsche mit den Worten »Ho, ho, ho« auszudrücken.

Ich entsinne mich noch deutlich meiner Wortwahl an jenem kalten und bewölkten Dezembernachmittag. Ich verwendete nicht das Wort »Babysitten«, weil ich fürchtete, sie könnte mich beim Wort nehmen und buchstäblich auf dem Baby sitzen wollen.

»PASS AUF DAS BABY AUF«, sagte ich, als wir die Treppe zum Schlafzimmer, das sie sich mit Don teilte, hinaufgingen. Que Sanh hatte in Kevins leerstehendem Zimmer geschlafen, bis ich sie, nach ihrem Erntedank-Einsatz, zu Don ins Kinderzimmer umquartierte.

»PASS AUF DAS BABY AUF«, wiederholte ich, als wir uns über das Kinderbettchen beugten und den plärrenden Säugling betrachteten. Ich hob ihn hoch und wiegte ihn sanft, während er in meinen Armen strampelte. »AUF BABY AUFPASSEN«, sagte ich, *»WATCH BABY.«*

»WATCH BABY«, erwiderte Que Sanh und streckte die Arme aus, um ihn entgegenzunehmen. »Watch Baby für Jocelyn holt Shopping spezial HO, HO, HO, Que Sanh frisch glänzt.«

»Genau«, sagte ich und legte ihr die Hand auf die Schulter.

Wie töricht von mir, ehrlich zu glauben, daß sie

endlich was kapierte! Ich war, damals, von ihrer Aufrichtigkeit und Ernsthaftigkeit überzeugt. Ich war großmütig genug, den ganzen Ärger, mit dem sie unseren Haushalt heimgesucht hatte, beiseite zu wischen und ihr eine zweite Chance zu geben! *Das liegt jetzt alles hinter uns,* sagte ich mir und sah ihr zu, wie sie das plärrende Kindlein wiegte.

Oh, was war ich doch für eine Närrin!!!!!!!!!!!!

Als ich das Haus verließ und zum EKZ White Paw fuhr, verspürte ich ein Gefühl der Erleichterung wie schon lange nicht mehr. Seit Wochen war dies das erste Mal, daß ich mir ein Momentchen Alleinsein gönnte, und mit sechs Dunbar-Wunschzetteln, die mir ein Loch in die Tasche brannten, hatte ich fest vor, das Beste draus zu machen!!!

Ich kann nicht über jeden einzelnen Augenblick meines Nachmittags Rechenschaft ablegen. Nie wäre es mir in den Sinn gekommen, daß ich eines Tages genau dazu aufgefordert werden würde, da dies aber der Fall ist, werde ich berichten, woran ich mich erinnere. Ich kann mühelos bezeugen, daß ich am fraglichen Nachmittag des 16. Dezember das EKZ White Paw aufgesucht habe, wo ich eine kurze Zeitspanne in Der HosenLaden verbrachte, um ein Geschenk für Kyle zu suchen. Ich fand, was er sich gewünscht hatte, aber nicht in seiner Größe. Dann verließ ich Der HosenLaden und ging zu ———————— & ——— ————————, wo ich einen ———————————————— für meine Tochter Jacki kaufte. (Ich werde hier niemandem die Weihnachtsüberraschung ruinieren. Wozu auch?) Ich schaute kurz im RollkragenBär vorbei und sah mich bei Wachs-Max nach passenden Kerzen um. Im ———— kaufte ich ein Geschenk für Clifford und stöberte, glaube ich, noch ein bißchen herum. Es sind fast hundert Läden im EKZ White Paw, und Ihr müßt mir schon vergeben, wenn ich nicht detailliert auflisten kann, wieviel Zeit ich in diesem oder jenem Laden verbracht habe. Ich kaufte ein, bis ich dachte, jetzt wird es aber langsam Zeit. Auf dem Heimweg hielt ich kurz beim SchlemmerMarkt und kaufte in der FrischeInsel noch ein paar Lebensmittel. Es wurde bereits dunkel, das muß so gegen halb fünf gewesen sein, als ich in die Einfahrt unseres Hauses am Tiffany Circle einbog. Ich holte meine Pakete aus dem Wagen und betrat mein Haus, wo mich sofort die unheimliche Stille überraschte. »Das kommt mir gar nicht geheuer vor«, erinnere ich mich, zu mir selbst gesagt zu haben. Es war nur so ein Gefühl, das Gefühl einer Mutter, diese unerklärliche Sprache der Sinne. Ich legte meine Einkäufe ab und war bestürzt über den Lärm, den sie verursachten –, das trockne Rascheln von Papier auf Fußboden. Das Problem war, daß ich das Geräusch überhaupt hören konnte! Normalerweise hätten das chronische Geblöke von Baby Don und das unablässig plärrende Radio von Que Sanh alles übertönt.

Hier stimmt doch etwas nicht, sagte ich mir. *Hier stimmt doch etwas auf geradezu entsetzliche Weise nicht.*

Bevor ich nach Que Sanh rief oder das Baby suchte, rief ich instinktiv die Polizei an. Dann stand ich mucksmäuschenstill im Wohnzimmer und starrte auf meine Einkaufstüten, bis die Polizei (siebenundzwanzig Minuten später!!) kam.

Als sie den Streifenwagen in der Einfahrt hörte, hatte Que Sanh ihren Auftritt, sie paradierte mit einem Halb-Slip aus schwarzer Spitze und einem Halsband, das sie sich aus Kevins altem Chor-Talar geschneidert hatte, die Treppe herunter.

»WO IST DAS BABY?« fragte ich sie. »WO IST DON?«

Von der Polizei begleitet, gingen wir hinauf ins Kinderzimmer und sahen das leere Kinderbettchen.

»WO IST MEIN ENKEL DON? WAS HAST DU MIT DEM BABY GEMACHT?«

Que Sanh sagte natürlich nichts. Es gehört zu ihrer Nummer, daß sie erstmal an ihrem Saum zupft und die Schüchterne markiert, wenn sie mit Fremden konfrontiert wird. Wir ließen sie da stehen, während die Polizisten und ich mit der Suche begannen. Wir kämmten das gesamte Haus durch, die Beamten und ich, bevor wir schließlich das hilflose Baby in der Waschküche fanden, warm, aber leblos in der Trokkenschleuder.

Die Autopsie ergab später, daß Don auch den Waschgang durchgemacht hatte –, heiß waschen, kalt spülen. Er starb lange vor dem Schleudergang, was, glaube ich, der einzige Segen an dieser ganzen häßlichen Episode ist. Bis auf den heutigen Tag verfolgt mich das Bild vor meinem geistigen Auge, wie mein Enkelkind Opfer einer solchen Brutalität geworden ist. Die erbarmungslosen Schläge, die er während seiner fünfundvierzig Minuten in der Trockenschleuder einstecken mußte, sind etwas, worüber ich lieber nicht nachdenke. Der Gedanke daran sucht mich heim wie ein Albtraum! Er kommt mir immer wieder in den Sinn, und dann fasse ich mich am Kopf, versuche verzweifelt, ihn zu vertreiben. Man wünscht sich doch für den einzigen Enkel, daß er herumrennt und spielt, einen College-Abschluß macht, heiratet und Erfolg hat und nicht... (seht Ihr, ich kann es nicht mal sagen!!!!!!)

Der Schock und der Schrecken, die auf Dons Tod folgten, sind etwas, was ich lieber nicht wiedergebe: Die Kinder anrufen, um ihnen zu berichten, sehen, wie die Leiche des Babys, so klein wie ein Laib Brot, in einen schweren Plastiksack mit Reißverschluß gesenkt wird –; diese Bilder haben nichts mit dem Frohsinn von Weihnachten zu schaffen, und ich hoffe, der Umstand, daß ich sie doch erwähne, wird Eure Laune zu dieser so ganz besonderen und funkelnden Zeit des Jahres nicht trüben.

Der Abend des 16. Dezember war eine sehr dunkle Stunde für die Familie Dunbar. Immerhin konnten wir, da Que Sanh sich in polizeilichem Gewahrsam befand, privatim trauern und uns mit dem guten Glauben trösten, daß der Gerechtigkeit Genüge getan werden wird.

Wie töricht wir doch waren!!!!!!!!!!!

Die bitteren Tränen waren immer noch naß auf unseren Wangen, als die Polizei in den Tiffany Circle zurückkehrte, wo sie die Verfasserin dieser Zeilen schonungslos zu verhören begann!!!!!!!!!!!! Mit Hilfe eines Dolmetschers hatte Que Sanh eine schlaflose Nacht auf dem Revier verbracht und eine Geschichte aus unsagbarem Lug und Trug zusammengezimmert! Zwar steht es mir nicht frei, zu ihrer genauen Zeugenaussage Stellung zu nehmen, aber erlaubt mir doch, meiner Enttäuschung darüber Ausdruck zu verleihen, daß irgend jemand (von der Polizei ganz zu schweigen!) auch nur daran *denkt,* Que Sanhs Worten mehr Glauben zu schenken als meinen. Wie hätte ich denn wohl ein hilfloses Kind in eine Waschmaschine stopfen können? Selbst wenn ich grausam genug wäre, so etwas zu tun, wann hätte ich die Zeit dafür finden sollen? Ich war einkaufen.

Ihr habt vielleicht gelesen, daß unsere sogenannte »Nachbarin« Cherise Clarmont-Shea zu Protokoll gegeben hat, sie habe gesehen, wie ich am 16. Dezember gegen 13:15 h mein Haus verlassen, dann, zwanzig Minuten später, meinen Wagen angeblich ganz hinten an der Ecke Tiffany Circle/Papageorge Street geparkt hätte und dann, mit ihren Worten, über ihren Hinterhof »gekrochen« sei und mich dort in die Büsche »geschlagen« und mein Haus durch die Kellertür betreten hätte!!!!!! Cherise Clarmont-Shea versteht gewiß die Bedeutung der Wörter »gekrochen« und »geschlagen«, denn oft genug kam sie bei mir an*gekrochen,* wenn ihr Mann sie mal wieder *geschlagen* hatte, mit geschwollenem und senffarbenem Gesicht! Sie ist so oft vermöbelt worden, daß sie von Glück sagen kann, wenn sie durch diese geschwollenen Augen überhaupt noch was sieht! Wenn ihr Make-up in irgendeiner Weise auf ihre Sehschärfe schließen läßt, kann man, glaube ich, getrost davon ausgehen, daß sie keine zwei Zoll weit kucken kann, und schon gar nicht kann sie die Identität von jemandem bezeugen, den sie beim Überqueren ihres Hinterhofs gesehen haben will. Sie nimmt Tabletten, das weiß jeder. Sie bettelt verzweifelt um Aufmerksamkeit, und unter anderen Umständen würde ich sie bemitleiden. Ich bin nicht vorzeitig nach Hause gekommen und über den ungepflegten Hinterhof der Sheas gekrochen, und selbst wenn, welches Motiv hätte ich denn wohl gehabt? Warum würde ich, wie gewisse Leute angedeutet haben, mein eigenes Enkelkind ermorden wollen? Das ist doch Wahnsinn, schlicht und einfach. Das erinnert mich an einen immer wiederkehrenden Albtraum, in dem ich verzweifelt versuche, mich gegen eine schwerbewaffnete Kasperpuppe zu wehren. Die groteske Puppe beschuldigt mich, Slogans auf ihr Auto gesprüht zu haben. So etwas habe ich selbstverständlich nie getan. *Das ist doch Wahnsinn, das ist doch absurd,* denke ich dann. »Das ergibt doch keinen Sinn«, sage ich, lasse die geladene Waffe in den kleinen Puppenhänden nicht aus den Augen und bete, daß dieser Albtraum bald vorüber ist.

Cherise Clarmont-Shea hat nicht mehr Verstand als eine Kasperpuppe. Sie hat drei Namen! Und die anderen, die gegen mich ausgesagt haben, Chaz Staples und Vivian Taps, waren beide an einem Werktagnachmittag zu Hause und haben ratet mal, was! getrieben, während ihre jeweiligen Ehegatten stramm auf Arbeit waren. Was haben *die* denn zu verbergen? Ich finde, es ist von größter Wichtigkeit, auch mal die Quellen zu betrachten, aus denen sowas fließt.

Diese Anschuldigungen sind lachhaft, und doch muß ich sie ernst nehmen, da mein Leben als solches von ihnen abhängen könnte! Nachdem sie sich die Tonbandaufzeichnung von Que Sanhs Verhör angehört hat, versteht die Familie Dunbar die volle Bedeutung der Wörter »Kontrolle«, »nachtragend«, »manipulieren«, »habgierig« und, im spirituellen Sinne, »häßlich«.

Nicht gerade Wörter, mit denen man in der Vorweihnachtszeit gern um sich wirft!!!!!!!!

Für den 27. Dezember wurde eine Anhörung angesetzt, und weil ich weiß, wie ausgegrenzt Ihr, unsere Freunde, Euch sonst fühlen würdet, habe ich am Schluß dieses Briefes Zeitpunkt und Adresse angegeben. Die Anhörung ist für Euch eine Gelegenheit, nachträglich etwas vom Geist der Weihnacht in Form von guten Taten zu vermitteln. Böte man mir die Gelegenheit, *Euren* Charakter zu verteidigen, würde ich keine Sekunde zögern, und ich weiß, daß Ihr mir gegenüber genauso empfindet. Diese von Herzen kommende mitmenschliche Sorge, dieses Verlangen, seinen Freunden und seiner Familie beizustehen, ist doch die eigentliche Grundlage dessen, was wir als das Christfest begehen, stimmt's?

Zwar wird Weihnachten dieses Jahr für die Dunbars von Verlust und Trauer gekennzeichnet sein, aber wir werden auch das überstehen und sehen gefaßt dem Tag der Tage entgegen, dem 27. Dezember – 13:45 h, im Bezirksgericht von White Paw, Saal 412.

Ich werde Euch noch mal anrufen, um Euch an diese Information zu erinnern, und freue mich schon darauf, mit Euch über die festlichen Erträge Eurer Feiertage zu plaudern.

Bis dahin wünschen wir Euch und den Euren das Allerbeste.

Frohe Weihnachten.

Die Dunbars

Die WeihnachtsLand-Tagebücher

Ich saß in einem Imbiß und sah die Stellenanzeigen durch, als ich las: »Macy's am Herald Square, das größte Kaufhaus der Welt, bietet kontaktfreudigen, lebenslustigen Menschen von jeder Form und Größe, die mehr als nur einen Ferienjob wollen, die große Chance! Als Zwerg in Macy's WeihnachtsLand arbeiten, heißt, mittendrin sein, wo's aufregend ist...«

Ich malte einen Kringel um die Anzeige und lachte beim Gedanken daran laut auf. Der Mann neben mir drehte sich auf seinem Hocker zu mir herum, um zu überprüfen, ob ich sie noch alle hatte. Ich lachte leise weiter. Gestern hatte ich mich bei UPS um einen Job beworben. Die stellen in der Vorweihnachtszeit Helfer für die Fahrer ein, und ich ging voller Hoffnung in die UPS-Zentrale. Ich stand mit dreihundert weiteren Männern und Frauen Schlange, und meine Hoffnung schwand. Während des kurzen Einstellungsgesprächs wurde ich gefragt, warum ich für UPS arbeiten wolle, und ich antwortete, ich wolle für UPS arbeiten, weil mir die braunen Uniformen gefielen. Was hätte ich denn sonst sagen sollen?

»Ich würde gern für UPS arbeiten, weil mir das, meiner Meinung nach, die Möglichkeit bietet, die gesamte Bandbreite meiner beträchtlichen Führungsqualitäten in einer der besten Lieferfirmen zu zeigen, die dieses Land seit dem Pony Express gesehen hat!«

Ich sagte, die Uniformen gefielen mir, der UPS-Personalmann legte meine Bewerbung mit der Vorderseite nach unten auf seinen Schreibtisch und sagte: »Den Quatsch können Sie sich schenken.«

Als ich am Nachmittag nach Hause kam, hörte ich den Anrufbeantworter ab, ob eine Nachricht von UPS drauf ist, aber die einzige Nachricht war von der Firma, die mir mein Studentendarlehen gewährt, Sallie Mae. Sallie Mae hört sich an wie ein naives, barfüßiges Hinterwäldlermädchen, aber in Wirklichkeit sind die eine unbarmherzige und aggressive Ansammlung von Rüpeln in einem großen Klinkerbau irgendwo in Kansas. Ich stelle mir vor, es ist das größte Gebäude im ganzen Staat, und ich bin zu dem Entschluß gekommen, daß sie ihre Mitarbeiter direkt aus dem Knast weg einstellen. Es macht mir angst.

Die Frau bei Macy's fragte: »Wären Sie lieber Ganztagszwerg oder Abend- und Wochenendzwerg?«

Ich sagte: »Ganztagszwerg.«

Ich muß nächsten Mittwoch um zwölf hin.

Ich bin ein Mann von dreiunddreißig Jahren, der sich um einen Job als Zwerg bewirbt.

Ich sehe oft Menschen auf der Straße, die als Objekte verkleidet sind und Zettel verteilen. Ich neige dazu, keine Zettel zu nehmen, aber es bricht mir das Herz, wenn ich einen erwachsenen Mann sehe, der sich als Taco verkleidet hat. Wenn also eine Kostümierung im Spiel ist, neige ich nicht nur dazu, den Zettel zu nehmen, sondern ihn anmutig entgegenzunehmen, »Haben Sie recht herzlichen Dank« zu sagen und *Du bist ja so ein armes Schwein. Ich weiß nicht, was du hast, aber ich hoffe, daß ich es nie kriege* zu denken. Heute nachmittag habe ich auf der Lexington Avenue einen Zettel von einem Mann entgegengenommen, der als Camcorder verkleidet war. Hot Dogs, Erdnüsse, Tacos, Videokameras –, diese Dinge machen mich traurig, weil sie nicht auf die Straße passen, außer vielleicht bei einer Parade, aber nicht nur so. Ich stelle mir vor, daß ich als Zwerg wenigstens am rechten Ort bin; ich werde mit all den anderen Zwergen im Dorf des Weihnachtsmanns sein. Wir werden in einem locker-duftigen Wunderland residieren, von Zuckerstangen und Honigkuchenhäuschen umgeben. Das ist immerhin nicht ganz so traurig, wie als Fritte verkleidet an einer Straßenecke zu stehen.

Ich versuche, es von der heiteren Seite zu betrachten. Vor drei Wochen bin ich mit hochgesteckten Erwartungen in New York angekommen, und diese Erwartungen erwiesen sich als trügerisch. In meiner Phantasie wäre ich direkt von der Penn Station in die Büros von *One Life to Live* gegangen, hätte dort mein Gepäck hingeschmissen und mich ein bißchen aufgerüscht, bevor ich mit Cord Roberts und Victoria Buchannon, den beiden größten Stars der Serie, einen Drink nehmen gegangen wäre. Wir hätten in einer plüschigen Nische in einer irrwitzig schicken Cocktailbar gesessen, meine neuen Promi-Freunde hätten mir mit ihren eisig beschlagenen Gläsern zugeprostet und gesagt: »Auf das Wohl von David Sedaris, des besten Autors, den diese Serie je hatte!!!«

Ich hätte gesagt: »Laßt doch den Quatsch.« Ich hatte geplant, mich bescheiden zu geben.

Die Leute an den anderen Tischen würden uns anstarren und tuscheln: »Ist das nicht..? Ist das nicht...?«

Vielleicht hätte mich ihre Begeisterung abgelenkt, und dann hätte Victoria Buchannon ihre Hand auf meine Hand gelegt und gesagt, ich müsse mich allmählich daran gewöhnen, im Mittelpunkt der allgemeinen Aufmerksamkeit zu stehen.

Aber statt dessen bewerbe ich mich um einen Job als Zwerg. Noch schlimmer als die Bewerbung ist die sehr reale Möglichkeit, daß ich den Job nicht kriege, daß ich nicht mal als Zwerg Arbeit finden kann. Dann weiß man, daß man ein Versager ist.

Heute nachmittag saß ich im siebten Stock im *Santa-Land*-Büro, und man sagte mir: »Gratuliere, Mr. Sedaris. Sie sind ein Zwerg.«

Um Zwerg zu werden, füllte ich ein zehn Seiten starkes Formular aus, unterzog mich einem *Multiple Choice*-Persönlichkeitstest, führte zwei Einstellungsgespräche und spendete Urin für einen Drogentest. Das erste Gespräch war allgemein gehalten und diente dazu, offenkundige Soziopathen auszusondern. Im Verlauf des zweiten Gesprächs wurden wir gefragt, warum wir Zwerge werden wollten. Sowas ist immer eine problematische Frage. Ich hörte zu, wie die Frau vor mir, eine frühere Kellnerin, die Frage beantwortete: »Ich möchte wirklich Zwergin werden? Weil ich finde, es hat mit Schauspielerei zu tun? Und davor habe ich in einem Restaurant gearbeitet? Und das wurde von dieser echt ganz wunderbaren Frau geführt, deren Traum es gewesen war, ein eigenes Restaurant zu eröffnen? Und da wurde mir klar, daß es echt ... echt ganz wichtig ist ... einen Traum zu haben?«

Alles, was die Frau sagte, jedes Satzglied, jeder Satz, war mit einem Fragezeichen interpunktiert, und die Personaltante hob nicht mal die Braue.

Als ich an der Reihe war, erklärte ich, ich würde gern Zwerg werden, weil das eine der erschreckendsten Karriere-Optionen sei, mit denen ich je zu tun gehabt hätte. Die Personaltante hob den Blick von meiner Bewerbung und sagte: »Und ...?«

Ich bin bestimmt im Drogentest durchgefallen. In meinem Urin schwammen Joint-Kippen und Stiele vom Hanfstrauch, aber sie haben mich trotzdem genommen, weil ich klein bin, 1,63 Meter. Fast alle, die sie genommen haben, sind klein. Einer ist Liliputaner. Nach dem zweiten Gespräch wurde ich ins Büro des Geschäftsführers gebracht, und dort zeigte man mir einen Grundriß vom Erdgeschoß. Wenn viel los ist, wird der Weihnachtsmann an einem einzigen Tag von zweiundzwanzigtausend Menschen besucht, und man sagte mir, das Los des Zwerges sei es, angesichts von Not und Qual fröhlich zu bleiben. Ich versprach, immer daran zu denken.

Ich verbrachte meinen Achtstundentag mit fünfzig Zwergen und einer munteren, wohlmeinenden Ausbilderin in einem riesigen Macy's-Klassenzimmer, dessen Wände mit NCR 2152s praktisch getäfelt waren. Eine 2152 ist, habe ich schließlich kapiert, eine Registrierkasse. In meiner Gruppe waren mehrere Zwerge, die bereits als Zwerge gearbeitet hatten, und ein paar Kassiererinnen mit Erfahrung, die mir zu helfen versuchten, indem sie Sachen sagten wie: »Du weißt noch nicht mal deinen persönlichen Identifizierungs-Kode? Manno, meinen hatte ich gegen zehn Uhr drauf.«

Alles an der Registrierkasse schüchtert mich ein. Jeder Vorgang erfordert eine Reihe von Kodes: verschiedene Zahlen für Barzahlung, Schecks und jede

Sorte Kreditkarten. Das Wort *Betrag* mit nichts dahinter ist inzwischen zum schweinischsten Wort in meinem Wortschatz geworden. Beträge mit nichts dahinter sind ein Albtraum an Papierkram und kodierten Zahlen, alles in dreifacher Ausfertigung und vom Angestellten und seinem Vorgesetzten mit den Anfangsbuchstaben paraphiert.

Als ich heute abend das Gebäude verließ, konnte ich das Bild nicht abschütteln, das sich vor meinem geistigen Auge festgesetzt hatte, wie mich ungeduldige, wütende Kunden, deren Nerven von meiner totalen Unfähigkeit durchgewetzt sind, zu Tode steinigen. Ich sage mir, ich werde einfach meine Kasse aufbrechen und alles akzeptieren, was sie mir geben wollen –, Perlschnüre, Bargeld, Uhren, egal. Ich werde verhandeln und umtauschen. Ich werde ihre Kreditkarte durch die Mangel prügeln, »Schön, Sie kennengelernt zu haben!« unten auf die Quittung schreiben und es dabei bewenden lassen.

Alles, was wir im WeihnachtsLand verkaufen, sind Fotos. Die Menschen setzen sich dem Weihnachtsmann auf den Schoß und posieren für ein Bild. Der Fotozwerg gibt ihnen ein Stück Papier, auf das oben eine Zahl gedruckt ist. Ein anderer Zwerg füllt den Bestellschein aus, und Wochen später kommt das Bild mit der Post. Wir verkaufen also eigentlich nur die Idee eines Bildes. Eine Idee kostet neun Dollar, drei Ideen kosten achtzehn.

In meinem schlimmsten Albtraum stehen zweiundzwanzigtausend Menschen vor meiner Kasse. Kassierer möchte ich nicht immer sein müssen, nur hin und wieder. Das schlimmste ist, daß ich, nachdem ich dreihundert Dollar angehäuft habe, zweihundert entnehmen muß, ein halbes Dutzend Formulare ausfüllen und mit dem Umschlag voller Bargeld zur Sammelstelle in der Porzellanabteilung oder zum Tresorraum auf dem Balkon über dem Parterre hasten muß. Ich darf mich nicht vorher umziehen. Ich muß als Zwerg verkleidet gehen. Ein Zwerg im WeihnachtsLand ist das eine, ein Zwerg in der Sportbekleidung ist ganz was andres.

Heute nachmittag haben wir uns Reden und Präsentationen in einem fensterlosen Konferenzsaal voller Schreibtische und Plastikstühle angehört. Wir erfuhren, daß das WeihnachtsLand in der zweiten Dezemberwoche Gastgeber der »Aktion Besonderes Kind« ist, und da sollen arme Kinder Gratis-Geschenke kriegen, die vom Laden gespendet werden. Außerdem gibt es noch einen Vormittag speziell für schrecklich kranke und mißgestaltete Kinder. An dem Tag obliegt es dem Zwerg, das Kind beim Zauberbaum zu begrüßen und dann zum Haus zurückzujoggen, um unseren Weihnachtsmann zu wappnen.

»Das nächste Kind hat keine Nase«, oder: »Crystals Körper ist zu neunzig Prozent von Verbrennungen dritten Grades bedeckt.«

Keine Nase. Bei diesen Kindern muß der Weihnachtsmann aufpassen, daß er nicht fragt: »Und was wünschst du dir zu Weihnachten?«

Der Sicherheitschef hielt uns eine Vorlesung und erzählte uns, Macy's am Herald Square leide Jahr für Jahr unter Angestelltendiebstahl in Millionendollarhöhe. Folglich behandelt der Laden seine Angestellten wie Verbrecher mit einem langen Vorstrafenregister. Es werden Belohnungen in bar angeboten, wenn man Leute anzeigt, und jedesmal, wenn wir den Laden verlassen, werden unsere Taschen durchsucht. Man zeigte uns Videos, auf denen angebliche frühere Angestellte den Kopf hängenlassen und den Tag verwünschen, an dem es ihnen in den Sinn kam, jene Lederjacke zu stehlen. Die Schauspieler blickten in die Kamera, um zu erklären, wie sie sich mit ihrer Verhaftung Freundschaften und Familienleben ruiniert und letztlich die Zukunft verbaut haben.

Ein Typ starrte seine Hände an und seufzte: »Jetzt werde ich nie zum Studium der Jurisprudenz zugelassen. Jetzt nicht mehr. Nicht nach dem, was ich getan habe. Nichts zu wollen.« Er stockte und schüttelte voll unguter Erinnerungen den Kopf. »O Mann, danach nicht mehr. Nichts mehr zu wollen.«

Ein einsames, nachdenkliches Mädchen saß in einer Cafeteria, betrachtete seine leere Tasse und ächzte: »Ich weiß noch, wie ich mit all meinen Macy's-Freunden in den Feierabend trat. Gott, waren das schöne Zeiten. Ich habe diese Menschen geliebt.« Sie starrte ins Leere, bevor sie fortfuhr: »Nun, es erübrigt sich wohl zu sagen, daß diese Leute mich nicht mehr besuchen oder anrufen. Diesmal habe ich *echt* Mist gebaut. Warum habe ich das getan? Warum?«

Macy's hat zwei Gefängniszellen auf der Balkon-Etage und nimmt dreitausend Ladendiebe pro Jahr fest. Außerdem sollten wir im WeihnachtsLand noch die Taschendiebe im Auge behalten.

Taubstummen-Dolmetscher kamen und brachten uns bei, wie man in Zeichensprache »FROHE WEIHNACHTEN! ICH BIN EIN HELFER DES WEIHNACHTSMANNS!« sagt. Sie sagten uns, wir sollten während des Fuchtelns sprechen, und zwar mit lauter, klarer Stimme und strahlendem Gesichtsausdruck. Wir lernten die Zeichen für: »DU BIST EIN SEHR HÜBSCHER/S JUNGE/MÄDCHEN! ICH LIEBE DICH! MÖCHTEST DU EINE ÜBERRASCHUNG?«

Meine Schwester Amy wohnt über einem gehörlosen Mädchen und hat ziemlich viel Zeichensprache gelernt. Mir hat sie auch ein bißchen beigebracht, und jetzt kann ich sagen: »DER WEIHNACHTSMANN HAT EINEN TUMOR VON DER GRÖSSE EINER OLIVE IM HIRN. VIELLEICHT GIBT SICH DAS BIS MORGEN, ABER ICH GLAUBE ES NICHT.«

Heute morgen hielten uns die Geschäftsführer vom WeihnachtsLand eine Vorlesung und stellten uns eine fotokopierte Broschüre voller Regeln vor, den »Zwergenführer«. Die meisten Geschäftsführer sind ehemalige Zwerge, die die Zuckerstangenleiter erklommen, sich aber lebhafte Erinnerungen an ihre Zeiten in Uniform bewahrt haben. Sie beschlossen das Meeting mit den Worten: »Vergessen Sie bitte eins nicht: SIE SIND, selbst wenn Sie an einem Wochenende mit viel Kundenverkehr als Fotozwerg eingeteilt sind, NICHT DER SKLAVE DES WEIHNACHTSMANNS.«

Am Nachmittag gab es eine Führung durch das WeihnachtsLand, und da kann man wirklich nicht meckern. Es ist wunderschön, ein richtiges Wunderland, mit zehntausend funkelnden Lichtern, falschem Schnee, elektrischen Eisenbahnen, Brücken, geschmückten Bäumen, mechanischen Pinguinen und Bären und echt großen Zuckerstangen. Man kommt rein und wandelt durch einen Irrgarten, auf einem Pfad, der einen von einer festlichen Umgebung in die nächste führt. Der Pfad endet beim Zauberbaum. Der Baum soll an verschlungenes Wurzelwerk erinnern, aber statt dessen sieht er aus wie ein maßstabsgetreues Modell des menschlichen Verdauungstrakts. Sobald man den Zauberbaum passiert hat, wird die Beleuchtung trüber, und ein Zwerg geleitet einen zum Haus des Weihnachtsmanns. Die Häuser sind behaglich und intim, mit Spielsachen vollgestopft. Man verläßt das Haus des Weihnachtsmanns und sieht sich einer Reihe von Registrierkassen gegenüber.

Wir schritten den Pfad ein zweites Mal ab, und man

teilte uns die Kodenamen der verschiedenen Stationen mit, z.B. »Das Erbrecheralbum«, eine verspiegelte Wand beim Zauberbaum, wo ekelgeplagte Kinder gern ihren Mageninhalt von sich geben. Wenn sich jemand übergibt, soll der ihm am nächsten stehende Zwerg »VAMOOSE« brüllen, was der Name des Putz- und Scheuermittels ist, das der Laden verwendet. Wir wurden zur »O-mein-Gott-Ecke« geführt, eine Stellung in der Nähe der Rolltreppe. Die Ankommenden sehen die lange Schlange, sagen: »O mein Gott«, und der Zwerg muß sie beruhigen und ihnen erklären, daß es höchstens eine Stunde dauern wird, bis der Weihnachtsmann sie empfängt.

An einem x-beliebigen Tag kann man Eingangszwerg, Trinkwasserspenderzwerg, Brückenzwerg, Eisenbahnzwerg, Irrgartenzwerg, Inselzwerg, Zauberfensterzwerg, Notausgangszwerg, Ladentischzwerg, Zauberbaumzwerg, Zeigezwerg, Weihnachtsmannzwerg, Fotozwerg, Platzanweiserzwerg, Kassenzwerg, Rennzwerg oder Ausgangszwerg sein. Wir bekamen eine Demonstration der verschiedenen Stellen in Aktion, vorgeführt von ehemaligen Zwergen, die so angeregt und unerbittlich munter waren, daß ich mich vor Peinlichkeit kaum an ihnen vorbeiwagte. Ich weiß nicht, ob ich jemandem ins Auge blicken und »Ja, du meine Güte, ich glaube, ich seh den Weihnachtsmann!« oder »Kannst du die Augen schließen und dir was ganz Besonderes zu Weihnachten wünschen?« brüllen könnte. Alles, was diese Zwerge sagten, hatte hinten ein Ausrufungszeichen!!! Der Mund tut einem weh, wenn man mit diesem erzwungenen Frohsinn spricht. Ich fühle mich in die Ecke getrieben, wenn jemand so mit mir spricht. Geht das nicht jedem so? Ich bin bei Kindern lieber offen und ehrlich. Ich würde eher sagen: »Du mußt aber erschöpft sein«, oder: »Ich kenne eine Menge Leute, die einen Mord begehen würden, um so eine hübsche Taille zu kriegen wie du.«

Ich fürchte, ich werde mit der quälenden Begeisterung, die der Weihnachtsmann verlangt, nicht dienen können. Ich glaube, ich werde ein eher verhaltener Zwerg sein.

Heute war Zwergenkostümprobe. Die Spinde und Garderoben sind auf der siebten Etage, direkt hinter dem WeihnachtsLand. Die Zwerge haben sich während der letzten vier Trainingstage kennengelernt, aber sobald wir die Klamotten ausgezogen und die Uniformen angelegt hatten, war alles anders.

Die Gewandmeisterin wies uns unsere Minelle zu und hielt uns einen Vortrag, wie man sein Zeug sauberhält. Sie hielt einen Kalender hoch und sagte: »Meine Damen, Sie wissen, was das ist. Benutzen Sie es. Ich habe genug Blut aus dem Schritt von Bundhöschen gekratzt; für ein Leben muß das reichen. Und kommen Sie mir nicht mit: ›Ich trage keine Schlüpfer; ich bin Tänzerin.‹ Sie sind keine Tänzerinnen. Wenn Sie echte Tänzerinnen wären, wären Sie nicht hier. Sie sind Zwerge, und wie Zwerge werden Sie Unterhosen anziehen.«

Mein Kostüm ist grün. Ich trage eine grüne Samt-Bundhose, einen gelben Rollkragenpullover, einen forstgrünen Samtkittel und eine kecke Zipfelmütze mit Pailletten. Das ist meine Arbeitskleidung.

Als Zwerg heiße ich Moppel. Wir durften uns unsere Namen selbst aussuchen und haben die Erlaubnis, sie, unserer jeweiligen Sicht der verschneiten Dinge entsprechend, abzuändern.

Heute war der offizielle Eröffnungstag vom WeihnachtsLand, und ich habe als Zauberfensterzwerg, als Weihnachtsmannzwerg und als Platzanweiserzwerg gearbeitet. Das Zauberfenster befindet sich in der »Nur ein rascher Blick«-Schlange für Erwachsene. Mein Job war, daß ich sagen sollte: »Steigen Sie auf den Zauberstern, werfen Sie einen Blick durch das Fenster, dann können Sie den Weihnachtsmann sehen!« Fünfzehn Minuten lang habe ich beim Zauberfenster gearbeitet, bevor ein Mann zu mir kam und sagte: »Sie sehen unheimlich bescheuert aus.«

Ich mußte zugeben, daß da was dran war. Ich hätte gern gesagt, ich werde wenigstens dafür bezahlt, daß ich bescheuert aussehe, während er das für umsonst macht. Aber ich kann sowas nicht sagen, weil ich doch fröhlich sein soll.

Also sagte ich statt dessen: »Danke schön!«

»Danke schön!« als hätte ich mich verhört und gedacht, er hätte gesagt: »Sie sehen ganz bezaubernd aus.«

»Danke schön!«

Er war ein muskulöser Klugscheißer, mit Vinyljacke und Einkaufstüte vom Radio Shack. Ich hätte sagen sollen, echt laut: »Tut mir leid, aber mit Typen gehe ich nicht.«

Zwei Familien aus New Jersey kamen, um gemeinsam den Weihnachtsmann zu sehen. Zwei laute, häßliche Ehemänner, mit insgesamt zwei Frauen und vier Kindern. Die Kinder versammelten sich um den Weihnachtsmann und wurden geknipst. Als der Weihnachtsmann den zehnjährigen Jungen fragte, was er sich zu Weihnachten wünscht, rief sein Vater: »EINE FRAU! BESORG IHM EINE FRAU, WEIHNACHTSMANN!« Die Männer waren sehr rüde und irritierend, lachten ständig und rempelten sich an. Die zwei Frauen setzten sich dem Weihnachtsmann auf den Schoß, ließen sich knipsen, und jede bat den Weihnachtsmann um eine KitchenAid-Geschirrspülmaschine und einen anständigen Wintermantel. Dann setzten sich die Gatten beim Weihnachtsmann auf den Schoß, und als er gefragt wurde, was er sich zu Weihnachten wünscht, gellte der eine der Männer: »ICH WILL EINE SCHNALLE MIT DICKEN TITTEN.« Die kleinbusige Frau des Mannes verschränkte die Arme vor der Brust, betrachtete den Fußboden und knirschte mit den Zähnen. Der Sohn des Mannes versuchte zu lachen.

Heute vormittag mußte ich wieder am Zauberfenster Dienst schieben, was echt langweilig ist. Ich soll herumstehen und »Steigen Sie auf den Zauberstern, und Sie können den Weihnachtsmann sehen!« sagen. Das sagte ich eine Zeitlang, und dann fing ich an zu sagen: »Steigen Sie auf den Zauberstern, und Sie können Cher sehen!«

Und das erregte die Menschen. Also sagte ich: »Steigen Sie auf den Zauberstern, und Sie können Mike Tyson sehen!«

Ein paar Leute von der anderen Schlange, der Schlange, wo man beim Weihnachtsmann auf dem Schoß sitzen kann, brachen aus und drängelten vor, um auf meinen Zauberstern steigen zu können. Dann wurden sie wütend, als sie durch das Zauberfenster blickten und den Weihnachtsmann statt Cher oder Mike Tyson sahen. Was hatten sie denn wohl erwartet? Ist Cher so knapp bei Kasse, daß sie sich bei Macy's hinter einen durchsichtigen Spiegel stellen würde?

Die wütenden Leute müssen der Geschäftsleitung etwas gesagt haben, denn ich wurde vom Zauberstern abgezogen und auf die Zwergeninsel geschickt, was nun aber wirklich langweilig ist, weil man nur herumsteht und sich fröhlich gibt. Um zwölf kam ein Riesenschwung Behinderter, um den Weihnachtsmann zu besuchen. Sie waren geistig zurückgeblieben und kamen an mir vorbei, der ich auf meiner kleinen Insel stand. Diese Leute waren gründlich zurückgeblieben. Sie rollten die Augen und schlackerten mit der Zunge und taumelten in Richtung Weihnachtsmann. Es war eine große Gruppe Zurückgebliebener, und nachdem ich sie ein paar Minuten lang beobachtet hatte, war mir völlig schleierhaft, wo die Zurückgebliebenen endeten und die regulären New Yorker wieder anfingen.

Sobald man sich mal damit beschäftigt, sieht jeder zurückgeblieben aus.

Heute abend wurde ich zum Fotozwerg bestellt, ein Job, der mir die ersten paar Male richtig Spaß machte. Die Kamera ist im Kamin versteckt, und ich nehme das Bild auf, indem ich auf einen Knopf an einer Strippe drücke. Die Bilder kommen Wochen später mit der Post, und kein Zwerg könnte je identifiziert und zur Rechenschaft gezogen werden, aber immerhin, man möchte doch ein gutes Bild machen.

Beim Training hatte man uns mißlungene Fotografien gezeigt, verschwommene Rasereien mit winkendem Zwergenarm; ein Bild, von einem Stofftier verdeckt; Weihnachtsmann, gähnend. Nach jedem Foto muß der Zwerg die Nummer entfernen, die unten am Bild erscheint. Ein fauler oder dummer Zwerg könnte eine ganze Filmrolle ruinieren; eifrige Familien zahlen und kriegen dann später Fotografien von wildfremden Menschen.

Wenn man jemanden knipst, erfährt man schrecklich viel über ihn, mit der Betonung auf *schrecklich*. Wenn die Eltern dabei sind, verschlimmert das die Sache noch. Die Firmenpolitik vom WeihnachtsLand sieht vor, daß von jedem Kind ein Bild gemacht wird, welches die Elternteile dann bestellen oder ablehnen können. Die Leute dürfen ihre eigenen Kameras, Videorecorder, sonstwas mitbringen. Die multimedialen Gruppen sind es, die mich fertigmachen. Das sind Eltern, die vor lauter Equipment vornübergebeugt sind, unnachgiebig in ihrem Drang nach Dokumentation.

Ich sehe sie mit ihren Videokameras im Irrgarten, wie sie ihre Kinder dazu anhalten, überrascht zu wirken. »Monica, Baby, kuck die elektrische Eisenbahn an und kuck dich dann um und sieh mich an. Nein, *mich* sollst du ansehen. Jetzt winken. Genau, und jetzt noch doller winken.«

Die Eltern halten die Schlange auf, und dem Irrgartenzwerg obliegt es, sie weiterzuscheuchen.

»Entschuldigen Sie, Sir, es tut mir leid, aber heute ist ziemlich viel los bei uns, und ich wäre Ihnen dankbar, wenn Sie bald fertig wären. Hinter Ihnen warten noch viele andere.«

Dann bittet einen der Vater, neben dem Kind zu stehen und zu winken. Ich tu's. Ich stehe neben einem Kind, winke in die Videokamera und frage mich, wo ich wohl enden werde. Ich sehe mich auf dem Fernsehschirm in einem getäfelten Zimmer in Wapahanset oder Easternmost Meadows. Ich stelle mir vor, wie die Familie sich um das Kommando über die Fernbedienung streitet, wobei der Fast-Forward-Knopf bedient wird. Das Winken des Kindes wird zum zackigen Salut. Ich komme ins Bild, und jeder im Raum hegt denselben Gedanken: »Was hat dieses Arschloch auf unserem Weihnachtserinnerungsvideo zu suchen?«

Der Augenblick, auf den diese Menschen warten, ist das Zusammentreffen mit dem Weihnachtsmann. Als Fotozwerg beobachte ich, wie sie den Raum betreten und die Kontrolle übernehmen.

»Also gut, Ellen, ich möchte, daß du mit Marcus vor dem Weihnachtsmann stehst, und wenn ich ›jetzt‹ sage, möchte ich, daß du dich zu ihm auf den Schoß setzt. Jetzt sieh mich an. Sieh Daddy an, bis ich dir sage, daß du den Weihnachtsmann ansehen sollst.«

Er wird mit seiner Frau sprechen, die mit dem Fotoapparat arbeitet, und sie wird sich mit ihrem Belichtungsmesser und der Nikon mit zahlreichen Extras tief auf den Boden kauern. Die Ausrüstung ist schwer, und die Adern auf ihren Armen schwellen.

Dann gibt es die multimedialen Familien in Gruppen, die sagen: »Also gut, jetzt wollen wir noch eine Aufnahme von Anthony, Damascus, Theresa, Doug, Amy, Paul *und* Vanity –; kriegen wir die alle zusammen drauf? Weihnachtsmann, wie wär's, wenn Sie Doug huckepack nähmen, wäre das wohl möglich?«

Während dieser Besuche ist es den Kindern kaum je

gestattet, ihre Wünsche mit dem Weihnachtsmann zu erörtern. Sie sind vollauf damit beschäftigt, von ihren Eltern inszeniert zu werden.

»Vanity und Damascus, kuckt hier herüber, nein, *hier* herüber.«

»Weihnachtsmann, kannst du den Arm um Amy legen und Paul gleichzeitig die Hand geben?«

»So ist es gut. So ist es schön.«

Ich habe Eltern gesehen, die ihr Kind auf den Schoß des Weihnachtsmanns setzen und sofort mit der Schönheitspflege beginnen: Haarekämmen, Saum zurechtzurren, Schlipsknoten prüfen. Ich habe einen Elternteil gesehen, der das Haar des Kindes einsprühte und dabei den Weihnachtsmann behandelte, als wäre er ein imitiertes Requisit aus Zement, und der Weihnachtsmann wandte sich ab und zuckte zusammen, als das Haarspray in seinen Augen brannte.

Junge Kinder, zwei bis vier Jahre alt, neigen dazu, vor dem Weihnachtsmann Angst zu haben. Sie sind nicht daran interessiert, daß ein Bild von ihnen geknipst wird, weil sie nicht wissen, was ein Bild ist. Sie sind nicht eitel, sie sind Babys. Sie sind Babys, und sie handeln entsprechend – sie weinen. Ein Fotozwerg kapiert, daß es, sobald ein Kind zu weinen anfängt, vorbei ist. Sie fangen im Haus des Weihnachtsmanns an zu weinen und hören nicht wieder auf, bis sie mindestens zehn Straßen weiter sind.

Wenn das Kind anfängt zu weinen, wird der Weihnachtsmann zunächst tröstend eingreifen, und dann sagt er: »Vielleicht versuchen wir's nächstes Jahr nochmal.«

Die Eltern hatten geplant, die Fotos an Verwandte zu verschicken und in Alben zu kleben. Die haben länger als eine Stunde schlangegestanden und sind nicht bereit, so leicht aufzugeben. Heute abend habe ich eine Frau gesehen, die ihre schluchzende Tochter schlug und schüttelte, wobei sie schrie: »Verdammtnochmal, Rachel, mach, daß du auf den Schoß dieses Mannes kommst, sonst geb ich dir einen Grund zum Flennen.«

Ich mache oft Fotos von weinenden Kindern. Noch grotesker ist es, wenn man ein Foto von einem weinenden Kind mit einer falschen Grimasse macht. Die Grimasse ist weniger ein Lächeln als der erzwungene Umriß eines Lächelns. Den Eltern gefällt es seltsamerweise.

»Braves Mädchen, Rachel. Jetzt aber nichts wie weg hier. Deine Mutter hat Kopfschmerzen, die nicht weggehen, bevor du einundzwanzig bist.«

Ein gutes Drittel der Leute, die den Weihnachtsmann besuchen, sind Erwachsene: Ehepaare und erstaunlich viele alleinstehende Männer und Frauen. Die meisten Alleinstehenden wollen sich nicht beim Weihnachtsmann auf den Schoß setzen; sie schauen nur mal so vorbei, um ihm die Hand zu geben und viel Glück zu wünschen. Oft sind die alleinstehenden Erwachsenen Ausländer, die zufällig gerade bei Macy's zum Einkaufen waren und sich vom Eingangszwerg in den

Irrgarten haben scheuchen lassen, weil es zu den Aufgaben des Eingangszwergs gehört, die Leute anzukobern. Eben sieht der Ausländer sich noch Porzellan an, und schon steht er beim Zauberbaum, wo ihn ein Zwerg mit einer winzigen Schreibunterlage vor dem Bauch fragt, wie viele Mitglieder seine Gruppe umfaßt, die zum Weihnachtsmann will.

»Wie viele in Ihrer Gruppe?«

Der Ausländer antwortet: »Ja.«

»Wie viele in Ihrer Gruppe ist keine Ja- oder Nein-Frage.«

»Ja.«

Dann führt ihn ein Weihnachtsmannzwerg zu einem Haus, wo sich der verwirrte und erschöpfte Ausländer einem bärtigen Mann in roter Kleidung gegenübersieht, und sagt: »Ja, okay. Ich gehe gut heute.« Er gibt dem Weihnachtsmann die Hand und rennt, aufgewühlt, zum Hinterausgang.

Heute nachmittag kam ein Mann, um den Weihnachtsmann zu besuchen, ein schlampiger, gutaussehender Mann Mitte Vierzig. Ich dachte, er wäre einer von diesen verwirrten Europäern, also beruhigte ich ihn, viele Erwachsene kämen, um den Weihnachtsmann zu besuchen, jeder sei willkommen. Eine Stunde später bemerkte ich denselben Mann, wieder da, um die Gesellschaft des Weihnachtsmanns zu suchen. Ich fragte, worüber er mit dem Weihnachtsmann spricht, und mit gebrochener und kläglicher

Stimme antwortete er: »Spielsachen. Die vielen Spielsachen.«

Links hatte er eine Delle in der Stirn. In einer solchen Delle konnte man eine Eichel unterbringen. Er stellte sich hinten an und besuchte den Weihnachtsmann ein drittes Mal. Bei seinem letzten Besuch regte er sich so auf, daß er dem Weihnachtsmann auf den Schoß pinkelte.

Bisher habe ich im WeihnachtsLand Simone aus *General Hospital,* Shawn aus *Alle meine Kinder,* Walter Cronkite und Phil Collins gesehen. Letztes Jahr wurde eine Zwergin vom Dienst suspendiert, nachdem sie Goldie Hawn um ein Autogramm für auf die Hand gebeten hatte. Wir wurden angewiesen, die Stars in Frieden zu lassen.

Walter Cronkite war sehr groß, und ich hätte ihn wahrscheinlich nicht erkannt, wenn ihn mir nicht jemand gezeigt hätte. Phil Collins war klein und sehr gepflegt. Er erschien mit seiner Tochter und einem Gefolge von drei Mann. Mir ist Phil Collins in jeder nur möglichen Form ziemlich wurscht, aber ich habe mehrere Leute gesehen, denen er wahrscheinlich nicht wurscht war, und fand, es ist meine Pflicht, ihnen auf die Schulter zu klopfen und zu sagen: »Sehen Sie mal, da ist Phil Collins!«

Viele, die den Weihnachtsmann besuchen, sind von außerhalb und ergreifen freudig die Gelegenheit, einen Prominenten zu besichtigen, weil das ihr New-

York-Erlebnis abrundet. Als ich auf Phil Collins deutete, quietschten die Menschen buchstäblich vor Entzücken. Da es mein Job ist, Menschen glücklich zu machen, hatte ich damit keinerlei Problem. Phil Collins wanderte durch den Irrgarten, nahm alles mit seinem Camcorder auf Video auf und amüsierte sich. Sobald er den Zauberbaum betreten hatte, konnte ihn das Irrgarten-Publikum nicht mehr sehen, und ich begann den Leuten zu sagen, wenn sie sofort den Irrgarten verlassen, die Halle runter und dann rechts, könnten sie wahrscheinlich noch Phil Collins erwischen, wenn er mit dem Weihnachtsmann durch ist. Die Leute taten, wie ihnen geheißen, und gingen weg. Als Phil Collins das WeihnachtsLand verlassen wollte, bat ihn eine Meute von zwanzig Menschen um ein Autogramm. Als die Geschäftsführer ankamen, um die Petze ausfindig zu machen, sagte ich: »Phil Collins? Wer soll das denn sein?«

Ich verbrachte ein paar Stunden im Irrgarten mit Schnuff, einem jungen Zwerg aus Brooklyn. Wir standen beim Dauerlutscherwald, als uns klarwurde, daß *Santa* ein Anagramm für *Satan* ist. Weihnachtsmann oder Teufel –: so nah und doch so fern. Anstelle vom *SantaLand* stellten wir uns ein *SatanLand* vor, in dem die Besucher durch dampfende Tümpel voller Blut und Fäkalien wateten, bevor sie am Höllentor ankamen, wo ein boshaftes Teufelchen im versengten Samtkostüm sie bei der Hand nahm und zu Satan geleitete.

Mit einem Ohr lauschten wir der Kundschaft und ersetzten das Wort *Santa* immer durch das Wort *Satan*.

»Was meinst du, Michael? Glaubst du, der bei Macy's ist der echte Satan?«

»Vergiß nicht, dich bei Satan für das Quietschebaby zu bedanken, das er dir letztes Jahr geschenkt hat.«

»Ich liebe Satan.«

»Wer nicht? Den Satan liebt doch jeder.«

Lieber würde ich mir Polsternägel ins Zahnfleisch hauen, denn als Platzanweiserzwerg arbeiten. Der Platzanweiserzwerg steht vor dem Ausgang vom Weihnachtsmann und füllt die Bestellscheine für die Fotos aus. Es macht mir zwar Spaß zu raten, woher die Leute kommen, aber ich hasse es, wenn ich zuhören muß, wie Ehepaare darüber zanken, wie viele Abzüge sie wollen.

Beim ersten Mal war es interessant, aber jetzt nicht mehr. Während die Eltern sich zu einer Entscheidung durchringen, muß der Platzanweiserzwerg die aufgeregten Kinder davon abhalten, beim Weihnachtsmann zur Hintertür hineinzuwitschen, um die Markennamen von drei oder vier Spielsachen zu rufen, die sie sich zu wünschen vergessen haben.

Wenn nicht viel los ist, steckt der Platzanweiserzwerg den Kopf hinein und beobachtet den Weihnachtsmann und seine Besucher. Heute nachmittag war nicht viel Betrieb, und ich beobachtete eine vierzig Jahre alte Frau mit ihrer steinalten Mutter, die auf einen kleinen Schwatz beim Weihnachtsmann reinschauten. Die Tochter trug ein kurzes rosa Kleid mit Spitzenbesatz –, die Sorte Kleid, die ein kleines Mädchen tragen konnte. Die Haare waren zu Zöpfchen geflochten, und sie hatte unordentlich hochgezogene Ringelsöckchen und Lackschuhchen an. Dieses vierzigjährige Mädchen rannte zum Weihnachtsmann und umarmte ihn, wobei es ihm Rouge in den Bart schmierte. Sie sprach mit Babystimme, welche sie bald zu einem Flüstern senkte. Als sie gingen, fragte ich, ob sie das Foto käuflich erwerben wollten, und das größte kleine Mädchen der Welt flüsterte seiner Mutter etwas ins Ohr und hüpfte dann davon. Sie hüpfte. Ich sah, wie sie versuchte, mit den Bälgern zu kommunizieren, die um die Kasse herumstanden, bis ihre Mutter sie da wegzerrte.

Heute vormittag war ich eine Zeitlang beim Zauberfenster mit Klingglöckchen zusammen, einer Alleinunterhalterin, die gerade ein Musikvideo mit ihrer Girl-Gruppe macht. Wir sprachen über dies und das, und sie sagte mir, sie hätte schon in ein paar Fernsehserien mitgespielt, hauptsächlich in Soap-Operas. Ich fragte sie, ob sie auch schon mal in *One Life to Live* mitgewirkt hat, und sie sagte, ja, eine Komparsenrolle als Flamencotänzerin vor ein paar Jahren, als Cord und Tina zum zweitenmal geheiratet hatten und für die Flitterwochen nach Madrid fuhren.

Plötzlich erinnerte ich mich ganz deutlich an Klingglöckchen. In der Episode trug sie ein rotes Spitzenkleid und stampfte auf einem glänzenden Nachtklubfußboden herum, bis Spaniens größter Stierkämpfer eintrat und Cord zum Duell herausforderte. Klingglöckchen intervenierte. Sie hörte auf zu tanzen und sagte zu Cord: »Ssie lieber nix mache, Señor. Ssie wäre duum ssu kämpfe mit Spaniens größter Stierkämpfer!«

Klingglöckchen erzählte mir, die Flitterwochen seien hier im New Yorker Studio gefilmt worden. Das überraschte mich, da ich wirklich angenommen hatte, sie wären in Spanien gedreht worden. Sie sagte, die Tanzszene sei am späten Vormittag aufgezeichnet worden, und danach sei Mittagspause gewesen. Sie war in der Studiokantine und hielt ihr Tablett, als Tina sie zu ihrem Tisch herüberwinkte. Klingglöckchen hatte mit Tina zu Mittag gegessen! Sie sagte, Tina sei ganz süß und habe mit ihr darüber gesprochen, wie sehr sie Smokey Robinson liebe. Ich hatte gelesen, Tina habe einen Keil zwischen Smokey und seine Frau getrieben, aber es war erregend, das von jemandem bestätigt zu bekommen, der die Fakten hatte.

Später an dem Tag wurde ich zur Kasse eingeteilt, wo mir Andrea, eine der Geschäftsführerinnen, sagte, ihre Freundin Caroline habe das Casting für *One Life to Live* unter sich. Caroline hatte die alte Tina durch die neue Tina ersetzt. Ich liebte die alte Tina und werde nie eine Ersatz-Tina akzeptieren, aber Andrea sagte ich, ich könnte die neue Tina gut leiden, und sie sagte: »Das werde ich Caroline ausrichten. Das hört sie sicher gern!« Wir redeten noch, als Mitchell, ein weiterer Geschäftsführer, sagte, er sei siebenmal in *One Life to Live* aufgetreten. Er hatte vor fünf Jahren Clints Anwalt gespielt, als die ganze Familie Buchannon wegen des Mordes an Mitch Laurence vor Gericht stand. Mitchell kennt Victoria persönlich, und er sagt, im wirklichen Leben ist sie genau so süß und fürsorglich wie in der Serie.

»Im wesentlichen spielt sie sich selbst, wenn man von der multiplen Schizophrenie absieht«, sagte er und hielt inne, um zu überprüfen, was ein anderer Zwerg gerade in die Kasse eingetippt hatte. Er bat die Kundin um eine zusätzliche Identifikation zu ihrer Scheckkarte, und während die Frau fluchte und in ihrer Handtasche wühlte, erzählte mir Mitchell, Clint sei eher zurückhaltend, aber Bo und Asa seien echt gute Kumpels.

Ich kann es gar nicht glauben, daß ich sowas zu hören kriege. Ich kenne Leute, die mit Tina, Cord, Nicki, Asa und Clint herumgesessen haben. Ich komme immer näher, ich kann es spüren.

Heute abend habe ich als Ladentischzwerg beim Zauberbaum gearbeitet, als ich eine Frau sah, die ihrem Sohn den Reißverschluß von seinem Hosenstall aufmachte, seinen Penis herausholte und ihn anwies, auf eine künstliche Schneeverwehung zu pinkeln. Er war noch ganz jung, vier, fünf Jahre alt, und er hat's gemacht, er hat gepinkelt. Urin tropfte von den Zweigen künstlicher Bäume und bildete auf dem Fußboden eine Pfütze.

Später machte ein Mann in einem der Weihnachtsmannhäuser seiner Freundin einen Heiratsantrag. Als der Weihnachtsmann ihn fragte, was er sich zu Weihnachten wünscht, zog er einen Ring aus der Tasche und sagte, er wünscht sich, daß diese Frau ihn heiratet. Der Weihnachtsmann gratulierte beiden, und der Fotozwerg verschluckte sich und fing an zu weinen.

Ein geflecktes Kind besuchte den Weihnachtsmann, kletterte auf seinen Schoß und äußerte den Wunsch, bald keine Windpocken mehr zu haben. Der Weihnachtsmann sprang auf.

Ich habe Zwerge aus allen Schichten und Berufen kennengelernt. Die meisten sind aus dem Schaugeschäft, Schauspieler und Tänzer, aber erstaunlich viele hatten vorher richtige Jobs in Werbeagenturen und Maklerfirmen gehabt, bevor die Rezession zuschlug. Die Süßen hätten sich auch nie träumen lassen, daß die Zukunft ihnen ein Samtkostüm bringt. Das sind die echt bitteren Zwerge. Viele Zwerge sind jung, gehen noch auf die High School oder aufs College. Sie sind jung und hübsch, und eine der Vergünstigungen, die dieser Job mit sich bringt, ist, daß ich sie in der Unterwäsche zu sehen kriege. Die Umkleideräume befinden sich innerhalb der Mitarbeitertoiletten hinter dem WeihnachtsLand. Das Männerklo ist klein, und die Toiletten sind oft verstopft, so daß wir auf einer Insel aus Zeitungen stehen müssen, damit unsere Socken trocken bleiben. Die Weihnachtsmänner haben eine schöne Garderobe am anderen Ende des Ganges, aber einem Weihnachtsmann möchte man nicht beim Entkleiden zusehen. Mehrere Zwerge haben sich daran gewöhnt, sich im Gang neben ihren Spinden umzuziehen. Diese Zwerge tragen gern Badeanzüge unterm Kostüm. Ich mag keine Badeanzüge.

Der hübscheste Zwerg von allen ist ein Bursche aus Queens namens Schneeball. Schneeball übertreibt es gern mit den Kindern, manchmal kullert er mit ihnen regelrecht den Pfad zum Haus des Weihnachtsmanns entlang. Ich stehe dieser Art von Betragen eher ablehnend gegenüber, aber Schneeball ist auch die Wucht, wenn er gar nichts macht –; man möchte ihn einfach in die Tasche stecken und mitnehmen. Gestern arbeiteten wir als Weihnachtsmannzwerge zusammen, und ich fand es prickelnd, als er anfing, Sachen wie »Dir würde ich jederzeit zum Haus des Weihnachtsmanns folgen, Moppel« zu sagen.

Mir wurde ganz schwindlig von dem Geflirte.

Am Nachmittag war ich soweit, daß ich gegen Wände rannte. Als unsere Schicht zu Ende war, standen wir auf dem Klo und zogen uns um, als wir plötzlich von drei Weihnachtsmännern und fünf weiteren

Zwergen umringt waren –, alles Typen, mit denen Schneeball geflirtet hatte.

Schneeball macht einfach Zwerge scharf, Zwerge und Weihnachtsmänner. Schneeball spielt ein gefährliches Spiel.

Heute nachmittag mußte ich Fotozwerg beim Weihnachtsweihnachtsmann sein. Ich weiß nicht, wie er wirklich heißt; niemand weiß es. An den meisten Tagen tritt manchmal eine kleine Beruhigung ein, da kann man im Haus herumsitzen und mit seinem Weihnachtsmann klönen. Die meisten Weihnachtsmänner sind nett, wir sitzen herum und lachen, aber der Weihnachtsweihnachtsmann nimmt sich ein bißchen zu ernst. Ich fragte ihn, wo er wohnt, Brooklyn oder Manhattan, und er sagte: »Na, am Nordpol mit der Weihnachtsfrau!« Ich fragte ihn, was er das übrige Jahr über so macht, und er sagte: »Ich mache Spielsachen für all die Kinder.«

Ich sagte: »Ja, aber womit verdienst du dein Geld?«

»Der Weihnachtsmann braucht kein Geld«, sagte er.

Der Weihnachtsweihnachtsmann sitzt und winkt und klingelt mit seiner Glöckchenschärpe, wenn sonst niemand da ist. Er hat sogar mal »Drauß' vom Walde komm' ich her« aufgesagt, und es waren nur wir beide im Haus, keine Kinder. Nur wir. Was macht man mit so einem Irren?

Er sagt: »Oh, kleiner Zwerg, kleiner Zwerg, stell für den Weihnachtsmann doch mal die Geschenke auf dem Kaminsims wieder richtig hin.« Ich erinnerte ihn daran, daß ich einen Namen habe, Moppel, und dann stellte ich die Stofftiere wieder richtig hin.

»Oh, kleiner Zwerg, kleiner Zwerg, bring doch mal dem Weihnachtsmann eine Halspastille.« Da habe ich ihm eine Pastille gebracht.

Der Weihnachtsweihnachtsmann hat eine ausgefeilte kleine Nummer, die er bei den Kindern abzieht. Er redet mit ihnen und lacht herzhaft und klingelt mit seinen Glöckchen, und dann sagt er, sie sollen ihm doch mal ihr Lieblings-Weihnachtslied nennen. Die meisten sagen »Rudolph, the Red-Nosed Reindeer«. Der Weihnachtsweihnachtsmann fragt dann, ob sie es ihm wohl mal vorsingen wollen. Die Kinder sind schüchtern und wollen nichts vorsingen, also sagt der Weihnachtsweihnachtsmann: »Oh, kleiner Zwerg, kleiner Zwerg! Hilf doch mal der kleinen Brenda beim Vorsingen ihres Lieblings-Weihnachtsliedes.« Dann stehe ich da und muß »Rudolph, the Red-Nosed Reindeer« singen, was ich hasse. In fünfzig Prozent der Fälle sind die Eltern der kleinen Brenda in meinem Alter, und das ist auch keine große Hilfe.

Heute nachmittag habe ich als Ausgangszwerg gearbeitet und den Menschen mit lauter Stimme verkündet: »AUS DEM WEIHNACHTSLAND HINAUS BITTE HIER ENTLANG.« Eine Frau stand an einer der Kassen, um ihre Idee von einem Foto zu bezahlen, während ihr Sohn zu ihren Füßen lag, um sich trat und sich auf dem Boden wälzte und einen Wutanfall auslebte.

Die Frau sagte: »Riley, wenn du dich nicht sofort benimmst, bringt dir der Weihnachtsmann *keins* der Geschenke, die du dir von ihm gewünscht hast.«

Das Kind sagte: »Bringt er mir doch, du lügst, hat er mir doch selbst gesagt.«

Die Frau packte mich am Arm und sagte: »Sie da, Zwerg, sagen Sie, hier, Riley, wenn er sich nicht sofort benimmt, ändert der Weihnachtsmann seine Meinung und bringt ihm statt dessen Briketts zu Weihnachten.«

Ich sagte, der Weihnachtsmann hat sich aus dem Kohlenhandel zurückgezogen. Statt dessen, wenn man unartig war, kommt er zu einem nach Hause und stiehlt Sachen. Ich sagte Riley, wenn er sich nicht benimmt, kommt der Weihnachtsmann und nimmt ihm den Fernseher und alle Elektrogeräte weg und läßt ihn im Dunkeln sitzen. »Alle Geräte, einschließlich den Kühlschrank. Dann vergammelt dein Essen und riecht schlecht. Und wo du bist, da wird es ganz kalt und gaaanz dunkel sein. Mann, Riley, du wirst ja sowas von leiden. Du wirst dir wünschen, nie den Namen Weihnachtsmann gehört zu haben.«

Die Frau bekam einen besorgten Gesichtsausdruck und sagte: »Gut, gut, das genügt.«

Ich sagte: »Er wird euch das Auto und die Möbel und alle Handtücher und Bettdecken wegnehmen, und dann stehst du mit gar nichts da.«

Die Mutter sagte: »Nein, das genügt jetzt aber wirklich.«

Ich verbringe den ganzen Tag damit, Leute anzulügen, indem ich sage: »Du bist so hübsch«, und: »Der Weihnachtsmann kann es gar nicht erwarten, dich zu besuchen. Ständig spricht er nur von dir. Ohne dich ist Weihnachten für ihn nicht Weihnachten. Du bist der Lieblingsmensch des Weihnachtsmanns von ganz New York, New Jersey und Connecticut.« Manchmal trage ich richtig dick auf: »Bist du nicht die Prinzessin von Rongowien? Der Weihnachtsmann hat gesagt, es komme ihn eine wunderschöne Prinzessin besuchen. Er hat gesagt, sie hätte ein rotes Kleid an und sei zwar sehr hübsch, aber überhaupt nicht zickig oder verlogen. Das bist *du* doch, stimmt's?« Ich trage dick auf, und die Eltern bewegen stumm die Lippen zu den Worten »Danke schön« und »Gut gemacht«.

Zu einem Kind habe ich mal gesagt: »Du bist doch bestimmt ein Model?« Das Mädchen war vielleicht sechs Jahre alt und sagte: »Ja, ich arbeite als Model, aber ich schauspielere auch. Ich hab gerade den zweiten Anschlußauftrag für einen Fisher-Price-Werbespot gekriegt.« Die Mutter des Mädchens sagte: »Vielleicht erkennen Sie Katelyn von der ›Mein erster Sony‹-Kampagne wieder. Sie ist auf der Verpackung.« Ich sagte, klar, sowieso.

Ich bin ausschließlich mit Lügen beschäftigt, und das hat mich gegen Komplimente immunisiert.

Seit neuestem fühle ich mich ein bißchen trollig und habe meinen Zwergennamen von Moppel zu Bläschen umgewandelt. Bläschen –: Also, mir gefällt's.

Heute hat ein kleiner Junge zum Weihnachtsmann Ken gesagt, er wünscht sich seinen toten Vater zurück *und* einen Satz Teenage Mutant Ninja Turtles. Alle wollen sie diese Schildkröten.

Letztes Jahr entschied eine Frau, daß sie ein Foto von ihrer Katze auf dem Schoß des Weihnachtsmanns haben muß, und schmuggelte sie in einem Matchbeutel bei Macy's ein. Die Katze saß fünf Minuten lang auf dem Schoß des Weihnachtsmanns, dann schoß sie durch die Tür davon, und sechs Zwerge brauchten fünfundvierzig Minuten, bis sie sie in der Küche der Angestelltenkantine fanden.

Heute morgen kam ein Kind zum Weihnachtsmann, und seine Mutter sagte: »Also los, Jason. Sag dem Weihnachtsmann, was du dir wünschst. Sag ihm, was du dir wünschst.«

Jason sagte: »Ich wünsche mir ... Ich wünsche mir... daß Prokton und... Gamble... Gamble mit... mit den Tierversuchen aufhören.«

Die Mutter sagte: »Procter, Jason, Procter and Gamble heißt das. Und was machen sie mit den Tieren? Foltern sie die Tiere, Jason? Ist es das, was sie mit den Tieren machen?«

Jason sagte, ja, sie foltern sie. Er war wahrscheinlich sechs Jahre alt.

In dieser Woche ist mein absoluter Nichtlieblingszwerg ein Typ aus Florida, den ich »Das Walroß« nenne. Das Walroß hat einen Schnauzbart, kein Kinn und einen Hals vom Umfang meiner Hüfte. In der Garderobe gesteht er, er habe »einen ziemlichen Schlag bei Weibern«.

Das Walroß benimmt sich, als wäre das WeihnachtsLand eine Kontaktbar. Es ist peinlich, mit ihm zu arbeiten. Wenn wir beim Zauberfenster eingeteilt sind, zieht er Frauen beiseite, legt ihnen den Arm um die Schulter und sagt: »Ich weiß, daß Sie sich vom Weihnachtsmann kein gutes Aussehen wünschen werden. Das haben Sie nämlich schon, hübsche Dame. Aber holla, massenhaft.«

Er stellt sich vor, die Frauen seien völlig verzaubert, benommen von seinen Aufmerksamkeiten.

Ich nehme ihn mir vor und sage: »Das war eben eine *Mutter,* der du das angetan hast, eine verheiratete Frau mit drei Kindern.«

Er sagt: »Ich hab aber keinen Ring gesehen.« Dann dreht er sich zur nächsten erreichbaren Frau um und pfeift: »Der Weihnachtsmann ist verheiratet, aber ich nicht. He, hübsche Dame, ich hab noch viel Platz auf dem Knie.«

Ich habe den ganzen Tag für verschiedene Weihnachtsmänner fotogezwergt, und plötzlich ist mir klargeworden, daß viele Eltern ihren Kindern nicht erlauben, überhaupt zu sprechen. Ein Kind sitzt beim Weihnachtsmann auf dem Schoß, und die Eltern sagen: »Also los, Amber, sag dem Weihnachtsmann, was du dir wünschst. Sag ihm, daß du dir ein Quietschebaby und die Ballett-Barbie und den Wintermantel aus dem Katalog wünschst.«

Die Eltern nennen die Geschenke, die sie bereits gekauft haben. Das Wort »Pony« oder »Fernseher« wollen sie nicht hören, deshalb quatschen sie während der gesamten Visite und legen dem Kind Wörter in den Mund. Wenn das Kind vom Schoß herunterhüpft, sagen die Eltern jedes einzelne liebe Mal: »Und was sagt man zum Weihnachtsmann?«

Das Kind sagt: »Danke, lieber Weihnachtsmann.«

Das ist traurig, weil es einem doch lieber wäre, wenn jeder Mensch verschieden wäre, und dann enttäuschen sie einen jedesmal, indem sie haargenau dasselbe sagen, sich die gleichen Sachen wünschen und genau denselben Text sprechen, als hätte man ihnen ein Drehbuch gegeben.

Alle Erwachsenen wünschen sich eine Gold Card oder einen BMW, und dann schütten sie sich aus vor Lachen, weil sie glauben, sie sind der erste Mensch, der die Stirn hat, sich solche Annehmlichkeiten zu wünschen. Der Weihnachtsmann sagt: »Ich werde sehen, was ich machen kann.«

Paare über fünfzig sagen: »Ich will nicht bei dir auf dem Schoß sitzen, lieber Weihnachtsmann; ich hab Angst, dann geht er kaputt!«

Wie macht man denn wohl einen Schoß kaputt? Wie sind so viele Menschen auf die Idee gekommen, genau dasselbe zu sagen?

Ich war in einem Laden auf der Upper West Side. Dieser Laden ist wie ein Naturkundliches Museum, in dem man alle Exponate kaufen kann: Jedes ausgestopfte oder skelettierte Tier, das über den Erdball streunt, ist in diesem Laden vertreten, und deshalb ist der Laden so beliebt. Ich bin letztes Wochenende mit meinem Bruder hingegangen. Bei der Kasse stand eine Schüssel mit Glasaugen und einem Schild dran: »HALTEN SIE SICH DIESE GLASAUGEN NICHT ZU NAH VOR DIE EIGENEN AUGEN: DER RAUHE STIEL (NACHBILDUNG DES SEHNERVS) KANN VERLETZUNGEN VERURSACHEN.«

Ich sprach mit dem Burschen hinterm Ladentisch, und er sagte: »Es ist jedesmal dasselbe. Erst halten sie sich die Augen vor, und dann setzen sie sich die Hörner auf. Ich habe es ja so satt.«

Es störte mich, daß mein erster Impuls, bevor ich das Schild las, gewesen war, mir diese Augen vor die Augen zu halten. Ich hatte angenommen, das wäre zum Schreien komisch.

Wir alle ziehen Stolz und Vergnügen aus der Tatsache, daß wir einmalig sind, aber ich fürchte, daß letztlich doch die Polizei recht behält: Verschieden sind nur die Fingerabdrücke.

Im Madison Square Garden war eine riesenhafte *Sesamstraße live*-Ausstattungsrevue, also beschlossen Tausende von Menschen, daß sie's jetzt aber wissen wollten, und dachten, sie hängen den Weihnachtsmann noch schnell an die *Sesamstraße* dran. Heute hatten wir ein volles Haus, gerammelt voll, und alle hatten schlechte Laune. Sobald die Schlange zu lang wird, verteilen wir sie auf vier neue Schlangen, denn jeder, der einigermaßen bei Trost ist, haut ab, wenn er weiß, daß es über zwei Stunden dauert, bis er den Weihnachtsmann zu sehen kriegt. Zwei Stunden –: In zwei Stunden könnte man einen Film sehen. Wenn sie in einer Zwei-Stunden-Schlange stehen, befürchten die Menschen plötzlich, nicht in einer demokratischen Nation zu leben. Die Menschen stehen zwei Stunden lang Schlange, und dann drehen sie durch. Ich wurde in den Korridor geschickt, um die zweite Phase der Schlange zu dirigieren. Der Korridor war voller Leute, und alle schienen mich mit einer Frage aufzuhalten: Wo geht es zur Abwärts-Rolltreppe, wo geht's zum Aufzug, wo zum Innenhof-Restaurant, zur Geschenkverpackung, zur Damentoilette, zum Baumschmuck leichtgemacht. Es gab eine Schlange für den Weihnachtsmann und eine Schlange für die Damentoilette, und eine Frau fragte, nachdem sie bereits ein Dutzend Fragen gestellt hatte: »Wo ist denn die Schlange für die Damentoilette?« Ich schrie, ich glaubte, es wäre die mit den ganzen Damen drin.

Sie sagte: »Ich werde Sie melden; dann werden Sie gefeuert.«

Das haben heute schon zwei Leute zu mir gesagt: »Ich werde Sie melden; dann werden Sie gefeuert.« Nur zu, lassen Sie sich von mir nicht stören. Ich trage ein grünes Samtkostüm; sehr viel schlimmer kann es nicht mehr werden. Was glauben denn diese Menschen, wer sie sind?

»Ich werde Sie melden; dann werden Sie gefeuert!« Und ich hätte mich gern vorgebeugt und leise und deutlich gesagt: »Ich werde Sie melden; dann werden Sie umgebracht.«

Im Irrgarten, auf dem Weg zum Haus des Weihnachtsmanns, kommt man an kleinen Inszenierungen vorbei –, elektrischen Eisenbahnen, tanzenden Bären, dem Zuckerstangenwald und den Pinguinen. Die Pinguine sind in ihrem eigenen eisigen Wunderland. Sie stehen vor ihrem Iglu und fahren Schlitten und laufen Schlittschuh und braten sich Fisch in einer Pfanne. Aus irgendeinem Grund verspüren die Menschen den Zwang, Münzen in die Pinguin-Anlage zu werfen. Ich steige beim besten Willen nicht durch, warum sie das tun –; sie werfen kein Geld gegen den Geschenkebaum oder die mechanischen Zwerge oder den Briefkasten, aber sie leeren ihre Taschen für die Pinguine. Ich fragte, was mit dem Geld geschieht, und ein Geschäftsführer sagte mir, es würde für wohltätige Zwecke eingesammelt, aber das glaube ich nicht. Die Zwerge nehmen die Vierteldollars für den Münzfernsprecher, die Putzfrauen nehmen die Zehncentstücke, und ich habe Besucher gesehen, die kein Geld werfen, sondern es aufsammeln, so schnell sie können.

Heute habe ich beim Ausgang gearbeitet. Ich soll sagen: »Aus dem WeihnachtsLand hin*aus* geht es hier entlang«, aber das bringe ich nicht über mich, weil es wirkt, als wollte ich die Leute los sein. Sie warten eine Stunde auf den Weihnachtsmann, sie werden um Fotogeld angehauen, und dann scheucht sie jemand hinaus. Ich sage: »Aus dem WeihnachtsLand hin*aus* ginge es hier entlang, falls Sie entschieden haben sollten, daß es vielleicht an der Zeit ist, nach Hause zu gehen.«

»Sie können hier hinaus, wenn Ihnen danach ist.«

Außerdem sollen wir die Menschen dazu anhalten, draußen zu warten, während der Elternteil mit dem Geld ein Bild bezahlt. »Wenn Sie auf jemanden warten, der ein Foto erwirbt, warten Sie *außerhalb* der Doppeltüren.«

Ich sage: »Wenn Sie auf jemanden warten, der ein Bild erwirbt, möchten Sie vielleicht *außerhalb* der Doppeltüren warten, wo es angenehm ist, und das Licht ist auch viel vorteilhafter.«

Heute nachmittag hatte ich eine Gruppe Kinder, die auf ihre Mutti warteten, daß sie mit dem Fotoszahlen fertig wird, und eins der Kinder langte in die

Hosentasche und warf ein Fünfcentstück nach mir. Der Junge war vielleicht zwölf Jahre alt, in bezug auf den Weihnachtsmann voll abgeklärt, und er warf seine fünf Cent; die Münze traf meine Brust und fiel auf den Fußboden. Ich hob sie auf, räusperte mich und gab sie ihm zurück. Wieder warf er. Als wäre ich ein Pinguin. Ich gab sie zurück, und diesmal warf er höher und traf mich am Hals. Ich hob den Nickel auf, wandte mich an ein anderes Kind und sagte: »Hier; das hast du fallenlassen.« Der Junge überprüfte die Münze, steckte sie in die Tasche und haute ab.

Gestern hatte ich frei, als die Beladenen kamen, um den Weihnachtsmann zu besuchen. Heute nachmittag habe ich für Weihnachtsmann Ira fotogezwergt, und er hat mir alles berichtet. Es waren schwerstbehinderte Kinder, die auf Tragbahren und Rollstühlen ankamen. Der Weihnachtsmann konnte sie nicht auf den Schoß nehmen, und oft konnte er sie auch nicht verstehen, wenn sie ihre Wünsche äußerten. Immerhin bestand er darauf, jedes Kind bei der Hand zu nehmen und zu fragen, was es sich zu Weihnachten wünscht. Das hielt er durch, bis er an ein Kind ohne Hände geriet. Das machte ihn befangen, und er begann, den Kindern eine Hand aufs Knie zu legen, bis er an ein Kind ohne Beine geriet. Danach beschloß er, nur noch zu nicken und zu schmunzeln.

Heute nachmittag hatte ich wieder den Weihnachtsweihnachtsmann am Hals und mußte drei Stunden lang singen und bringen. Am späten Nachmittag sagte ein Mädchen, es wisse nicht, welches sein Lieblings-Weihnachtslied sei. Der Weihnachtsweihnachtsmann fragte: »›Rudolph‹? ›Jingle Bells‹? ›White Christmas‹? ›Morgen kommt der Weihnachtsmann‹? ›Das Kind in der Krippen‹? ›Stille Nacht‹?«

Das Mädchen willigte bei »Stille Nacht, Heilige Nacht« ein, wollte es aber nicht singen, weil es den Text nicht kannte.

Der Weihnachtsweihnachtsmann sagte: »Oh, kleiner Zwerg, kleiner Zwerg, sing doch mal ›Stille Nacht‹ für uns.«

Ich fand es ungerecht, daß ich ein Solo singen sollte, und ich sagte ihm, ich könnte den Text nicht.

Der Weihnachtsweihnachtsmann sagte: »Natürlich kannst du den Text. Na los, sing schon!«

Also sang ich das Lied so, wie Billie Holliday es gesungen hätte, wenn sie je ein Weihnachts-Album herausgebracht hätte, besonders die Stelle mit »... holder Knabe im lockigen Haar«.

Der Weihnachtsweihnachtsmann hat mich nicht bis zu Ende singen lassen.

Heute nachmittag haben wir alle Rekorde gebrochen, indem wir in einer Stunde eintausendvierhundert Menschen durch das WeihnachtsLand gehetzt haben. Die meisten waren Schulgruppen in Klumpen zu dreißig oder mehr. Mein Weihnachtsmann richtete folgendermaßen das Wort an sie: »Also gut, ich werde bis drei zählen, und bei drei möchte ich, daß ihr alle schreit, was ihr euch zu Weihnachten wünscht, und zwar so laut ihr könnt.«

Dann zählte er bis drei, und der Krach war ohrenbetäubend. Daraufhin hielt sich der Weihnachtsmann die Ohren zu und sagte. »Na gut –, dann möchte ich, daß ihr mir nacheinander sagt, was ihr dem Weihnachtsmann am Heiligen Abend als kleine Stärkung hinlegen wollt.«

Er ging vom einen zum andern, und die Kinder nannten verschiedene Kekssorten, und er sagte: »Und was ist mit Stullen? Was ist, wenn der Weihnachtsmann vielleicht mal was Herzhafteres braucht als immer nur Kekse?«

Was dem Weihnachtsmann heute nachmittag den Antrieb gab, war die Langeweile seiner seit neun Jahren andauernden Beziehung. Zum Abschied winkte er den Kindern nach, drehte sich dann zu mir um und sagte: »Ich wünsch mir eine Affäre, verdammtnochmal –, nur eine kleine Liebschaft, damit ich die nächsten vier bis fünf Jahre durchstehe.«

Manche Kinder werden kurz vor ihrem Besuch beim Weihnachtsmann nervös. Sie gehen auf und ab und ringen die Hände und starren den Fußboden an. Sie benehmen sich, als hätten sie gleich ein Einstellungsgespräch. Ich sage: »Mach dir keine Sorgen, der Weihnachtsmann wird kein Urteil über dich fällen. Er sieht das alles sehr gelassen. Früher hat er immer gern Urteile gefällt, aber da haben die Leute ihn getriezt, und seitdem macht er das nicht mehr. Das kannst du mir ruhig glauben; du hast nichts zu befürchten.«

Heute abend war ich Fotozwerg für den ältesten Weihnachtsmann. Meistens steht ihr Name auf dem Wasserbecher, den sie auf dem Kaminsims hinter den Geschenken versteckt haben. Hin und wieder ruft ein Weihnachtsmann nach Wasser, und sein Zwerg hält dann den Becher, während sein Herr durch einen Strohhalm trinkt. Auf diesem Becher stand kein Name. Heute abend hatten wir gut zu tun und keine Zeit, uns vorzustellen. Dies war ein überragender Weihnachtsmann, wild, aber warmherzig. Sobald eine Familie geht, fängt dieser Weihnachtsmann, der spürt, wie eine neue Familie sich vor seiner Schwelle zusammenknäult, an zu singen.

Er singt: »Ein schönes Mädchen … ist wie 'ne Melodie.«

Die Eltern und Kinder kommen rein, und wenn ein Mädchen dabei ist, sieht der Weihnachtsmann es kurz an, hält sich die dick behandschuhten Hände an die Brust und markiert einen massiven Herzinfarkt; er läßt sich gegen das Kissen in seinem Rücken fallen und stöhnt vor lauter Entzücken und Schmerz. Dann erholt er sich langsam davon und sagt: »Zwerg, Zwerg … Bist du da?«

»Ja, Weihnachtsmann, ich bin da.«

»Zwerg, ich habe gerade geträumt, das schönste Mädchen der Welt stünde vor mir. Direkt hier vor mir, in meinem Haus.«

Dann sage ich: »Das war kein Traum, lieber Weihnachtsmann. Mach die Augen auf, mein Freund. Sie steht direkt vor dir.«

Der Weihnachtsmann reibt sich die Augen und schüttelt den Kopf, als wäre er ein Gemeindepriester, dem gerade Jesus Christus erschienen ist. »Oh, himmlischer Tag«, sagt er, an das Kind gewandt. »Du bist *das* schönste Mädchen, das ich in sechshundertsiebzehn Jahren gesehen habe.«

Dann packt er sie sich auf den Schoß und schmeichelt jedem Aspekt ihres Charakters. Das Kind deliriert. Der Weihnachtsmann wedelt in Richtung Mutter des Kindes und fragt: »Ist das da deine Schwester, die da in der Ecke steht?«

»Nein, das ist meine Mutter.«

Der Weihnachtsmann ruft die Frau näher heran und fragt, ob sie eine gute Mutter gewesen ist. »Sagen Sie Ihrer Tochter, daß Sie sie lieben? Sagen Sie ihr das jeden Tag?«

Die Mütter werden immer rot und sagen: »Ich versuch's, lieber Weihnachtsmann.«

Der Weihnachtsmann sagt dem Kind, es soll der Mutter einen Kuß geben. Dann wendet er sich an den Vater und wünscht sich auch von ihm, daß er dem Kind sagt, wie sehr er es liebt.

Zum Schluß der Visite sagt der Weihnachtsmann: »Vergeßt es bitte nie, am wichtigsten ist, daß ihr immer versucht, die Menschen so sehr zu lieben, wie sie euch lieben.«

Die Eltern kriegen einen Kloß im Hals, und oft weinen sie sogar. Sie ergreifen den Weihnachtsmann bei der Hand und, im Hinausgehen, mich auch noch. Sie sagen, die Warterei hat sich gelohnt. Die schwersten Fälle öffnen das Portemonnaie und stecken dem Weihnachtsmann ein paar Dollar zu. Wir sollen zwar kein Trinkgeld nehmen, aber die meisten Weihnachtsmänner nehmen das Geld, zwinkern und stopfen es sich in den Stiefel. Dieser Weihnachtsmann sah das Geld an, als wäre es ein vollgerotztes Kleenex. Er schloß die Augen und bereitete sich auf die nächste Familie vor.

Bei Jungens setzt dieser Weihnachtsmann aufs Hirn: Jeder einzelne ist der schlauste Junge der Welt.

Das Tolle an diesem Weihnachtsmann ist, daß er nicht einmal fragt, was die Kinder sich wünschen. Meistens bindet er die Eltern so sehr ein, daß sie den Drang zur Dokumentation nicht mehr verspüren. Sie legen ihre Videorecorder hin und feiern mit ihm dies Festival der Liebe.

Heute nachmittag war ich wieder Zeigezwerg, einer meiner Lieblingsjobs. Der Zeiger steht im Zauberbaum und teilt verfügbare Weihnachtsmannzwerge verschiedenen Besuchergruppen zu, damit sie sie zu den Häusern der Weihnachtsmänner führen. Besucher, die zum ersten Mal kommen, sind begeistert, freuen sich, weil sie in wenigen Augenblicken den Weihnachtsmann zu sehen kriegen. Andere, die schon mal da waren, haben beschlossen, nichts dem Zufall zu überlassen.

Von allen Weihnachtsmännern sind zwei schwarz, und beide sind so hellhäutig, daß man, mit Bart und Schminke, Schwierigkeiten hätte, sich rassisch festzulegen.

Letzte Woche regte sich eine schwarze Frau auf, als sie, nachdem sie einen »Weihnachtsmann mit etwas Farbe« verlangt hatte, zu Jerome geschickt worden war.

Nachdem sie ins Haus geführt worden war, verlangte sie mit der Geschäftsführerin zu sprechen.

»Er ist kein Schwarzer«, beschwerte sich die Frau.

Bridget versicherte der Frau, Jerome sei ganz bestimmt ein Schwarzer.

Die Frau sagte: »Aber nicht schwarz genug.«

Jerome ist ein schwieriger Weihnachtsmann, launisch und unberechenbar. Er verbringt viel Zeit damit, ins Leere zu starren und die Summe auf seinem Gehaltsstreifen gegen die Stunden aufzurechnen, die er schon abgearbeitet hat. Wenn ein Geschäftsführer den Kopf reinsteckt und ihn ermuntert, er könne ruhig ein bißchen schneller machen, sagt Jerome: »Hören Sie zu, ich spiele hier eine Rolle. Verstehen Sie? Eine Rolle wie auf dem Theater, die viel Vorbereitung erfordert, also kommen Sie mir nicht ständig mit Begriffen wie ›Zeit‹.«

Jerome scheint seinen eigenen bizarren Stundenplan zu haben. Wenn die Kinderlein kommen, betrachtet er seine Stiefel und hält ihnen eine Vorlesung, in deren Verlauf er ihnen einen Vortrag über eine Karriere auf dem Gebiet der Entomologie hält.

»Entomologie, wißt ihr, was das ist?«

Er sagt, das Zeug, das die Stinkwanze zu ihrer Verteidigung versprüht, enthält vielleicht medizinische Wirkstoffe, die eines Tages die Menschheit von übertragbaren Krankheiten heilen können.

»Wißt ihr, was holistische Medizin ist?« fragt er.

Der Fotozwerg macht ein Foto von gähnenden Kindern.

Der andere schwarze Weihnachtsmann arbeitet an Werktagabenden, und ich habe ihn nie kennengelernt, aber er ist, höre ich, ein echter Entertainer, bei Fotozwergen und Kindern beliebt.

Als ich letztes Mal Zeigezwerg war, kam eine Frau nah an mich ran und flüsterte: »Wir hätten gern einen *traditionellen* Weihnachtsmann. Ich bin sicher, Sie wissen, was ich meine.«

Ich habe sie zu Jerome geschickt.

Gestern gab Schneeball den Zeiger, eine Frau nahm ihn beiseite und sagte: »Letztes Jahr hatten wir einen Schokoladenweihnachtsmann. Sorgen Sie dafür, daß sowas nicht nochmal passiert.«

Heute habe ich das alles selbst erlebt. Ich war noch

keine fünf Minuten Zeigezwerg, als ein Mann flüsterte: »Sorgen Sie dafür, daß wir dieses Jahr einen weißen kriegen. Letztes Jahr hatten wir einen schwarzen am Hals.«

Eine Frau berührte mich am Arm und formte die Worte: »Weiß –, weiß wie *wir*.«

Ich sage einem Weihnachtsmannzwerg, dem ersten in der Schlange, Bescheid und übergebe ihm diese Leute. Wer weiß, wohin es sie verschlagen wird? Die Kinder haben Hummeln im Hintern, sind aufgeregt; sie wollen endlich den Weihnachtsmann sehen. Die Kinder sind süß. Die Eltern sind manipulierbar und sollten an das A&S, zwei Straßen weiter, verwiesen werden. Bei A&S arbeiten nur zwei Weihnachtsmänner gleichzeitig –, ein weißer Weihnachtsmann und ein schwarzer Weihnachtsmann, und der Fall ist klar: Weiße in die eine Schlange und Schwarze in die andere.

Bei mir gingen Wünsche von beiden Seiten ein. Weißer Weihnachtsmann, schwarzer Weihnachtsmann –, ein Zeigezwerg ist angewiesen, die Schultern zu heben, den Unwissenden zu markieren und zu sagen: »Es gibt nur einen Weihnachtsmann.«

Heute wurde mein Registrierkassenalbtraum wahr. Die eigentlichen finanziellen Transaktionen waren gar nicht so schlimm; die habe ich inzwischen kapiert. Das schlimme sind die Nullbuchungen. Ein Kunde möchte bar zahlen, und dann, wenn ich das in die

Wege geleitet habe, untersucht er sein Portemonnaie und sagt: »Wissen Sie was, ich glaub, ich laß das doch lieber von meiner Karte abbuchen.«

Das erfordert Nullbuchungen und Unterschriften von der Geschäftsleitung.

Ich kümmere mich um den Papierkram, nehme ihren Foto-Bestellschein entgegen und klammere ihn an die Quittung. Dann ist es mein Job zu sagen: »Die heute aufgenommenen Bilder werden Ihnen am 12. Januar mit der Post zugeschickt.«

Das Beste an dem Job ist, wenn man sieht, wie die Gesichter länger werden. Diese Bilder werden zum Entwickeln in ein Labor geschickt. Das braucht seine Zeit, die vielen Bilder, so kurz vor den Feiertagen. Wenn sie wollen, daß ihre Bilder vor Weihnachten ankommen, sollen sie in der ersten Woche kommen, wenn WeihnachtsLand frisch eröffnet hat. Viele wollen ihr Geld zurück, wenn sie erfahren, daß ihre Bilder nach Weihnachten kommen werden, im Januar, wenn Weihnachten längst vergessen ist. Nullbuchung.

Heute war viel zu tun, und damit es ein bißchen mehr Spaß macht, habe ich die Transaktion beendet, indem ich dem Kunden eine Quittung überreichte und sagte: »Ihre Fotos werden Ihnen am 10. August mit der Post zugeschickt.«

August ist viel komischer als Januar. Wie ich diesen Gesichtsausdruck liebe, wenn der Mund ein perfektes O bildet.

Heute war mein letzter Arbeitstag. Man hatte uns gesagt, Heiligabend wäre wenig zu tun, aber heute war der Tag, auf den die Woche Grundausbildung uns vorbereiten sollte. Es war ein Tag der Non-stop-Action, ein Tag, den die Geschäftsführer zu einem guten Teil mit ihren Sprechfunkgeräten verbrachten.

Ich wurde Zeuge eines Faustkampfs zwischen zwei Müttern und beobachtete, wie eine Frau einen ernsten, beklemmungsbedingten Angst-Anfall erlitt: Sie fiel zu Boden und rang nach Luft und fuchtelte mit den Armen, als wolle sie Fledermäuse verscheuchen. Ein Vater aus Long Island nannte den Weihnachtsmann eine Schwuchtel, weil der nicht die Zeit gehabt hatte, seinem Kind »Morgen, Kinder, wird's was geben« zu deklamieren. An der Tête langer Schlangen hinterließen Eltern Wegwerfwindeln vor der Haustür des Weihnachtsmanns. Es war die ruppigste Menge, die ich je gesehen habe, und wir hatten nicht genug Zwerge, weil viele einfach nicht gekommen waren oder sich krank gemeldet hatten. Unsere Mittagspause wurde halbiert, und die Kaffeepausen wurden ganz gestrichen. Viele Zwerge beklagten sich bitterlich, aber wir anderen sahen plötzlich den Moment gekommen, auf den wir nur gewartet hatten. Es war wir gegen sie. Es war Zeit, Frontschwein zu sein, und ich brachte mich voll ein. Mein Weihnachtsmann und ich hatten sie rauf auf den Schoß, runter vom Schoß in sage und schreibe fünfundvierzig Sekunden. Wir waren eine leistungsfähige Maschine, von Chaos umgeben. Der Feierabend kam und ging für uns beide, und wir verschwendeten keinen Gedanken daran. Mein Flugzeug sollte um acht starten, und ich blieb bis zum letzten Augenblick, im Geiste die Fahrzeit zum Flughafen überschlagend. Widerstrebend meldete ich mich bei der Geschäftsführerin ab und sagte, jetzt müsse ich aber wirklich los. Sie saß an der Kasse und schrie eine Kundin an. Sie nannte doch tatsächlich diese Kundin eine Zicke. Ich berührte sie am Arm und sagte: »Ich muß jetzt aber.« Sie legte mir die Hand auf die Schulter, drückte sie sanft und setzte ihre Konversation fort: »Sagen Sie dem Vorstandsvorsitzenden von Macy's nicht, daß ich Sie eine Zicke genannt habe. Sagen Sie ihm, ich habe Sie eine ganz beschissene Zicke genannt, denn genau das sind Sie. Und jetzt verschwinden Sie aus meinem Blickfeld, bevor ich etwas tue, was wir beide bereuen.«

Mein Vermächtnis

Liebe Freunde und Familie,

wenn Ihr diesen Brief bekommt, werde ich tot sein. Diejenigen von Euch, die an diesem Gottesdienst teilnehmen, sitzen jetzt schön still auf ihren Plätzen und halten einen wunderschönen Briefbeschwerer in Händen, ein Geschenk aus der Sammlung, die, als ich noch lebte, mir Stolz und Freude war. Dreht den Briefbeschwerer in Euren Händen, blickt tief hinein, seht das Objekt, das in das Glas eingebettet ist, sei es nun eine Rose oder ein Skorpion, ganz egal, und unter Tränen fragt Ihr: »Wie mag der Tod wohl sein?« Inzwischen kenne ich bestimmt die Antwort auf diese Frage, bin aber außerstande, Einzelheiten mitzuteilen. So wisset lediglich, daß ich Euch eines Tages auf des Himmels grünen Matten wiedersehen werde, und ich freue mich jetzt schon wie ein Schneekönig darauf, Euch, mit

Ausnahme von Randy Sykes und Annette Kelper, dort zu umarmen und auszufragen, was es an Neuigkeiten gibt. Wenn denn die Zeit gekommen ist, werde ich mich wahrscheinlich auch nicht übermäßig über ein Wiedersehen mit meiner Mutter freuen, aber das sind ungelegte Eier.

Wenn meine Anweisungen so befolgt wurden, wie ich es mir gewünscht habe (siehe Umschlag mit Anweisungen # 1), wird Euch dieser Brief von der Kanzel der Kirche Christi des Einfachen Hirten durch meine beste Freundin Eileen Mickey verlesen werden (Hallo, Eileen!), die das langärmlige Lisa-Montino-Designer-Kleid anhat, welches ich hinterlassen habe und das mir immer so gut gestanden hat. (Eileen, ich hoffe, Du hast entweder etwas abgenommen oder es an den Seiten ausgelassen, sonst wirst Du nicht atmen können. Denk bitte außerdem daran, daß es chemisch gereinigt werden muß. Ich weiß, wie gern Ihr, Du und Deine Familie, knausert, aber hör bitte nicht auf das, was die Leute über Woolite sagen. Chemisch reinigen lassen!)

Die meisten von Euch fragen sich wahrscheinlich, warum ich es getan habe. Immer wieder fragt Ihr Euch: »Was könnte Trish Moody bloß zu so etwas getrieben haben?«

Ihr flüstert: »Warum, o Herr? Warum mußtest Du Trish Moody zu Dir nehmen? Trish war ein heller Sonnenstrahl, tat immer alles mögliche für andere Menschen, war immer froh und munter und voller Liebe.

Hübsch auch. Halt so gewitzt und süß und hübsch wie nur möglich.«

Ihr schüttelt wahrscheinlich den Kopf und denkt, daß es viele Menschen gibt, die viel schlimmer dran sind als Trish Moody. Da gibt es zum Beispiel diese Krankheit von einem Ex-Freund, Randy Sykes. Den Freund, der, nachdem Trish aus Versehen beim Zurücksetzen seinen Hund überfahren hatte, sie praktisch bewußtlos geschlagen hat. Er schlug mit Worten auf sie ein, er hätte es genausogut aber auch mit den Fäusten tun können. Immer wieder schlug er sie mit Worten und Bezeichnungen wie »Manipuliererin«, »eifersüchtig«, »kindisch« und anderen Anwürfen, die man lieber nicht gedruckt sehen möchte. Der Tod des Hundes war ein tragischer Unfall, aber vielleicht schließlich doch ein Segen, weil Randy eindeutig dazu neigte, zuviel Zeit mit ihm zu verbringen. Der Hund war in Gefahr, wie Randy selbst, verwöhnt und ungehorsam zu werden. Außerdem standen ihm als eingetragenem reinrassigen Zuchthund unweigerlich Probleme mit der Hüfte bevor.

Was sagte Trishs Mutter, als ihre Tochter sich mit gebrochenem Herzen wegen der Trennung von Randy auf der Suche nach Liebe und Verständnis an sie wandte?

»Wenn du Mitgefühl suchst, findest du es zwischen Mitesser und Mitschnacker im Wörterbuch.«

Vielleicht kann meine Mutter mit solchen Sprüchen leben. Daß ich es nicht kann, weiß ich.

Außerdem kann ich nicht leben, wenn ich von »Freundinnen« wie Annette Kelper umgeben bin. Arme, pummelige Annette Kelper, die verzweifelt so zu tun versucht, als merkte niemand, daß sie oben auf dem Kopf kahl wird. Stimmt wirklich. Seht mal genau hin –, wird kahl wie ein Mann. Vielleicht tut sie – Platte statt Matte – Andy ja auch nur leid. Vielleicht wurde er deswegen innerhalb einer einzigen Periode von fünf Tagen zweimal in ihrer Gesellschaft gesehen. Gesehen, wie er neben ihr auf dem Parkplatz vom Burger Tabernacle (ihrem zweiten Zuhause) stand, gesehen, wie er an sie geschmiegt auf der Rolltreppe der Crabtree-Valley-Einkaufsgalerie lachte. An Annette geschmiegt, meine angeblich beste Freundin, die heimlich alles wollte und begehrte, was ich besaß. Annette, immer um mich herum, das pummelige Mädchen mit dem Haarausfall, das mir in aller Freundschaft sagte: »Du mußt ein bißchen lockerer werden, Trish. Menschen sind keine Sachen, die man besitzen und kontrollieren und so arrangieren kann, daß sie so und so bleiben.« Ich weiß noch, wie sie mir das in meinem eigenen Schlafzimmer gesagt hat, ihre Hand auf meiner Schulter, den Kopf leicht nach links, so daß ich deutlich sehen konnte, wie ihre beiden oberen Schneidezähne in Folge einer billigen Behandlung der Zahnpulpakanäle braun wurden. Ich weiß noch, wie leid sie mir tat.

Ist denn jeder Mensch auf Erden so doppelzüngig wie Annette Kelper? Ist jeder so grausam wie Randy

Sykes? Ich glaube nicht. Die meisten von Euch, die ich liebte und zurücklassen mußte, sind einfache, treue Menschen. Ich ersuche Euch jetzt dringend, Euch im Andachtsraum umzusehen. Sitzen Randy Sykes und Annette im Publikum? Rutschen sie unbehaglich auf ihrer Kirchenbank herum, verstecken sie ihre Gesichter hinter den 21 x 27,5-Abzügen, die ich von meinem Porträtfoto zur Erinnerung an diesen Anlaß habe anfertigen lassen?

(Eileen, lies das, was jetzt kommt, ganz schnell, damit sie nicht vorher abhauen können.) Randy Sykes' Pimmel ist so groß wie mein kleiner Finger, und das auch nur, wenn er hart ist. Und den Nagel zähle ich gar nicht mit, nur den Finger! Auf der Mittelschule hat er es im Ferienlager zweimal mit einem Jungen getrieben. Vielleicht erklärt das, warum er es so gern hat, wenn jemand ihm den Finger in den Po steckt. Mich hat er immer angebettelt, ich soll das machen, ich habe mich aber geweigert. Ich habe gesagt: »Kommt ja gar nicht in Frage, Randy.« Da hat er es ständig selbst bei sich gemacht. Deshalb habe ich auch nie Händchen mit ihm gehalten. Seine Hände stinken! Insgeheim glaubt er, er sieht aus wie Marlon Brando, aber seht ihn euch mal genau an –; eine junge Marlin Perkins kommt der Sache viel näher! Vielleicht findet er das so toll an Annette Kelper –; er ist ein Tierfreund! Sie kam immer weinend zu mir nach Hause und stank meilenweit nach dem Pimmel ihres Onkels aus dem Hals. Sie hat gesagt, er hätte sie dazu gezwungen, aber das ist Lüge, weil man Huren nicht zwingt, und genau das ist sie nämlich – eine Hure. Annette und Randy haben einander verdient. Pimmelfresse und Stinkefinger fahren mit der Rolltreppe immer rauf und runter, immer rauf und runter, immer rauf und runter. Süße kleine Arschgesichter! Seht sie Euch an, seht sie Euch ganz genau an. Es ist ihre Schuld, daß ich tot bin. Sie tragen die Verantwortung. Jetzt ersuche ich Euch dringend, diese Briefbeschwerer zu nehmen und sie zu steinigen. Macht Eurem Ärger Luft! Die Bibel sagt, es ist in Ordnung, den ersten Stein zu werfen, wenn jemand Totes einem das befiehlt, und ich befehle es Euch jetzt, tut so, als wären die Briefbeschwerer Steine, und bewerft damit die Schuldigen. Ich habe eigens etwas auf die hohe Kante gelegt, um für Schäden an Wänden und Fenstern aufkommen zu können. Es ist Geld, das ich für meine Hochzeit gespart hatte, und es ist viel Geld, also *werft!* Verletzt sie, wie sie mich verletzten! Bringt sie um! Niemand wird Euch zur Rechenschaft ziehen. Tötet sie! (Eileen, hier würde ich ein paar Minuten einberechnen, weil es für gewisse Leute vielleicht ein bißchen länger dauert, bis sie in Stimmung kommen. Steck die Kassette mit der Aufschrift »Steinigung« rein und warte, bis sowohl Randy als auch Annette kein Lebenszeichen mehr von sich geben. Warte, bis alle mit ihren Briefbeschwerern fertig sind, und dann möchte ich, daß du das Mikrofon an meine Mutter weitergibst. Beobachte, wie sie bebt und stottert, und merke Dir jede Geste, als wärest Du ich.)

Fuselfieber

Kurz nach dem Tode meiner Mutter, als meine Schwester und ich ein Schränkchen voller Papiere mit dem Vermerk »GIFT« durchwühlten, geschah es, daß ich, zwischen die Seiten eines zerlesenen Exemplars von *Mein Kampf* gesteckt, ihre gesammelten Neujahrsvorsätze aus fünfzehn Jahren fand. Sie hatte diese Übung im Winter nach dem Tod meines Vaters aufgenommen, im selben Jahr, in dem sie einen Job gefunden und sich ihre erste Flinte gekauft hatte. An jedem 26. Dezember nachmittags, nachdem sie den künstlichen Baum in seine Kiste zurückgestopft hatte, wurde sie nachdenklich. »Meint ihr, ich verwende das Wort ›Nigger‹ zu oft?« fragte sie dann. »War es falsch von mir, dieses Mädchen von den Zeugen Jehovas anzuspucken? Sagt mir mal die Wahrheit. Ich brauche eine abweichende Meinung.«

Zu Silvester saß sie mit ihren Notizen und einer Kaffeetasse Sekt herum, sah auf ihre Uhr und klopfte mit einem Bleistift gegen die Beine ihres Stuhls. Sie schrieb etwas auf eine Karteikarte, schüttelte wenige Augenblicke später den Kopf und radierte es aus. Die Prozedur wurde so oft wiederholt, bis sie ein Loch in die Karte radiert hatte und mit einer neuen wieder von vorne anfangen mußte.

Am nächsten Morgen fragte ich: »Was war denn auf deiner Liste, Mom?«

»›Die hausbackenen Teenager, die sich meine Kinder nennen, erwürgen.‹ Warum fragst du?«

»Nur so.«

Mir hat meine Mutter immer viel Spaß gemacht, aber meine Schwestern haben irgendwie die Pointe nie verstanden. Jetzt sind sie groß und humorlos und klinisch sensibel: die Art Menschen, die zu oft die Wörter »Wut« und »Befugnis« verwenden und ständig »Was meinst du *wirklich* damit?« fragen. Während ich unsere Mutter oft anrief und besuchte, blieben sie auf Distanz und beschränkten ihre postalischen und telefonischen Kontakte auf Weihnachten und so.

»Habe ich dir gesagt, was deine Schwester Hope mir zum Geburtstag geschickt hat?« fragte meine Mutter während eines unserer nächtlichen Telefonate. »Einen Poncho. Wer glaubt sie denn, wer ich bin, daß ich einen Poncho möchte? In meinem Dankesbrief habe ich ihr geschrieben, daß er bestimmt sehr praktisch ist, wenn ich nächstes Mal meinen *burro* besteige, um die dreitägige Reise über die Berge ins Nachbardorf anzutreten. Poncho, aber wirklich. Ich habe ihn, zusammen mit der Pfeffermühle, die Joy mir geschickt hat, in die Garagenflohmarkt-Kiste geworfen. Das Ding ist sechsundsechzig Zentimeter lang, schwarz und glatt –; was soll ich mit so einem Ding anfangen? Da braucht man keinen Psychiater, um die Pfeffermühle als das zu erkennen, was sie wirklich ist. Ich wette, sie hat das wochenlang mit ihrem Therapeuten durchgehechelt. Ach ja, und dann kam das Geschenk auch noch in einer schicken Schachtel und in Seidenpapier eingewickelt an. Daran hat sie sich bestimmt den Arsch abgezahlt, aber so ist Joy; glaubt, sie kann die Menschen mit dem Geld beeindrucken, das sie als ›Beraterin‹ verdient. So nennt sie sich jetzt, Beraterin, als hätte das irgendeine Bedeutung. Jeder, der Fragen beantwortet, kann sich Berater nennen, hab ich recht? Das Fräulein von der Telefonauskunft ist Beraterin, eine Handleserin: Sie sind allesamt Beraterinnen. Ich dachte, ich hätte alles gesehen, aber dann hat mir Faith ein Abonnement dieses Branchenblatts geschickt, für das sie arbeitet. Sie nennt es Magazin. Hast du es gesehen? Warum sollte wohl jemand ein Magazin abonnieren, das sich Lehmbauten widmet? Ist das der große Trend? Hab ich da was verpaßt? Mein Haus ist aus Ziegeln, aber möchte man jeden Monat was darüber lesen? Lehmbauten? Sie hat einen Kringel um ihren Namen auf der ersten Seite gemalt, wo sie als ›Redakteurin für Sonderbeiträge‹ aufgeführt ist. Wenn ich gefragt werde, was sie macht, sage ich immer, sie ist Sekretärin –; das hört sich besser an. Also, eine Woche nach meinem Geburtstag rief mich deine Schwester Charity an…«

Faith, Hope, Joy, Charity und ich, Adolph.

Es war wohl doch stärker als sie.

Meine Mutter mochte zwar mit einem Flohmarkt im Vorgarten drohen, aber sie war nicht der Typ, der Leute auf ihr Grundstück einlädt oder Veränderungen vornimmt. Nach ihrem Tode waren meine Schwestern entsetzt, als sie, schön säuberlich originalverpackt, jedes Geschenk entdeckten, das sie ihr je geschenkt hatten.

»Wie konnte sie sich denn eine Erstausgabe von M. Scott Peck *nicht* wünschen?«

»Ich habe dieses Windspiel mit meinen eigenen Händen gebaut. Hat sie das denn gar nicht gerührt?«

»Was hatte sie denn wohl gegen Pfeffermühlen?«

Von ein paar steifen Portemonnaies abgesehen, die ich im Ferienlager gebastelt hatte, war nichts von mir in diesen Kisten, da ich bereits in zartem Alter entdeckt hatte, daß Briefmarken, stangenweise Zigaretten, Glühbirnen und Steaks per Postversand die Geschenke sind, die den Beschenkten immer wieder neu beschenken.

»Wie konnte sie nur so grausam sein?« fragten meine Schwestern, als sie auf die nie abgeschickten Notizen und Briefe stießen, die unter »GIFT« abgelegt waren. »Ich bin nicht ›das fehlende Glied zwischen Mensch und Tier‹, ich bin es nicht, ich bin es nicht, ich bin es *nicht*«, skandierte Joy, die den Entwurf zu einer Glückwunschkarte anläßlich ihrer Abschlußfeier in Händen hielt. »Ich bin *nicht* ›Gottes Geschenk an Bierbäder im Verbindungsheim‹, das bin ich nicht, das bin ich nicht, das bin ich nicht.« Charity und Faith gesellten sich dazu, und alle drei bildeten einen Strömungskreis des Berührens und Heilens. An mich waren auch Briefe da, die mich – zu meinen Ungunsten – sowohl mit Richard Speck als auch mit dem verstorbenen Stepin Fetchit verglichen, aber das hat mir ehrlich nicht allzuviel ausgemacht. Wir alle hängen hin und wieder haßerfüllten Gedanken nach, die sich mit der Zeit entweder verstärken oder verblassen. Von einem Tag auf den anderen, fast unmerklich, ändern sich unsere Meinungen, bzw. *meine* Meinungen ändern sich. Manche jedenfalls. Dadurch gelte ich entweder als schwach oder als aufgeschlossen, je nachdem, was ich versprochen habe, als wir letztes Mal miteinander sprachen. Ich bin sicher, daß Richard Speck durchaus auch gute Eigenschaften hatte, und Stepin Fetchit war ein sagenhafter Tänzer, also versuche ich, es nicht zu schwerzunehmen. Meine Mutter hatte diese Briefe nicht abgeschickt; sie hat sie einfach hinterlassen, so daß sie nach ihrem Tode entdeckt werden konnten. He, immerhin hat sie an uns gedacht.

Ich habe – neben einer chinesischen Speisekarte für Gerichte zum Mitnehmen und einer Beileidskarte in grauenhafter Schönschrift von meinem früheren Freund Gill Pullen – einige der Notizen meiner Mutter an den Kühlschrank gepappt. Beileid und Kalligraphie sind zwei Sachen, ohne die ich eindeutig leben kann. Ohne Gill Pullen kann ich nicht leben, bzw. ich werde lernen müssen, ohne ihn zu leben. Auf die Gefahr, rührselig oder sentimental zu erscheinen, wurde beiderseits davon ausgegangen, daß man, nachdem man die Gesellschaft des jeweils anderen sieben Jahre lang genossen hatte, befreundet war. Da er mein einziger Freund war, kann ich sogar so weit gehen zu sagen, daß er mein bester Freund war. Wir hatten unsere kleinen Kräche, klar hatten wir die. Wir gingen einander auf die Nerven und mieden uns dann ein paar Tage lang, bis im Fernsehen etwas richtig Gutes kam, was den einen von uns veranlaßte, den anderen anzurufen und zu sagen: »Schnell –, hervorragendes UO auf Kanal Sieben.« UO steht für Unschuldiges Opfer; wird meist bibbernd auf dem Bürgersteig nahe dem Schauplatz der Tragödie angetroffen. Die Wirkung des Unschuldigen Opfers wird noch gesteigert, wenn es sich mit dem Windzerzausten Reporter paart, Hauptbestandteil jedes Nachrichtenteams. Preisgekrönte UOs weisen keinerlei Eitelkeit oder Arg auf. Ihre Präsenz ist in sich selbst mitleiderregend, aber das genügt dem WzR noch lange nicht, der zusätzlich im emotionalen Tagebau tätig wird.

»Was war das denn für ein Gefühl, als der Mann euer Haus in Brand gesetzt hat?« fragt der WzR und kauert sich zum benommenen und in eine Decke gehüllten fünf Jahre alten Kind hinunter. »Ich möchte wetten, daß es ganz schön weh tut, wenn man sieht, wie das eigene Haus ein Raub der Flammen wird, so ein schönes Haus wie eures. Jemand hat mir gesagt, daß eure Katze noch im Haus war. Das ist doch ganz schön traurig, stimmt's? Jetzt wirst du sie nie wiedersehen. Du wirst weder deine Katze noch deine Schuhe noch den Freund deiner Mutter jemals wiedersehen. Kannst du mir sagen, was für ein Gefühl das ist, ganz tief innen?«

Auch der KbD war ein gern gesehener Eisbrecher. Nichts behagt mir auch nur entfernt so sehr wie der allseits beliebte Körperbehinderte Detektiv. Nirgendwo sonst im Fernsehen findet man die Blinden, Tauben und Gelähmten in so abenteuerlichen, hochbezahlten und dauerhaften Jobs. Gill hatte mal eine Idee für eine Serie um einen Ermittler, der an eine Eiserne Lunge angeschlossen ist, *Bis zum letzten Atemzug.* Die Klienten, bestrebt, ihre entführte Tochter zu finden, versammeln sich um sein Bett herum, streicheln ihm die Stirn und flehen ihn an, den Fall zu übernehmen.

Gill war immer voll guter Ideen. Deshalb hat es mich so geschockt, als er plötzlich wie ausgewechselt war. Ich hatte es nicht kommen sehen. Wir machten Pläne, uns zum Essen in einem indischen Restaurant zu treffen, das keine Schanklizenz hat. Man kauft den

Stoff einfach eine Straße weiter und bringt ihn mit –; so ist es auch billiger. Also gingen Gill und ich in den Schnapsladen, wo ich ihn fragte, ob wir zwei Sechserpacks und 0,6 Liter J&B oder ein Sechserpack und 0,75 Liter kaufen sollten. Oder wir könnten ganz einfach die zwei Sechserpacks und die 0,75-Liter-Pulle nehmen, weil warum nicht? Ich erwog das Für und Wider, als Gill plötzlich ohne Übergang an den Knöpfen seines Mantels zu drehen begann und sagte: »Mich kannst du vergessen –; kauf nur was für dich, Dolph.« Dolph ist der Name, auf den ich höre, denn als Adolph kann man wirklich nicht herumlaufen. Dolph ist auch schlimm, aber immerhin nicht tödlich; nur Kassengift.

»Nur zu, Dolph. Mach dir um mich keine Sorgen.«

Später im Restaurant nahm ich an, er habe seine Meinung geändert, und bot Gill eins meiner Biere an. Er wurde ein paar Momente lang ganz still und pochte mit der Gabel auf den Tisch, bevor er den Kopf senkte und mir stockend und mit immer wieder neuen Anläufen sagte, er könne nichts trinken. »Ich bin, herrje, Dolph, ich bin, weißt du, ich bin… Tja, es ist nämlich so, ich bin nämlich… Ich bin… Alkoholiker.«

»Toll«, sagte ich. »Dann nimm dir acht Bier.«

Gill wurde, was sonst gar nicht sein Fall war, dramatisch und schubste sich das Haar aus der Stirn. Er beugte sich vor und sagte: »Ich *kann* nichts trinken, Dolph. Verstehst du denn überhaupt nichts? Ich *kann* es nicht.«

Er sagte das, als wäre er ein frischgelähmter Solotänzer in einem Fernsehfilm, und als hätte ich ihm gerade befohlen, heute abend die Hauptrolle in der *Nußknackersuite* zu tanzen. Ich reagierte so, wie ich das für angemessen hielt. »Du *kannst* es doch«, sagte ich. »Ich *weiß,* daß du es kannst. Aber nein, da sitzt er lieber auf seinem Stuhl und drückt sich vor der Verantwortung. Nimmt den Weg des geringsten Widerstands. Stimmt –, du bist ein Versager, ein Krüppel, aber wenn auf dieser Bühne die Lichter angehen, wenn all die anderen Tänzer auf ihrem Platz stehen, dann möchte ich, daß du eines weißt: Der einzige, der dich auf diesem Rollstuhl festhält, bist du.«

Gills Gesicht begann sich zu verbeulen. Als er anfing zu schluchzen, wurde mir klar, daß er nicht gescherzt hatte. Die Menschen an den Tischen ringsum ließen ihre Gabeln sinken und sahen herüber. Ich zeigte auf unsere Teller und flüsterte durchdringend: »Was Sie auch tun, bestellen Sie nicht das Chicken Tandoori.«

Seitdem ist zwischen uns alles anders. Er ruft mich nicht mehr an, und wenn ich ihn angerufen habe, war nur sein Anrufbeantworter dran. Seine alte Ansage, die Zeile »Den Broadway erobert man nicht mit Pillen und Schnaps!« aus *Tal der Puppen,* wurde ausgetauscht. Ich weiß, daß er zu Hause ist und seine Anrufe überprüft, aber ich lege immer auf, wenn die Stimme des neuen Gill einsetzt und mich dazu ermuntert, das Leben von Tag zu Tag zu führen. Was ist bloß aus ihm geworden?

Ich fuhr mit der Eisenbahn nach Hause und besprach das mit meiner Mutter, die zu der Zeit eine Woche im Krankenhaus verbrachte, um sich von einer Lymphknotenkarzinom-Operation zu erholen. Der Krebs war nichts, verglichen mit der Strafe, die sie von ihrer Zimmergenossin, einer Lupus-vulgaris-Patientin namens Mrs. Gails, zu erdulden hatte. Die Frau sagte nie ein Wort, sah aber ständig und in höchster Lautstärke fern. Da ihr offenbar die herkömmlichen Vergleichsmomente fehlten, sah sie sich alles an und bekundete an einem Golfturnier kein größeres Interesse als an einer Natursendung.

»Hast du irgendwelche Fragen zu den Äsegewohnheiten des heranwachsenden nordamerikanischen Elchbullen?« fragte meine Mutter und befummelte ihr Plastikarmband. »Ich habe mich bei der Krankenschwester beschwert, aber die zeigen nur auf ihre Ohren und flüstern, sie hätte ein Problem mit dem Hören. Wenn sie so schlecht hört, warum flüstern sie dann über sie? Sie kann den Essenswagen am anderen Ende des Korridors hören. Ich habe es mit eigenen Augen gesehen. Sie fährt hoch und reibt sich die Hände, und wozu? Ihr Elch auf Futtersuche läßt sich wahrscheinlich zu einem köstlicheren Mahl nieder als alles, was sie in diesem Laden kriegen wird. Ich möchte, daß diese Frau tot ist.«

Ich sprach kurz über meine Probleme mit Gill, bis meine Mutter das Interesse verlor. »Habe ich dir gesagt, daß deine Schwester Charity mich angerufen hat? Ich habe ihre Stimme kaum erkannt, weil es inzwischen, warte, drei Jahre her ist, seit sie mich letztes Mal angerufen hat. Sie hat scheint's ihren Job bei der telefonischen Selbstmordberatung verloren und wollte mich anpumpen. Ich habe gesagt: ›Sekunde, Liebes. Es ist ein bißchen schwierig, ans Portemonnaie zu kommen, wenn man eine Kanüle in der Vene hat.‹«

Ich lauschte ihren Geschichten, wohl wissend, daß ich, sobald ich ihr den Rücken kehrte, bestimmt die Hauptrolle in ihrer nächsten Beschwerde spielen würde. Ich erwartete mit Bestimmtheit, daß sie sich an ihren Radiologen wendet und etwa folgendes sagt: »Ist es nicht süß von meinem einzigen Sohn, daß er den ganzen weiten Weg hierher reist, damit er mir was über seinen mitleiderregenden kleinen Freund vorwinseln kann? Wenn ich nicht ans Totenbett gefesselt wäre, könnte ich vielleicht die Kraft aufbringen, die man braucht, damit einem sowas nicht total wurscht ist.«

Derlei reibt meine Schwestern völlig auf, stört mich aber nicht im mindesten. Bei einem Menschen erwarte ich nichts anderes, und ich staune immer wieder, wenn jemand das fälschlich als Klatsch bezeichnet und sich wer weiß wie drüber aufregt.

Ein Beispiel: Bis ziemlich unlängst hatte ich das Unglück eines Jobs in den Büroräumen der Firma Geschenkartikel Vincent & Skully, Vertrieb von gehäkelten Bierdeckeln, Kaffeetassen in Form von Golftaschen und mehr geistlosen Krimskramsgegenständen, als man überhaupt erfahren möchte.

Auf den Niedergang dieser Nation schließe ich von der Anzahl ihrer Bürger, die willens sind, Geld für T-Shirts mit der Aufschrift »Ich geh mit einem Blödi«, »Hure a. D.« und »In die Geschichtsbücher werde ich nicht kommen, aber in Deiner kleinen Schwester« auszugeben. Die Angestellten der Firma Vincent & Skully waren, mit einer Ausnahme, mir, vollkommene Entsprechungen der Ware, die sie vertrieben. Die Büros waren wie eine Bundeszentrale des Dachverbands der Freunde des erlernbar Banalen und von Menschen bemannt, die ihre Kubikel mit abgesteppten herzförmigen Bilderrahmen und diesen winzigen Plüschbären schmückten, die sich mit ehernem Griff an Lampen und Computer-Terminals klammern und ihre persönliche Note einem Aufdruck wie »Terri's Bär« oder »BÄR liebt BÄRbel!« verdanken.

Ich weiß nicht, wie Menschen so dumm werden können, aber direkt vor meiner Tür läuft eine ganze Nation von der Sorte herum. Vor ein paar Monaten habe ich meinen Job verloren, als Alisha Cottingham der Kamm schwoll und sie mich im Posteingangszimmer in die Enge trieb. Alisha ist im Bereich Marketing tätig, und sie neigt zu etwas, was sie als die Kunst der präzisen, formellen Rede ansieht. Wenn ich ihr zuhöre, stelle ich mir vor, wie sie ihr Gelaber am Vorabend hintippt und von vorn bis hinten auswendig lernt, wobei sie in ihrer gottverlassenen Wohnung auf und ab rennt und daran arbeitet, dies oder jenes Wort mit der gebotenen Emphase auszusprechen.

»Mr. Heck«, hob sie an und schnitt mir beim Fotokopierer den Weg ab. »Es ist mir hier bei Geschenkartikel V&S zur Kenntnis gelangt, daß Sie ein Problem mit meinem Kinn zu haben scheinen. Nun lassen Sie mich Ihnen mal eine Kleinigkeit sagen, Sir. Ich bin nicht hier, um Ihren strengen Anforderungen an die menschliche Physis zu genügen. Ich bin hier, um zu arbeiten, genau wie Sie. Wenn mein Kinn Sie, aus welchem Grund auch immer, von der Ausübung Ihres Jobs hier bei Vincent & Skully abhält, dann haben wir, glaube ich, ein Problem.«

Ich dachte: Kinn? Was für ein Kinn? Ich hatte etwas über ihren Hals gesagt. Alishas Kinne sind eine ganz andere Geschichte.

Sie fuhr fort: »Sie sollen lediglich erfahren, daß Ihre wohlüberlegte Grausamkeit mich nicht verletzen kann, Mr. Heck, denn das werde ich nicht zulassen. Als Profi im Bereich Marketing werde ich dafür bezahlt, über die gedankenlosen, kleinlichen Bemerkungen eines Büroboten erhaben zu sein, dem es Vergnügen bereitet, körperliche Charakteristika seiner Mitarbeiter zu kommentieren, von denen viele tapfer sowohl gegen persönliche wie gesellschaftliche Härten und Entbehrungen gekämpft haben, um V&S zu einer Firma zu machen, auf die wir alle stolz sein können.« Irgendwann fing sie an zu schluchzen, und sie hätte mir leid getan, wenn sie mich nicht zweimal verpetzt hätte, weil ich während der Drei-Uhr-Pause Gras geraucht hatte. Also hatte ich eine kleine Bemerkung gemacht, und die wurde herumerzählt. Na und? Glaubte Alisha Cottingham denn ehrlichen Herzens, daß wir, nur weil sie neben mir sitzt und eine Tüte Kartoffelchips mit mir teilt, eine so starke Bindung entwickeln, daß ich nicht mehr mitkriege, wie ihr Hals aussieht? Nämlich wie ein Stapel Zehncentstücke?

Nichts schien sie aufhalten zu können. Sie beendete ihre Rede und fing dann nochmal ganz von vorne an, und bei jeder Lieferung wurde sie lauter, bis der Geschäftsführer erschien und vorschlug, es ginge mir wahrscheinlich besser, wenn ich mir woanders Arbeit suchte. Besser?

An dem Abend rief ich Gill an, um ihm davon zu erzählen. Er mußte den Anruf erwartet haben, denn er ging schon beim ersten Klingeln ans Telefon. Anstatt erstmal unsere Schwierigkeiten zur Sprache zu bringen, stieg ich sofort voll in die Geschichte ein, als wäre nie etwas geschehen. Ich redete maximal etwa zwei Minuten lang, als er mich unterbrach und sagte: »Tut mir leid, Dolph, aber ich möchte wirklich nicht mit dir sprechen, wenn du betrunken bist.«

Betrunken? Ich hatte natürlich einige Drinks intus, aber ich habe nicht gesabbert oder so. Ich habe nicht gesungen oder mit matter Stimme gefragt, ob ich je Liebe finden werde. Ich wäre wahrscheinlich dran gewesen, wenn ich ins Röhrchen hätte pusten müssen, aber was macht das schon, wenn man zu Hause sitzt? Da war ich dann echt sauer. Wieso soll denn immer alles nach *ihm* gehen? »Ich rede wieder mit dir, wenn du nüchtern bist.« Da habe ich gesagt: »Genau, und vielleicht rede ich wieder mit dir, wenn du rote Haare hast und dir der Bart bis über deine Scheiß-Knie wächst.«

Ich hatte noch mehr zu sagen, aber er legte auf, bevor ich meine Gedankengänge komplett entwickeln konnte. Es machte mir fürchterliche Sorgen, aber dann kam ich wieder zur Vernunft, und mir wurde klar, daß er früher oder später einen Rückfall haben muß. Ich habe die Statistiken gelesen, und wie ich Gill kenne, ist es nur eine Frage der Zeit, bis er das Handtuch wirft und wieder zu trinken anfängt. Bis dahin werde ich einfach Abstand halten.

Ich hatte es mir gerade mit dieser Vorhersage bequem gemacht, als ich Gill zufällig in einem Restaurant traf, und diesmal war ich wirklich betrunken. Ich stand am Mitnehm-Tresen und gab meine Bestellung auf, als ich ihn an einem Tisch am anderen Ende des Raums mit drei weiteren Personen vor Tellern mit den Resten einer Mahlzeit sitzen sah. Er hatte ein Hemd an, das mit Würfeln bedruckt war, wahrscheinlich das häßlichste Hemd, das ich je an einem männlichen Nordamerikaner gesehen habe, aber ich freute mich doch, ihn zu sehen. Ich näherte mich dem Tisch und sagte mit lauter Stimme: »Mensch, Gill, wo hast du denn gesteckt? Dein Bewährungshelfer hat dich überall gesucht.«

Jeder in dem Restaurant blickte auf, nur Gill nicht, der schüttelte den Kopf und sagte nichts. Obwohl ich es besser hätte wissen sollen, zog ich mir einen Stuhl heran, setzte mich zu ihnen an den Tisch und stellte mich als alten Zellengenossen von Rikers Island vor. »Das waren noch Zeiten, was? Erinnerst du dich noch an den ollen T-Bone? Erinnerst du dich noch an den Typ, den wir alle ›Direktor Rektum‹ nannten? Mann, waren das Zeiten!«

Niemand sagte etwas. Gill verdrehte die Augen und ordnete die Serviette auf seinem Schoß, was vermutlich im Geheimen Anonymen-Alkoholiker-Kode bedeutete, daß man mich nicht ernst nehmen soll. Das waren die neuen Freunde, die er bei seinen Meetings kennengelernt hatte, genau die Sorte, über die wir uns vor ein paar Wochen noch lustig gemacht hätten. Plötzlich waren sie jedoch seine Leute.

Eine sehr dünne, erschöpft wirkende Frau, die ihr schulterlanges Haar zu einem Pferdeschwanz gebündelt hatte, räusperte sich und sagte: »Wie ich bereits sagte, fand ich diesen Timothy sehr nett. Ich habe ihn sofort sehr, sehr gemocht. Er ist ein Mensch, der auf die Menschen zugeht, das habe ich gleich gemerkt.« Dieser Frau fehlte ein Schneidezahn.

Eine andere Frau, jünger, mit schwer toupiertem Blondhaar, fummelte mit ihren Eßstäbchen und pflichtete ihr bei: »Meinst du den Timothy mit dem olivfarbenen Rollkragenpullover und der Jeansjacke? Ach, ich habe den Typ geliebt. Was für ein netter Typ. War der etwa nicht nett?«

»Ich würde sagen, er ist einer der absolut nettesten

Typen, die ich seit langem getroffen habe«, sagte das verdrießliche Abe-Lincoln-Ebenbild neben mir. Er hielt inne, kratzte sich am Bart, und kurze steife Haare regneten auf seinen leeren Teller. »Ich habe Timothy gleich von Anfang an gemocht, weil er einfach so verdammt nett ist, wie soll man ihn da nicht mögen?«

»Wo wir gerade von nett sprechen –, was haltet ihr von Dicky Schroth?« sagte Gill.

»Er ist noch vom alten Schroth und Korn«, sagte der häßliche Bärtige, und alle brachen in Gelächter aus.

»Ha ha«, sagte ich. »Vom alten Schrott und Korn.«

Gill und seine GefährtInnen ignorierten mich, bis die magere Vettel das Wort an mich richtete: »Sie, Sir, stehen einem gedeihlichen Verlauf unseres Abends im Wege, und ich für mein Teil schätze das nicht.« Plötzlich verstand ich, warum ihr ein Schneidezahn fehlte.

Gill sagte: »Dolph, vielleicht solltest du versuchen, zur Abwechslung einfach mal still zu sein und zuzuhören.« Ich nickte, lehnte mich auf meinem Stuhl zurück und dachte: Wem? Er ist so nett, er ist so nett, sind sie nicht nett. Nett ist mir ein Mysterium, denn obwohl ich das auf irgendeiner profanen Ebene selbst anstrebe, wäre das letzte, was ich mir wünsche, eine Tafelrunde von Langweilern, die das über mich sagen.

»Ich find's ganz nett, Byron.«

»He, Kimberley, nettes Blüschen. Neu?«

»Toller Haarschnitt, Pepper. Sieht echt nett aus.«

Ich verstehe nett nicht. *Nett* ist ein bequemes einsilbiges Wort, und es sagt überhaupt nichts. Ich umgebe mich lieber mit komplexeren Wörtern, wie *heroisch* und *gebieterisch*.

»Dieser Dolph, steht der unter Naturschutz oder was?«

Ich saß noch etwa zehn Minuten lang an Gills Tisch und hörte das Wort »nett« dreiundzwanzigmal, bis ich es nicht mehr ertrug. Als ich schließlich ging, rief der Idiot mit dem Bart: »War nett, mit Ihnen zu sprechen«, womit wir unterm Strich bei vierundzwanzig wären.

Ich schrieb Gill, nachdem meine Mutter gestorben war, und hoffte, daß er mich vielleicht mal anruft, aber statt dessen zog er es vor, mir diese gefühlige kalligraphierte Beileidskarte zu schicken, die er, fürchte ich, vielleicht sogar selbst angefertigt hat.

Meine Mutter hatte sich verbrennen lassen, und der Gedenkgottesdienst war nur dürftig besucht –, von mir, dreien meiner vier Schwestern, dem Boss meiner Mutter von der Schuldeneintreibungsagentur und ein paar ihrer Bekanntschaften vom Schießstand.

Im Haus meiner Mutter waren dann meine Schwestern zurückgenommen und mechanisch, als wären sie Zimmermädchen, die hinter Fremden saubermachen. Sie sprachen, als wäre soeben ein schreckliches Kapitel ihres Lebens abgeschlossen worden, und ich fühlte mich allein in meinem Glauben, daß ein noch viel schrecklicheres Kapitel gerade seinen Anfang nahm. Ich hörte mit an, wie sie, in der Küche versammelt oder am Telefon zu ihren Ehegatten, sagten: »Sie war eine sehr traurige und zornige Frau, und mehr kann man dazu nicht sagen.« Traurig? Vielleicht. Zornig? Bestimmt. Aber mehr kann man dazu immer sagen. Dafür hat meine Mutter schon gesorgt.

Drei Tage nach dem Gedenkgottesdienst trafen wir uns mit ihrer Anwältin, einer energischen Frau mit sehr langen Fingernägeln, die so lackiert waren, daß sie aussahen wie die amerikanische Flagge. Jemand, wahrscheinlich ihre Maniköse, hatte viel Zeit auf die Streifen verwendet, aber die Sterne waren in einem fürchterlichen Zustand, nur verklumptes Geglitter.

Sie öffnete ihre Aktentasche und berichtete uns, daß Haus, Auto und persönliche Habe meiner Mutter zum aktuellen Marktwert verkauft werden. Dieses Geld sollte zu ihrer Lebens- und Rentenversicherung, zu ihren Ersparnissen und ihrem Aktienbesitz hinzuaddiert und, letztwillig verfügt, der wohltätigen Organisation ihrer Wahl gespendet werden, der National Rifle Association.

Nachdem der erste Schock vorbei war, gab es für meine Schwestern vieles, was sie dazu zu sagen hatten.

Ich fand es komisch, aber das konnte ich mir, glaube ich, auch leisten. Am Nachmittag meines letzten Besuchs, nachdem Bestrahlung und Chemotherapie sie mit dem zurückgelassen hatten, was bald Lungenentzündung werden sollte, gab mir meine Mutter einen Scheck über vierzigtausend Dollar und schärfte mir ein, ich solle ihn schnell einlösen. Aus Mrs. Gails' Fernseher plärrte die Wiederholung einer abscheulichen Situationskomödie, in der ein schaler Heranwachsender von angenehmem Äußeren als Wildhüter für vier unheilbar frühreife Kinder agiert. »Geh jetzt«, sagte Mom und zeigte auf die Tür. »Und ich möchte, daß du, während du gehst, ihren Fernseher ausschaltest. Die Schwestern werden gute zwanzig Minuten brauchen, um ihn wieder anzuknipsen. Der Friede ist das höchste Gut. Die vierzigtausend Dollar ist er wert, glaube mir.«

Als ich das Zimmer verließ, bot sie an, die Summe zu verdoppeln, wenn ich Mrs. Gails ersticke. »Nimm das Kissen«, rief sie. »Das Kissen.«

Ich erwähnte das Geld meinen Schwestern gegenüber nicht, da ich, wie meine Mutter, vielleicht gemein bin, aber nicht blöd. Das Geld gestattete mir, es langsam angehen zu lassen und mich ein bißchen zu erholen, bevor ich in einen neuen sinnlosen Job stolpere. Ich schätze es wirklich sehr, und jeden Nachmittag, wenn ich mich aus dem Bett wälze und zur Asbest-Zimmerdecke aufblicke, danke ich stumm meiner Mutter.

Als Erwachsener hatte ich fast immer einen regelmäßigen Tagesjob und bin es echt nicht gewohnt, alltags zu Hause zu sein. Mit so viel Freizeit und ohne Gill oder meine Mutter, mit denen man reden könnte, sehe ich viel mehr Hausfrauenfernsehen und trinke früher als sonst. Ich hatte immer schon ferngesehen, wenn ich von der Arbeit nach Hause kam. Ich wußte alles über Detektive, Anwälte, Polizeidramen, Komödien mit Lachkonserve, Infomercials, gute und schlechte Filme, Kostümschinken, Werbung, Late-Night-Public-Relation-Festivals, die als Talk-Shows verkleidet sind, sowie das Valium alldessen, was als bildend präsentiert wird. Deshalb betrat ich mit großer Freude die Welt des Tagesfernsehens. Warum, frage ich, werden diese Programme gesendet, wenn die meisten Menschen bei der Arbeit sind? Tagsüber ist das Fernsehen eine Goldmine an pathologischem Verhalten.

Ich schleppe den Fernseher von Zimmer zu Zimmer, von so gut wie allem, was da vor mir erscheint, völlig gebannt. Zuerst hatte ich die Lautstärke zu einem Flüstern heruntergeregelt und lag, den Fernseher zwanzig Zentimeter vor meinem Gesicht, auf dem Sofa. Es gab Zeiten, da ich mir, um meinen Nakken zu entlasten, den Fernseher auf den Bauch stellte. Später wurde mir klar, daß ich an Mrs. Gails gedacht hatte. Mit höchster Lautstärke alles zu sehen, bedeutete, daß ich irgendwie wie sie war. Ich stellte mir den Geist meiner Mutter auf der anderen Seite meines Wohnzimmers vor, wie sie sich Kleenex in die Ohren stopft und nach der Krankenschwester ruft.

»Bei Tag und Nacht hat er diesen Fernseher laufen. Er ist hirntot –; brauchen Sie noch mehr Beweise? Ziehen Sie entweder seinen oder meinen Stecker raus, denn ich ertrage es einfach nicht mehr.«

Tagsüber arbeiten alle meine Nachbarn, also stellte ich den Fernseher nach und nach ein bißchen lauter und führte ein normales Fernsehleben. Ich beginne mit dem, was von den erbarmungslos vergnügten vormittäglichen Ratgeber- und Interview-Sendungen noch übrig ist, wate durch die Soap-Operas und erreiche endlich die Talk-und-Beicht-Shows, meine Lieblingssendungen. Ihr Streben nach Themen ist es, was diese Sendungen unwiderstehlich macht. Unlängst sah ich eine Familie in Sweatshirts, die sich darüber ausließ, daß die Mutter sich einen Killer gemietet hatte.

»Ja, ich habe deine Matratze angezündet, aber nur, weil du mir in den Kopf gebissen hattest.«

»Ich hab dir noch nie in deinen verdammten Kopf gebissen.«

»Lüg mich nicht an. Du hast mir in den Kopf gebissen, und ich hab die Narben, um das zu beweisen.«

»Ich hab noch nie jemandem in den Kopf gebissen, außer vielleicht, wenn er es verdient hatte und völlig vollgefixt nach Hause kam.«

Vom Wahrheitsgehalt mal abgesehen, fesselt mich die Geschichte: Wie kann man jemandem in den Kopf beißen? Wie kann man den Mund so weit aufreißen? Noch interessanter sind die Sendungen, in denen nur einer der Gäste es für nötig hält, seinen oder ihren Fall zu erörtern. Ich sah ein Programm, welches medizinischen Mißgeschicken gewidmet war, in welchem eine jeansbekleidete Frau neben ihrem hilflosen älteren

Vater interviewt wurde. Der Vater, Alkoholiker, war siebenunddreißigmal nach einem Vorfall, den sie als »Fuselfieber« – delirium tremens – bezeichnete, mit Elektroschocks behandelt worden. Der Mann saß vornübergebeugt auf einem Rollstuhl, verstreute Büschel schmutzigweißen Haars klammerten sich an seinen schwärenden Skalp wie Wollmäuse. Er verbrachte die meiste Zeit mit Räuspern und mit der Untersuchung eines Flecks auf seiner Hose, während sich seine sechzigjährige Tochter stolz in die Kamera hinein der Qualen entsann, mit denen er sie zeit ihres Lebens heimgesucht hatte. Ihr Vater hatte getrunken und getrunken, bis das Fieber ausbrach und er Frau und Kinder fälschlicherweise für Insekten hielt.

»Er dachte, wir sind Bienen«, sagte die Tochter. »Er dachte, wir leben in einem Bienenstock und wollen ihn abholen und zu unserer Königin tragen. Weißt du noch?« fragte sie. »Weißt du das noch, Daddy?«

Der alte Mann berührte seine Socke und leckte sich die Lippen. Die Elektroschocks hatten ihn geschwächt und verwirrt, aber seine Augen waren immer noch hell und klar. Was er auch für Geschichten gemacht haben mochte, er war entschlossen, sie in würdiger Weise mit sich ins Grab zu nehmen. Er wahrte sein Schweigen und nickte jedesmal froh, wenn sein Trinken erwähnt wurde.

Da wirklich bizarre Auftritte so selten sind, müssen die Tages-Talkshows so tun, als wäre eine Geschichte so fesselnd wie die nächste: Die Frauen, die sich am

Dienstag geschworen haben, ihr Leben lang nur noch Kaftan zu tragen, sind genausoviel wert wie das Aufgebot von Zwölfjährigen, das den kleinen Nachbarssohn mit der Begründung, er sei häßlich, ermordet hat. Ich höre mir lieber was über die Zwölfjährigen an, und ich hatte mich sogar schon den ganzen Tag auf die Sendung gefreut, als jemand vorbeischaute und mir alles versaute.

Seit ich meinen Job verloren habe, habe ich Bekanntschaft mit unserem Hausmeister geschlossen, einem bleichen, stämmigen, rothaarigen Typ namens Tommy Keen. Er ist überall groß – weit und breit – und trägt T-Shirts in Untergrößen, die das käsige, schwitzende Fleisch von Armen und Bauch enthüllen. Hin und wieder hörte ich ein Pochen, ging an die Tür und fand Tommy, der die Fliesen vor meiner Wohnung wischte und tat, als habe er aus Versehen mit dem Stiel seines Mops an meine Tür geklopft. Der Typ brauchte ganz offensichtlich was zu trinken, was ich ganz in Ordnung fand –; bei sowas kenne ich keinen Geiz. Tommys Problem war, daß er nicht gern allein trank. Ich gab dem Mann ein Bier, und als nächstes hing er stundenlang bei mir herum und versaute mir mein Nachmittagsprogramm, indem er bei sämtlichen Sendungen durchquatschte. Alles, was es im Fernsehen gab, erinnerte ihn an eine lange Geschichte, die sich um das drehte, was er mit »die Frauen« umschrieb.

»Ach, Dolph«, sagte er angesichts des Vergewaltigers auf Bewährung, der mit seinem Opfer konfrontiert wurde. »Die Frauen sind nochmal mein Tod, und du sollst es als erster erfahren.«

Bei Tommy war es nie eine bestimmte Frau, sondern eher die gesamte Bande weltweit, die sich offenbar verschworen hatte, auf intimer Basis und nacheinander, die Herrschaft zu übernehmen, und wenn es sein ganzes Leben dauerte. Ich hörte zu und bedachte dabei, daß man sich wirklich fragen muß, was in einem männlichen Wesen über fünfzehn vorgeht, welches immer noch freiwillig auf den Namen Tommy reagiert. Ich ertrug ihn ein paar Nachmittage pro Woche – bis zu dem Tag, an dem ich geplant hatte, mir das jugendliche Aufgebot anzusehen, als er tatsächlich an meine Tür hämmerte und mich um Einlaß anflehte. Er sah verkatert aus, erledigt, bleicher als je zuvor, ein verschwitztes Häufchen Unglück. Tommy strebte an mir vorüber, setzte sich auf meinen Küchentisch und kriegte vor lauter Zittern seine eigene Zigarette nicht an.

»Also, Tommy«, sagte ich und dachte an die Sendung, die ich nun bestimmt verpassen würde. »Also, Tommy, wo brennt's denn, warum kommst du angezittert?« Er legte seinen teigigen Kopf in die Hände und knetete ihn mehrere Minuten lang, bevor er mir sagte, er habe Ärger mit den Blackouts.

»Blackouts? Was meinst du damit? Ist hier im Haus der Strom ausgefallen, und ich habe nichts davon gemerkt?«

Tommy sah mich an und schüttelte den Kopf. Er

ließ einen Seufzer hoffnungslosen Ekels frei und erhob sich kurz von dem Tisch, bevor er sich wieder niederließ und mit dieser Geschichte anhob: Als letztes erinnerte er sich daran, daß es Sonntag abend um sieben war, und er war in seinem Wohnzimmer, trank ein bißchen was und fütterte die Fische. Als nächstes ist es Mittwoch nachmittag, und er wacht auf und ist mit einer Strumpfhose an den Heizkörper gefesselt. In seiner Wohnung ist kein einziges Möbelstück. Er ist nackt, und auf dem Teppich liegen vier Haufen menschlicher Scheiße.

Das ist jetzt eine gute Geschichte.

Wir schweigen kurz, dann sage ich: »Bwoa, Tommy, das hört sich an, als hättest du es mit einem echten Mysterium zu tun.«

Seine Schultern begannen zu zucken, und ich dachte: Bitte, weine nicht, bitte, bitte, bitte, weine nicht. Natürlich fing er an zu schluchzen, ein schmerzerfülltes, langgezogenes Muhen, welches, da bin ich ziemlich sicher, jede Spezies von Rot- und Schaufelwild im gesamten Umkreis von New York State, New Jersey und Connecticut zum Verhoffen brachte. Etwas sagte mir, ich sollte ihn berühren, ihm die Hand auf die Schulter legen, aber er war mein Hausmeister, und er schwitzte, also beschloß ich, mir eine weitere Zigarette anzuzünden und abzuwarten, bis er drüber weg war.

Schließlich fing er sich wieder einigermaßen und brachte erstickt folgende Worte hervor: »Ich… mußte

… das nur … mal jemandem … sagen, und ich dachte, du würdest … das verstehen.« Seine Augen schweiften zu meinem Abfalleimer, der vor leeren Bierdosen und toten Scotch-Flaschen überquoll. »Ich … dachte, du … willst vielleicht wissen, woher … ich … komme.«

Und das irritierte mich so, daß es kaum zu glauben ist, daß er möglicherweise den Anspruch erhebt, mich zu kennen. Was ich als allerletztes gebrauchen kann, ist eine Diagnose von einer vergammelten Heulsuse, die zum Lebensunterhalt einen Scheiß-Mop hinter sich her zieht. Der einzige Grund, daß ich ihm überhaupt guten Tag gesagt habe, war, weil er mir leid getan hat. Da war ich nun echt sauer, und ich habe gesagt: »Weißt du, Tommy, ich weiß nicht recht, wie ich dir das sagen soll, aber am Dienstag abend bist du zu mir gekommen und hast mich um hundert Dollar förmlich angebettelt.«

Tommy ließ den Kopf sinken und schüttelte ihn langsam.

»Dann hast du gesagt, wenn ich dir das Geld nicht leihen will, bist du bereit, es dir auf die altmodische Art und Weise zu verdienen.«

»Was soll das denn heißen, die ›altmodische Art und Weise‹? Wovon sprichst du überhaupt?«

»Dann bist du auf die Knie gesunken und hast nach meiner Gürtelschnalle gegriffen.«

»Nein«, stöhnte Tommy und legte sich die Hände über die Ohren. »Das kann gar nicht sein. Du weißt doch, daß ich nicht so bin.«

»Tja«, sagte ich. »An dem Abend schienst du wirklich nicht du selbst zu sein, aber, dann hinwiederum, habe ich dich auch noch nie mit einem Rock gesehen. Du kamst mir nur so verdammt verzweifelt vor, daß ich mein Portemonnaie rausgeholt und dir die hundert Dollar gegeben habe.«

Tommy wiegte sich auf und ab und umklammerte sich mit seinen sommersprossigen Armen. »Nein, o Gott. Bitte, sag mir, daß es nicht wahr ist.« Aber während Tommy »Nein!« schrie, flüsterte eine kleine Stimme in seinem winzigen Hirn: »Vielleicht, vielleicht, vielleicht.«

Am nächsten Morgen fand ich einen Briefumschlag mit fünf Zwanzigdollarscheinen unter der Wohnungstür durchgeschoben. Trottel. Ich hätte fünfhundert zu ihm sagen sollen.

Als ich etwas später von der Münzwäscherei nach Hause kam, sah ich einen anderen Typ, der die Korridore saubermachte. Er stellte sich als Eightball vor, und wir kamen ins Gespräch. Ich fragte nach Tommy und erfuhr, daß er sich irgendwo in New Jersey hat einweisen lassen.

»Dieser Tommy«, sagte der neue Hausmeister. »Der ist ein echt wilder Typ, stimmt's?«

»Stimmt ganz genau, Eightball.«

Ich nehme an, Tommy, wo er auch ist, hat jetzt eine gute Geschichte. Wenn er sein Blatt richtig ausspielt, wird er noch jahrelang eine Bereicherung für jedes Meeting der Anonymen Alkoholiker sein.

Gills Geschichte dagegen wird niemanden beeindrucken. Ich glaube, es war nicht mal seine Idee, Alkoholiker zu sein. Sein Aufseher bei der Arbeit hat ihm das in den Kopf gesetzt. Dieser Typ merkte, daß Gill während der Mittagspause ein paar Drinks zu sich nahm, und rief ihn in sein Büro, um ein paar Worte mit ihm zu wechseln. Am selben Abend erzählte mir Gill im indischen Restaurant, daß der Aufseher die Bürotür hinter ihm geschlossen, ihm eine Liste mit Warnsignalen für Alkoholiker überreicht und ihm gesagt habe, er müsse die Frage »Beeinträchtigt mein Trinken meine Arbeitsleistung?« eindeutig mit »Ja« beantworten. Das Ganze war abgekartetes Spiel, wenn Sie mich fragen. Der Aufseher kam mit seiner eigenen Geschichte heraus und machte sich erbötig, Gill zu einem Meeting zu begleiten, wo, wie Gill sagte, »ich zum ersten Mal richtig über mein Leben nachdachte«. Dann begann er, alles zu vergrößern, was sowieso ein großer Fehler ist, denn wenn man zu tief über was nachdenkt, macht es prompt keinen Spaß mehr. Das ist Gill zugestoßen. Er macht keinen Spaß mehr.

Ich weiß noch, wie ich sagte: »Also hat dir dein Boss ein Quiz gegeben –; na und? Meinst du, das ist das einzige Quiz weit und breit? Ich könnte mich sofort hinsetzen, dir einen Handzettel zustecken und sagen: ›Die Frage *Beeinträchtigt mein Nichttrinken meine Freundschaft zu Dolph Heck?* wirst du eindeutig mit *Ja!* beantworten müssen.‹ Nimm doch mein Quiz. Warum hörst du eher auf ein Arschloch von einem Aufseher als auf mich? Er versucht nur, Leute zu keilen, das ist alles. Er ist ein sogenannter Alkoholiker und will, daß alle anderen das auch sind. Durchschaust du sowas eigentlich nicht?«

Gill sah mich an und sagte: »Inzwischen durchschaue ich vieles, Dolph. Inzwischen durchschaue ich vieles.«

Danach war nicht mehr viel zu sagen, weil mir nichts so sehr auf die Nerven geht, wie wenn jemand etwas zweimal sagt. Ich glaube, das kommt vom Fernsehen, dies emotionale Stottern. Anstatt etwas Interessantes einmal zu sagen, wiederholen sie ein Klischee und hoffen auf denselben Effekt.

Da Gill keine anständige Geschichte zu bieten hat, wird er sich wohl mit Menschen umgeben müssen, die stolz darauf sind, daß sie alles verstehen. Es ist schön, wenn man andere Menschen versteht, aber ich glaube, es ist ermüdend, wenn man stolz drauf ist. Das ist die Art Leute, die sich ein Bein ausreißen wird, damit Gill sich wie was Besonderes vorkommt, und das finde ich traurig, weil Gill ja wirklich was Besonderes ist. Ich habe versucht, ihm das zu sagen, aber er hat nicht zugehört. Wahrscheinlich habe ich das Wort *besonders* gar nicht gesagt, weil es außerhalb von Restaurants – *heute besonders zu empfehlen* – keinerlei Wert hat. Ich glaube, ich habe irgendwas mit »durch und durch« gesagt, aber *durch* hat ja auch was mit Restaurant zu tun.

Während Gill jeder Aufmerksamkeit wert ist, ist seine Geschichte dies nicht. Er hatte nicht mal irgendwelche Blackouts. Ich hatte schon ein paar. Mehr als ein paar, aber sie fanden immer privat statt und sind nichts, womit man angeben könnte, kein Vergleich mit denen von Tommy. Am nächsten bin ich der Tommy-Zone vor drei Wochen gekommen, als ich eine Telefonrechnung bekam, auf der eine ganze Reihe mitternächtlicher Ferngespräche mit England aufgelistet war. Seltsam daran ist, daß ich niemanden in England persönlich kenne. Ich dachte, sie hätten einen Fehler gemacht, und wollte mich schon beschweren, bis ich ein paar Tage später einige Zeitschriften auf dem Wohnzimmerfußboden durchblätterte und auf eine heftig bekritzelte Seite stieß, die aus dem *TV Guide* herausgerissen worden war. Ich sah die Kringel und die sieben Sternchen, mit denen ich den Dreiteiler *Mystery* vom Bildungskanal versehen hatte. Am unteren Rand der Seite standen merkwürdig arrangierte Zahlen, die aussahen wie die Kombinationen für Spindschlösser im Umkleideraum. Diese Zahlen waren mit den Nummern auf der Telefonrechnung identisch, weshalb ich annehmen mußte, daß ich erst die Auslandsauskunft und dann Scotland Yard angerufen hatte, um ihnen nach jeder Sendung zu einem weiteren brillant gelösten Fall zu gratulieren. Aber ein Grund zur Aufregung ist das noch längst nicht. Das wäre es, wenn man plötzlich mit Tweedmütze im Flieger nach England säße und von der Stewardess verlangte, sie solle einen zu Chief Inspector Tennison bringen.

Nach meiner letzten Telefonrechnung habe ich mir angewöhnt, den Hörer mit dem verstärkten Klebeband, das ich an meinem früheren Arbeitsplatz geklaut habe, an der Gabel zu befestigen. Falls tatsächlich mal jemand tagsüber anrufen sollte, kann ich jederzeit zu Messer oder Schere greifen, aber glücklicherweise scheint mir diese Aufgabe während meiner immer häufiger werdenden persönlichen *Mystery*-Stunden als zu anstrengend. Wieder ein Problem gelöst, schlicht und anmutig.

Mein nächstes Projekt besteht darin, das Unterteil meines Staubsaugers mit einem Kopfkissen zu versehen. Heute morgen bin ich nämlich wieder auf dem Küchenfußboden aufgewacht, wobei mein Kopf auf dem Unterteil meines altertümlichen Hoovers ruhte.

Ich frage: »Was hast du dir dabei gedacht?«

»Matratze, Dolph?«

»Mach meinetwegen nur keine Umstände. Ich werde mich einfach auf diesem kalten Fliesenboden langlegen.«

»Kissen?«

»Danke nein. Dies harte Plastikgehäuse kommt mir gerade recht.«

Und heute morgen bin ich nicht nur auf dem Küchenfußboden aufgewacht, sondern außerdem hatte ich mir noch die Hose naß gemacht. Das passiert in letzter Zeit viel häufiger als nötig, und allmählich macht es mir angst. Diesmal war der Urinfluß durch einen Traum inspiriert worden, in dessen Verlauf mir kurz nacheinander zwei Preise als vorbildlicher Staatsbürger verliehen wurden. Der erste Preis hatte die Form von Tommy Keens Kopf. Er war aus blattvergoldetem Blei, und ich bekam ihn nur mit Mühe von der Bühne und in die wartende lange Limousine, um zur nächsten Zeremonie zu fahren. Völlig dämlich, wie Träume so sind. Gill war der Chauffeur der Limousine, aber er schien sich nicht mehr an mich zu erinnern. Ich bat ihn, ob er bitte rechts ranfahren kann, damit ich mal pinkeln kann, aber er sagte immer wieder, ich könnte dann ja im Pavillon aufs Klo gehen. Wir stritten hin und her, bis er an eine rote Ampel kam und ich aus der Limousine sprang, mich gegen ein Gebäude lehnte und meinen Hosenschlitz aufriß. Als nächstes war mein Gesicht gegen die Verkleidung eines Staubsaugers gepreßt, und ich lag in einer Urinpfütze. Ich habe nicht einmal erfahren, worin der zweite Preis bestand. Heute morgen bin ich auf dem Küchenfußboden in einer Urinpfütze aufgewacht, und mir wurde klar, daß sich etwas ändern muß, da ich keine Lust habe, mir Gummilaken oder Windeln für Erwachsene zu kaufen. So kann es einfach nicht weitergehen.

Nach dem Tod meiner Mutter war die schockierendste Entdeckung in der Schachtel mit der Aufschrift »GIFT« nicht ihre Briefe, sondern der Stapel mit guten Neujahrsvorsätzen, auf deren Abfassung sie so viel Zeit verwandt hatte. Jede der fünfzehn Karten war links oben datiert, und auf jeder stand, in ihrer schrägen Kinderschrift, dasselbe: »Brav sein.« Es erschütterte mich, da meine Neujahrsvorsätze in den drei Jahren, in denen ich solche Listen anfertigte, genau den gleichen Wortlaut haben, mehr oder weniger. Ich hatte mir angewöhnt, die Sache als Mittel gegen Fehlschläge etwas sanfter anzupacken. Mein letzter Vorsatz lautet: »Versuchen, darüber nachzudenken, vielleicht brav zu sein.« »Versuchen« und »vielleicht« verleihen mir die Zuversicht, die ich brauche, um die lässige Herangehensweise aufrechtzuerhalten, die zu meinen stets wechselnden Lebensumständen am besten paßt.

Ich sah zu meinem stramm gefesselten Telefon auf und beschloß, auf diesem Fußboden liegenzubleiben, bis jemand anrief, und an diesem Punkt ans Telefon zu gehen und meinem Leben eine neue Richtung zu geben. Wer es auch war, und was er auch wollte –, ich wollte es als Zeichen nehmen.

Nach – wie mir schien – Stunden stand ich vom Fußboden auf und duschte, wobei ich die Badezimmertür offen ließ, um keinerlei Anrufe zu verpassen. Für den wenig wahrscheinlichen Fall, daß mein Anrufer mir befahl, das Saufen einzustellen, brachte ich mich auf dem Sofa mit zwei Sechserpacks und einer schönen Flasche Scotch in Stellung. Dann knipste ich den Fernseher an und aß eine Stulle mit Hühnchen-Lo-mein-Resten. Chanwich nenne ich sowas, nach Charlie Chan. An einem zentralen Punkt von *Dies ist Ihr Leben* klingelte mein Telefon. Eine Frau, die sich als Pamela vorstellte, wollte mich von meiner gegenwärtigen Telefongesellschaft, die mit meinen Ferngesprächen den großen Reibach machte, abwerben.

»Wir haben Ihr Telefonierverhalten beobachtet, Mr. Heck, und bemerkt, daß Sie zahlreiche Bekannte in Europa haben. Ist Ihnen eigentlich klar, daß Sie mit unserer Firma bei Überseeferngesprächen bis zu dreiundzwanzig Prozent sparen können?«

Schließlich bin ich zu ihrer Firma übergelaufen, denn da ich gerade den Vorsatz gefaßt hatte, daß sich alles ändern sollte, fand ich es feige, das Angebot nicht wahrzunehmen. Nach unserem Gespräch legte ich auf und erwartete, daß das Telefon ein paar Minuten später wieder klingelte. Ich dachte, das Gesetz der Serie schlägt zu, und jetzt – wer weiß? – ruft ständig jemand an, irgend jemand.

Erst gegen zehn Uhr abends klingelte das Telefon wieder, und bis dahin war ich ziemlich abgefüllt. Es war eine Frauenstimme, und sie legte sich sofort voll ins Zeug: »Na schön, mir ist klar, daß du dich wahrscheinlich nicht mehr daran erinnerst, wer ich bin, oder?« Sie gab mir einen Moment Zeit zum Raten, aber ich hatte keinen blassen Dunst.

»Ich bin's, Trudy Chase. Vorher hieß ich Trudy Cousins. Ich bin eine verehelichte Chase, obwohl ich gar nicht mehr verehelicht bin, was ja auch nicht sehr logisch ist! Auf jeden Fall wohne ich zwar nicht mehr in Piedmont, kriege aber immer noch die gute alte *Post-Democrat* an die Haustür geliefert, und da habe ich auch die Todesanzeige für deine Mutter gelesen. Ich weiß, daß das jetzt auch schon wieder etwas her ist, aber ich wollte dir einfach mal sagen, daß es mir sehr leid tut.«

Ich wußte nicht, wie ich reagieren sollte.

»Du erinnerst dich wirklich nicht an mich, stimmt's?« sagte sie. »Ich bin's, die irre Trudy, die in Mr. Popes Leistungskurs Englisch neben dir gesessen hat. Weißt du noch? Ich war die Irre. Ich war die, die sich bei der Abschlußfeier ›Folge mir nicht – ich hab mich auch verlaufen‹ hinten auf die Robe geschrieben hat. Ich bin's, die irre Trudy.«

Plötzlich erinnerte ich mich wieder ganz genau an sie. Schon mit achtzehn war sie mir wie ein hoffnungsloser Fall vorgekommen.

»Ach, Trudy«, sagte ich. »Was läuft denn so?«

»Och, du kennst mich ja. Immer noch so irre wie früher. Nein, das nehme ich zurück –, ich bin wahrscheinlich *noch* irrer, wenn du das glauben kannst!«

Ich dachte einen Augenblick nach, bevor ich »Oh« sagte. Denn das ist wirklich etwas, was ich nicht ertrage –, wenn Menschen sich selbst als irre bezeichnen. Die wirklich Irren werden mit diesem Etikett versehen, weil sie nichts Falsches an ihrem Benehmen sehen. Sie machen ihren Weg, sie legen Feuer in öffentlichen Gebäuden und entleeren ihren Darm in Bratpfannen, ohne im mindesten den Eindruck zu gewinnen, sie könnten sich nicht im Einklang mit der übrigen menschlichen Gesellschaft befinden. Das ist, jedenfalls für mich, irre. Sich selbst irre zu nennen, ist nicht irre, sondern nur fies.

Trudy fuhr fort, indem sie mir berichtete, sie lebe nun schon seit drei Monaten hier in Manhattan, nachdem ihr Stammhaus in Piedmont sie hierher versetzt habe. Sie kicherte sich eins und fügte hinzu, die Leutchen hier fänden sie so ziemlich den irrsten Menschen, dem sie je begegnet seien. Sie ist so irre, daß sie zu Lincolns Geburtstag eine Büroparty geplant hat, mitsamt einer Petition an ihren Boss, daß alle Sklaven in der Buchhaltung freigelassen werden sollen. Und dabei trug sie sogar einen Zylinder und einen Umhängebart! Und nach der letzten Mieterversammlung, bei der sie den Vorsitz geführt hatte, meinten alle, sie soll sich einweisen lassen, weil sie die Versammlung *wie* durchgeführt hatte? – – – Bei *Ker*zenlicht!

»Ha, ha«, sagte ich. »Hört sich ganz schön gruselig an.«

»Ich grusel mich vor gar nichts«, sagte sie. »So irre bin *ich* nämlich.«

Auf meinem stummen Fernseher beobachtete ich einen besiegten Catcher, der dem Ringrichter mit seiner Haarburste drohte. Offenbar wollte er Revanche. »Nichts?«

»Vor überhaupt nichts«, sagte sie. »Nada. Gabar nibichts.«

Allein schon die Anmutung, daß mich aus heiterem Himmel jemand von meiner Abschlußklasse 1979 anruft *und* mit mir B-Sprache spricht, rief ein gemischtes

Gefühl aus Ekel und unbegrenzten Möglichkeiten bei mir hervor.

Trudy sprach von ihrem Engagement für eine ganze Anzahl von Organisationen. Sie geht zum Beispiel mit den Hunden von Leuten spazieren, die in jüngster Zeit einen Schlaganfall erlitten haben. »Meistens gehe ich mit einer Frau namens Marcie, und, hoho, wenn du glaubst, *ich* bin irre, dann solltest du *sie* mal kennenlernen! Wir nennen uns die Gassitussis, und nächste Woche kriegen wir unsere Uniformen. Komm doch einfach mal mit.«

Ich malte mir aus, wie ich ein T-Shirt mit der Aufschrift »Ich bremse auch für Hydranten« und eine Baseball-Mütze mit synthetischer Kackwurst trage.

Außerdem findet Trudy noch die Zeit, in der Volleyball-Mannschaft ihrer Firma mitzuspielen, für ihren irren arthritischen Nachbarn zu bügeln und unterprivilegierten Kindern beizubringen, wie man Fondant zubereitet. Sie sagte das nicht, um anzugeben. Sie wollte keinen Orden oder daß ich mir egoistisch vorkomme. Sie hat mich zu einem kleinen Beisammensein in ihre Wohnung eingeladen, aber ich habe mich erstmal gedrückt und eine geschäftliche Besprechung vorgeschützt.

»Na, wenn deine Besprechungen nur halb so irre sind wie meine, wirst du alles Glück brauchen, das du kriegen kannst«, sagte sie.

Sie fragte, ob sie mich nach meiner Besprechung anrufen kann, und ich sagte ihr, sie soll einen Moment dranbleiben, ich bekäme gerade einen anderen Anruf rein. Jetzt bleibt sie schon seit fünfzehn Minuten dran, und ich kann mich immer noch nicht entscheiden. Ich sehe die Karte meiner Mutter am Kühlschrank an. BRAV SEIN. Aber sie hat nie dazugesagt: Wem gegenüber soll man brav sein? Wenn ich brav zu Trudy Chase bin, sage ich ihr, sie soll mich nie wieder anrufen. Wenn ich brav zu mir bin, bereite ich Fondant zu und gehe mit den Hunden von Schlaganfallopfern Gassi. Was ist schlimmer?